KB044709

압구정동엔 비상구가 없다

대한민국 스토리DNA 018

압구정동엔 비상구가 없다

초판 1쇄 발행 | 2018년 1월 16일

지은이 이순원
발행인 이대식

주간 이지형 **편집** 김화영 나은심 손성원 김자윤
마케팅 배성진 박상준 **관리** 이영혜
디자인 모리스

주소 서울시 종로구 평창길 329(우편번호 03003)
문의전화 02-394-1037(편집) 02-394-1047(마케팅)
팩스 02-394-1029
홈페이지 www.saeumbook.co.kr
전자우편 saeum98@hanmail.net
블로그 blog.naver.com/saeumpub
페이스북 facebook.com/saeumbooks

발행처 (주)새움출판사
출판등록 1998년 8월 28일(제10-1633호)

ⓒ 이순원, 2018
ISBN 979-11-87192-73-2 04810
      978-89-93964-94-3 (세트)

• 잘못된 책은 바꾸어 드립니다.
• 책값은 뒤표지에 있습니다.

대한민국
스토리DNA
018

압구정동엔 비상구가 없다

이순원 장편소설

새움

차례

아직도 비상구가 보이지 않는 압구정동에 대하여

이 작품을 처음 쓴 것은 1990년대 초반의 일이었다. 그때로부터 25년이 훌쩍 지나갔다. 비슷한 시기에 영화로도 제작되었다. 그때와 지금 무엇이 달라졌을까. 글쎄. 거리와 건물의 외양이 더 화려해진 것 말고는 근본적으로 달라진 게 없다.

그때나 지금이나 이 소설 속의 '압구정동'은 그들이 누구에게 대해서나 기를 쓰고 인정받길 강변하는 '이 땅 자본계급의 귀족적 상징'이 아닌, 이미 그 이전부터 형성되어 온 '이 땅 졸부들의 끝없는 욕망과 타락의 전시장' 아니, '똥통같이 왜곡된 한국 천민자본주의가 미덕처럼 내세우는 부패와 환락의 별칭적 대명사'라는 점이다.

25년 전 나는 그런 압구정동으로 상징되는 강남의 천민자본 상류층의 끝간 데 모를 욕망과 타락을 작품 안에 한 테러리스트를 등장시켜 연쇄살인 형식으로 비판 경고했다.

그러나 이 작품을 처음 쓴 때로부터 25년이 지난 지금도 한국 천민자본주의는 무엇 하나 달라지지 않았다. 나는 그때 그 책의 후기에 언젠가 기회가 닿는 대로 비상구가 없는 압구정동의 두 번째 응징에 대한 얘기를 쓸 것이라고 말했다. 그리고 나의 이런 생각과 상관없이 이 작품 속의 테러리스트 역시 그의 방식대로 그들에 대한 응징적 접근을 계속할 것이라고 말했다.

그들의 그릇된 탐욕과 욕망의 바다가 아무리 크고 깊다 해도 우리 마음속에 그 바다보다 더 넓고 깊게 자리하고 있는 '윤리'라는 이름의 테러리스트가 잠들지 않고 깨어 있는 한 말이다.

오래전에 세상에 내놓아 화제가 되었던 책을 새로운 장정을 통해 여러분 앞에 내놓는다. 세상은 하루가 다르게 변하지만 그러나 그럼에도 변하지 않는 것들이 있기 때문이다. 그 변하지 않는 것들에 대해 나는 여전히 경고하고, 혁명을 꿈꾸며 테러를 꿈꾼다. 이 책 한 권이 바로 내가 세상에 내보내는 테러리스트처럼 당신 손에, 그리하여 심장에 닿기를 바라며.

정성을 다해 책을 다시 묶어 준 새움출판사 관계자들께 감사드린다.

2018년 추운 겨울,

이순원

압구정동엔 비상구가 없다

I

10층에서 9층으로 가는 비상구

엘리베이터는 움직이지 않는다

그날 그녀가 압구정동으로 온 것은 전철을 타고서였다. 신대방에서 교대까지 여덟 역은 2호선을 탔고, 교대에서 압구정까지 네 역은 3호선을 탔다.

전에 구로공단 '태양전자' 전무실 한편에 책상을 놓고 앉아 전화를 받거나 찾아온 손님의 차 시중을 들던 바로 그 여자아이였다. 이제 그녀는 회사에 나가지 않는다. 제 발로 걸어 '태양전자'에 들어간 것은 지난해 이른 봄이었고, 그곳을 그만둔 것은 한번 해가 바뀐 늦은 가을의 일이었다. 지금은 새로 들어온 여자아이가 그녀 대신 열심히 차를 끓이거나 아직 익숙하지 않은 모습으로 전화 메모를 받고 있다. 며칠 휴가를 내 고향에 다녀온 다음 그녀는 부장에게 이제는 그만 쉬고 싶다고 말했다. 한동안 말리던 부장은, 누구에게나 아버지의 죽음은 충격이 클 것이라고 이해하는 것 같았다. 그때 전무는 아직 해외 출장 중이었다.

사람들은 그녀가 앉아 있지 않은 비서실에 들어설 때마다 그곳에 있던 무지개가 없어진 듯한 아쉬움을 느끼곤 했다. 그것은 앞니를 뽑은 다음 무심코 혀를 내밀었을 때 비로소 어, 없어, 하고 느끼는 어떤 허전함과도 같은 것이었다. 이상하게 목소리까지 안개처럼 젖던 아이였다. 그런 만큼 그녀가 회사를 그만둔 것에 대한 소문도 안개만큼이나 분분했다. 아버지가 죽은 후 경춘선 열차를 타고 다시 고향으로 돌아갔을 거라는 이야기도 있었고, 이곳 공단을 떠난 것은 틀림없는데 고향 춘천이 아니라 서울의 다른 곳에 가 다른 일을 할 거라는 이야기도 있었다. 처음부터 다른 회사 이야기가 나오지 않았다. 어디를 가든 '태양전자' 전무실만 한 일자리가 쉽게 나지 않을 거라는 것과, 그럴 생각으로 그만둔 것이라면 다른 건 몰라도 재직증명서 하나만은 떼어 갔을 것이라고 했다.

어쨌거나 그녀는 '태양전자' 사람들에겐 회사 휴게실 한쪽 벽에 걸려 있는 시화 액자 속의 한 구절대로 '목마를 타고 떠난 숙녀의 옷자락 이야기'로 남았다. 목마는 그저 방울 소리만 울리고, 그녀가 앉았던 자리는 사람이 채워져도 한동안 빈자리처럼 느껴졌다.

전철역을 나와 네거리 쪽을 향해 걸으며 그녀는 문득 가을과

겨울. 계절의 그런 변화를 생각했다. 그것은 책갈피 한 장보다 얇은 사이이지만 그 계절이 갖는 의미만큼이나 아득하고 멀게 느껴졌다. 압구정동으로 나오기 전까지 그녀는 대림동 자취방에만 틀어박혀 있었다. 그러나 계절과 계절 사이가 아득하다고 그 사이에 느끼는 감정의 변화까지 아득하고 먼 것은 아니었다. 사람들은 슬플 거라고 위로했지만, 처음부터 눈물 같은 것은 흘리지 않았다. 다시 돈을 벌지 않으면 안 된다. 방에서도 그녀는 내내 그 생각만 했었다. '태양전자'에서 벌었던 돈은 그달 그달 집으로 보냈다. 이제 보다 많은 돈을 벌지 않으면 안 된다. 얼마나 더 벌어야 우리가 아버지가 생전에 놓았던 덫과도 같은 가난에서 놓여날 수 있을까.

"네가 그렇게 벌었는데도 아직 갚아야 할 빚이 많다."

삼우제를 지내고 내려오는 산길에서 어머니가 말했다.

아버지는 오래도록 진폐증을 앓았다. 병을 얻고도 연탄 공장의 저탄장 일을 그만두지 못했다. 더 이상 일을 할 수 없게 되었을 때 아무도 아버지를 돌봐 주지 않았다. 벌써 오래전의 일이었다. 춘천의 안개 역시 아버지에겐 힘겨운 상대였을 것이다. 새벽마다 아버지는 가슴이 더 아파온다고 말했다. 아버지의 하루는 고통에서 시작해 고통으로 끝났다. 하루가 아니라 살아온 날들 모두가 그랬다. 슬픈 일이었다. 회사를 정리하고 나오던 날도 세상에 그런 저울이 있어 내 삶의 무게를 한번 달아 봤으면 좋겠다고 생각했다. 그러나 그건 재 보나 마나 축 처져 있는 어깨만큼의 중량에서 멈출 것이다. 이제 아버지가 없다. 남은 가족이 분

담해야 할 가난의 무게는 아버지의 무게만큼 줄어들지 모른다. 그러나 그 빈자리는 그렇지 않을 것이다. 가난의 무게가 가벼워지면 가벼워질수록 그것은 강처럼 깊어갈 것이다. 그래도 벗어나지 않으면 안 된다. 아버지는 너무 오래도록 가족들에게 고통을 주었다. 아버지가 원한 일은 아니었다. 가난과 고통이 아버지를 놓아주지 않았다. 하늘에서 아버지는 다른 일을 할 것이다. 또 마땅히 그래야 할 것이다. 그곳에도 연탄 공장이 있고 저탄장이 있다 하더라도 아버지는 지상에서 하늘에서 해야 할 고생까지도 했다. 수의를 입힌 아버지의 몸은 무척 가벼워 보였다. 그것이 아버지가 살아온 삶의 무게라면, 그 삶을 짓누르던 고통의 무게는 얼마나 무거운 것이었을까. 그런 아버지와 함께 숨 쉬어야 했던 다른 가족들의 삶은 또……

"너무 걱정 마세요. 올라가서 어떻게 해볼 테니까."

다시 빚 걱정을 하는 어머니에게 그녀가 말했다.

"어떻게?"

"이젠 우리도 남들 사는 것처럼 살아야 해요."

"그래야겠지. 하지만 당장이야 무슨 뾰족한 수가 있겠냐? 인수만 해도 내년 한 해는 더 돈을 물어 날라야 하는데."

"왜 한 해라고 하세요? 5년이지."

"우리 형편에 개라고 무슨 염치로? 대학이라는 게 뉘 집 애 이름인 것도 아니구."

"아뇨. 오빠가 가르치기 힘들다면 나라도 그렇게 할 거니까. 그동안 아버지한테 든 병원비면 못 할 것도 없는 거구."

"안다. 니 마음이야."

어머니는 딸의 말을 그냥 한번 해보는 소리처럼 듣는 것 같았다.

"그러면 그런 말 하지 마세요. 인수한테도."

"막막하니 하는 소리다."

"제가 처음 서울 올라갈 때도 그랬어요."

"모아 둔 건 없지만 그래도 그동안 네가 많이 벌었다. 오빠보다도 많이. 저게 저렇게 올라가 어쩌나 했는데."

"이젠 더 많이 벌 거예요."

지난해 처음 '태양전자'를 찾아갔을 때는 작은 가방 하나만 달랑 들고 무작정 경춘선 열차를 탔었다. 그때 오빠는 방위 근무를 했다. 돈을 벌어야겠다는 생각보다 아버지가 않는 고통으로부터 멀리 떨어져 있고 싶다는 생각이 먼저였는지 모른다. 아니, 두 가지 다였다.

"모집 공고를 봤어요."

노무과장이 어떻게 알고 찾아왔느냐고 물었을 때 그녀는 모기보다 작은 소리로 그렇게 말했다. 그 모집 공고는 공단 가까운 전철역 입구 게시판에 붙어 있었다. 청량리역에 내려 구로행 전철을 탔었다. 춘천을 떠날 때부터 그렇게 하리라 작정한 일이었다. 그곳 어디를 가든 일자리는 많다고 들었다.

"정말 기숙사가 있나요?"

조심스럽게 물었던 말도 그것이 전부였다. 일자리와 함께 해결하지 않으면 안 될 것이 당장 오늘 밤 몸을 눕힐 방을 찾는 일이었다.

"공고엔 뭐라고 쓰였는데?"

"거기엔 있다고 했어요."

"그러면 있는 거지."

노무과장은 그녀의 유난히 흰 얼굴이 마음에 든다는 듯 흡족한 웃음을 흘렸다. 그가 내준 종이로 그 자리에서 입사 원서를 썼다.

"나한테 잘 보이면 책상에 앉아 일하게 해줄 수도 있지."

그러나 책상에 앉아 일하도록 자리를 옮겨 준 건 노무과장이 아니라 그 회사의 사장 아들이었다. 그때 그는 상무였다. 입사한 지 3개월쯤 지났을 때 미국에서 오래도록 공부를 하고 돌아온 그가 생산부장의 안내를 받으며 현장을 둘러보러 왔다. 공부를 끝내고 돌아온 사람치고는 아주 젊은 사람은 아니었다. 유학을 떠나기 전에도 그는 이곳에서 군대와 대학원 공부를 마쳤다고 했다. 그리고 더 많은 공부를 하기 위해 유학을 갔고, 결혼도 공부를 하던 중 그곳에서 만난 유학생과 했으며, 아이도 그곳에서 낳았다고 했다. 그녀는 전기 인두를 잡고 두 번째 라인 거의 끝자리에 앉아 있었다. 그냥 지나칠 줄 알았던 그가 그녀 앞에 와 걸음을 멈추었다.

"지금 하고 있는 게 뭐지?"

"회로판 배선 작업을 하는 겁니다."

"그 납으로 말이지?"

"예."

압구정동엔 비상구가 없다

"손끝이 야무져 보이는군."

그녀는 인두를 잡은 손에 장갑을 끼지 않고 있었다. 그는 이름을 묻고 나이를 묻고 회사에 들어온 지 얼마 되었는가를 묻고 학교를 물었다. 지난겨울에 여상女商을 졸업했다고 했을 때 그는 가볍게 고개를 끄덕였다. 그러곤 왔던 걸음을 돌려 몇 사람에게 더 같은 질문을 했다. 크림빵만 나오던 간식이 그날부터 우유와 함께 나왔다. 사장은 나이가 많아 이제 앞으로는 그가 회사를 경영할 것이라고 했다. 같이 온 나이 든 전무도 그의 뒤에 섰다가 그가 뭐라고 하면 예, 예, 그렇죠, 하고 대답했다.

그리고 보름쯤 지나 총무부의 김 양 언니가 회사를 그만두었다. 들리는 말로 그동안 적잖은 부정이 있었다고 했다. 생산부 직원들 사이에도 김 양 언니는 인기가 없었다. 가운을 입은 여직원 누구나 그랬다. 총무부장이 그런 애는 해고시켜야 한다는 걸 상무가 곧 결혼할 애 앞날을 생각해 스스로 사표를 쓰는 것처럼 처리하라고 지시했대. 총무부의 일은 장부 말고는 비밀이 없었다. 어떻게 처리하느냐에 따라 회사에서 퇴직금을 줄 수도 있고 안 줄 수도 있다고 했다. 5년도 넘게 있었다면 그간의 정리情理도 생각해 합리적으로 처리하세요. 상무가 말한 그 '합리적'이라는 말은 생산부 직원들 사이엔 '너그러움'이라는 말의 다른 표현처럼 쓰였다. 상무님이 김 양 언니를 합리적으로 사표를 쓰게 했대. 그동안 있었던 일도 합리적으로 없었던 걸로 하고. 그런 언니는 합리적으로 해줄 필요도 없는데 말이지. 사장님보다는 상무님이 확실히 합리적이야. 그는 회사에 새바람을 불러일으킬 것이라고 했다.

김 양 언니의 후임을 뽑는 일도 그랬다. 상무는 생산부 직원 가운데 여상 출신들만 추려 직접 일대일 면접을 봤다. 무슨 일이든 합리적으로 해야지요. 누구의 추천으로든 우리가 잘 모르는 사람이 들어오는 것보다 그래도 함께 일하던 사람이 낫지 않겠어요. 더구나 에러가 있던 자리에 믿을 만한 사람을 찾는 거라면. 사람을 쓰는 일 한 가지에서도 많이 배운 사람은 많이 배운 사람답게 생각했다. 면접 준비를 하며 그녀도 그렇게 생각했다.

"그날 봤는데, 권총을 잡을 손이 아니었어."

그녀가 들어갔을 때 그가 말했다.

"어때? 내 가까이서 일하고 싶지 않나? 싫지만 않다면 그렇게 해줄 수도 있는데."

그녀는 아무 말도 하지 못했다. 목덜미까지 붉어지는 기분이었다.

"나가 봐. 아직 자리를 옮길 때까진 다른 사람들한테 말하지 말고."

그녀는 자리에서 일어나 꾸벅 인사를 했다.

"아니, 조금 있다가 나가지. 금방 나가면 이상하잖아. 다른 사람들한테도 이런 저런 걸 물어봤는데."

그는 고향에 대해서 묻고, 가족에 대해서 묻고, 거처에 대해서 물었다. 그녀는 기숙사에 있다고 대답했다.

"그것부터 옮겨야겠구만. 이제 명색이 총무부 직원인데 여공들과 함께 있어서야 되겠어?"

그는 그 말을 사무용품과 전기 인두를 함께 놔둘 수는 없잖아, 안 그래? 하는 얼굴로 말했다. 그런데도 그가 나쁘게 말한다고 생각되지 않았다. 오히려 그녀에게 그 말은 너는 이제 선택되었어, 하는 말처럼 들렸다.

"애인이 있어 데이트를 하재도 이 눈치 저 눈치 보느라 자유스럽지 않을 테고 말이지. 그런데 함께 데이트할 애인은 있나?"

"……."

없어도 없다고 말하지 않았다. 그는 사람을 부끄럽게 했다.

"아직 없는 모양이구만. 그래도 사무직 직원은 바깥에 방을 구해 나가 있어야지. 혹시 아나, 내가 미스 안보고 데이트를 하자고 할지."

"……."

더욱 얼굴이 붉어지는 것 같았다.

"다른 여직원들도 다들 그렇게 하고 있지?"

"……예."

작은 소리로 그녀가 말했다.

"거 봐. 그런데 바깥에 방을 얻자면 얼마나 들지?"

"……."

"말해 봐. 그렇게 고개만 숙이지 말고"

생산부에도 몇몇 그렇게 하는 언니가 있는데, 보증금 1백만 원이나 1백50만 원에 매달 10만 원씩 따로 내고 있는 것 같다고 말했다.

"그 얘긴 나도 들었어. 벌집이라던가, 그런 데 말고 그래도 사람 살 만한 데로 말이지."

"모르겠어요. 그런 데는 잘……."

"됐어. 이제 나가 봐. 밖에 몇이나 남았는지 모르겠네. 다음번 애 들어오라고 그러고."

발령을 받고 사무직 여직원의 가운을 지급받던 날, 총무부장을 따라 그의 방으로 인사를 갔다. '태양전자'에서 첫 번째로 갈아탄 엘리베이터였다.

"거 봐, 그렇게 입으니 훤하잖아. 진주가 흙 속에 묻혀 있었던 거지."

안내했던 부장이 나가자 그가 말했다. 잘 어울리는데 어디 뒤로도 한번 돌아서 보고. 괜찮아, 돌아서 보라니까. 그녀는 고개를 숙이고 그가 시키는 대로 뒤로 몸을 돌렸다. 그는 무엇이든 명령할 힘이 있었고 그녀는 따르고 복종해야 할 의무가 있었다. 책상과 가운은 저절로 주어지는 것이 아니었다. 지난번 면접 때부터 이미 거절할 수 없는 분위기 한가운데로 자신이 내몰리고 있음을 그녀는 알고 있었다.

"그런데 전에 말하던 방은 알아봤나?"

"아직……."

"나하고 데이트하기 싫은 모양이구만. 아니면 총무부에서 근무하는 게 싫든가."

"아…… 아니에요. 그런 게……."

그는 아니라고 대답할 수밖에 없는 또 하나의 질문을 뒤에 달았다. 그것을 어느 쪽으로 의미를 실어 해석하는가 하는 것은 전

　　　　　압구정동엔 비상구가 없다

적으로 그의 몫이었다.

"아니면 이걸로 우선 방을 얻어. 매달 들어가는 금액은 상관하지 말고 나중에라도 누가 물으면 내가 줬다고 하지 말고 집에서 가져왔다고 그러고."

그는 서랍 속에 미리 준비해 두고 있던 얇은 봉투를 꺼내 밀었다. 욕심이 없어도 그녀는 싫다고 말할 힘이 없었다. 그는 그것을 줄 힘도 있었고 아울러 그것을 황송하게 받게 할 힘도 있었다. 사장 말고는 아무도 그 앞에서는 싫다거나 안 된다고 말하지 못했다.

"고맙다는 말은 안 해?"

"……감사합니다."

"그렇게 손에 들고 있지 말고 어디 안 보이는 데 넣어. 함께 든 잔돈은 취사도구라든지 이것저것 필요한 것들 사고. 이제 자리도 옮겼겠다 모든 게 미스 안 하기에 달린 거야. 어떻게 해야 되는지 알지?"

"예……."

"나가 봐. 어려운 일 있으면 얘기하고."

총무부 끝자리에 앉아 그의 방에 차를 나르고, 주스를 나르고, 은행 심부름을 하고, 틈나는 중간중간 오자가 섞인 타이프를 쳤다. 그가 준 돈으로 방도 얻었다. 그는 매달 들어가는 금액에 대해선 신경 쓰지 말라고 했지만, 전혀 신경 쓰지 않을 수가 없어, 보증금 2백만 원에 월 10만 원 하는 방을 구했다. 지금 있는 대림동 방이었다. 상여금이 없는 달의 월급이 세금을 뗀 다음 30만 원이 조금 넘었고, 방세와 합친 생활비가 20만 원 가까이 예상되었다. 아무리 아낀다 해도 그 이하로는 줄일 수 없을 것 같았다. 기숙사에 있을 땐 비슷한 월급에 매달 3만 원만 식대를 내면 되었다.

"어때, 지낼 만해?"

차를 들고 가면 가끔 그가 물었다. 그는 다른 사람들 앞에서는 늘 점잖고 '합리적'이었다. 어떤 날엔 간식 시간에 공장으로 가 생산부 여직원들과 함께 빵과 우유를 들기도 하고 서툴게 전기 인두를 잡아 보기도 했다. 사장은 한 번도 그러질 않았다. 사람들은 이제 회사가 크게 달라질 것이라고 했다. 확실히 그는 회사 구석구석에 새바람을 불러일으키고 있었다. 어쩌다 회사를 방문하는 외국 거래처의 바이어들과 상담을 나눌 때에도 그는 영어를 그 사람들보다 더 유창하게 말하는 것 같았다. 누가 보든 유식하고 예의 바르고 세련되었다. 회사의 나이 든 부장과 차장, 같은 나이 또래의 과장들도 그를 따랐다.

스무 날이 아무 일 없이 지났다. 저쪽보다 일하기가 어때? 언제나 그는 한결같았다. 하루 두 잔의 설탕 안 든 커피와 그 중간중간 두 잔의 오렌지주스를 마셨다. 그녀를 대하는 태도도 처음보다 심한 것도 덜한 것도 없었다. 사람들 있는 앞에서는 은행에 다녀오라든가 무슨무슨 자료를 가져오라든가 하는 일상적인 업무 지시를 했고, 그러다 그것을 들고 그의 방에 가면 새로 얻은 방에 대해서 묻고 생활에 대해서 물었다. 여유 있는 사람은 행동도 여유 있게 했다. 아직 그것이 무엇인지 모르지만 무엇인가 불

압구정동엔 비상구가 없다

안하게 기다리는 건 오히려 그녀 쪽이었다. 매도 일찍 맞는 것이 낫다고 했다. 더구나 며칠 전, 달이 바뀌어 지난 보름치와 또 한 달치의 방세를 선불로 계산해 준 다음부턴 언제까지 그래야 할지 모를 새로 얻은 방이 부담스러워 견딜 수 없는 것이었다. 처음 방을 얻을 때 그는 그런 저런 것을 상관하지 말라고 했지만, 그렇다고 입을 다물고 있는 그에게 먼저 그 이야기를 할 수도 없는 일이었다. 책상에 앉아서도 늘 그의 방 쪽에 눈길이 가닿았다.

그러나 그런 날도 오래 가지는 않았다. 그날, 그는 회사 식당에서 직원들과 함께 줄을 서 점심을 마치고 시내로 미국에서 온 바이어를 만나러 나갔다. 아침에 그의 방에 차를 들고 갔을 때 그는 총무부와 영업부의 두 부장을 불러 오늘 그들과의 계약이 있을 거라고 말했다. 그 미국 사람들은 이미 그제와 어제 회사를 둘러보고 갔다. 영업부장이 그럼 오후에 제가 모시고 나가겠습니다, 하자 그는 혼자 나가도 된다고 말했다.

"안에 일도 바쁜데 뭐 둘씩이나. 시내 호텔에서 만나 사인만 하면 되는 건데 성 기사나 점심 먹고 대기하고 있으라고 하세요. 김 부장이나 박 부장이 그 사람들과 말하는 게 편하다면 함께 가도 좋겠지만……."

영어 이야기만 나오면 총무부장과 마찬가지로 영업부장도 야코가 죽었다. 그들이 왔을 때 상무와 함께 그들을 공장으로 안내했던 것도 영업부의 황 과장이었다. 전엔 사장을 대신해서 황 과장이 그 일을 했었다.

밖에 나간 상무한테서 전화가 온 건 5시가 거의 다 되어서였다. 그녀가 전화를 받았다. 그는 첫마디에 총무부장을 바꾸라고 했다. 엉겁결에 전화를 넘겨주자 부장도 굳어진 얼굴로 예, 예, 압니다, 미스 안이요? 미스 안보다는 제가…… 아, 예, 거기도 그렇게 말씀해 놓으셨다고요, 예, 예, 전철로요, 알겠습니다, 대답하고 전화를 끊었다.

"무슨 일 때문이라고는 말씀 안 하시는데 일이 잘 안 풀리는 모양이야. 미스 안, 상무님 책상 위에 가면 서류 봉투 하나가 있을 거야. 아까 상무님이 들고 나오셨던 거 말이야. 아니, 놔둬. 내가 가지고 오지."

제품 카탈로그와 각 제품에 대한 보충 설명서가 든 봉투였다. 바이어를 만나러 시내로 나갈 때 그는 그것을 자기 방에서 들고 나왔다가 사인만 하면 되는데 이건 필요 없겠지, 하고 도로 갖다 놓으라고 했다.

"미스 안, 이거 가지고 지금 빨리 압구정동 그린그래스 호텔로 나가 봐. 알지? 어디 있는지는. 압구정동 사거리 바로 그 부근이니까 찾기는 쉬울 거야. 거기 프런트에 가서 상무님을 찾는다고 하면 그 사람들이 상무님 계신 데로 안내해 줄 거야. 그리고 김일환 씨는 지금 빨리 차량 하나 알아보고. 도로가 막힐지 모르니까 공단역까지만 미스 안 데려다줘. 교통이 막히는 것보다는 그쪽이 더 확실하고 빠르니까."

잘 가져가야 돼. 가서 전화하고. 차에 오를 때 부장이 말했다. 그날 처음 압구정동이라는 델 가봤다. 서울에 올라온 지 넉 달이 넘어서였다. 회전문을 열고 안으로 들어서자 별천지에 온 것

압구정동엔 비상구가 없다

같았다. 자기 같은 사람은 못 올 델 들어온 것처럼 모든 게 휘황찬란하기만 했다. 쭈뼛쭈뼛 프런트로 다가가 회사 이름을 대고 상무 이름을 댔다.

"따라오세요."

어디론가 전화를 건 다음 안내 명찰을 단 사내가 나와 엘리베이터로 안내했다. 8층이었다. 별다른 장식이 없는 복도도 그녀의 눈엔 으리으리하게만 보였다. 여깁니다. 사내가 문을 두드렸다. 안에서 누군가의 목소리가 들렸다. 들어가 보세요. 사내는 그녀의 몸을 위아래로 훑어보며 도어의 손잡이를 잡아당겨 주었다.

"상무님."

"들어와."

그가 저쪽 창문가에 서서 바깥을 바라보고 선 채 말했다. 차가운 목소리였다. 방엔 그 혼자 있었다. 침대가 있었고, 침대와 멀지 않은 곳에 식탁만 한 탁자 하나와 그것을 사이에 두고 마주 보게 의자 두 개가 놓여 있었고, 벽 쪽으로 큰 거울이 달린 장식장이 있었고, 그 위에 텔레비전이 있었고, 따로 바닥에 소파 두 개가 있었다. 이런 곳에서도 일을 하는구나 생각했던 건 탁자 위에 펼쳐져 있는 몇 가지 서류들을 본 때문이었다. 그런데 어제 회사로 왔던 그 사람들은 어디로 간 것일까. 무언가 일이 잘못되었구나 하는 생각으로 가슴에 봉투를 안고 선 채 그녀는 불안한 마음으로 그의 뒷모습을 바라보았다.

"왜 이렇게 늦었어?"

그가 화가 난 얼굴로 이쪽을 향해 돌아섰다.

"……."

"왜 늦었냐니까?"

그는 그녀가 가슴 앞에 들고 있던 봉투를 빼앗듯이 옮겨 받아 거칠게 탁자 위로 던졌다. 그러나 늦은 것도 없었다. 연락을 받고 곧바로 공단역으로 나와 전철을 탔고, 갈아탈 때나 내릴 때나 문 앞에 섰다가 제일 먼저 내려 남보다 빨리 개찰구를 빠져나왔다. 조금이라도 시간을 지체한 것이 있다면 호텔이 있는 곳의 정확한 위치를 몰라 두 번 지하 계단을 옮겨 다닌 것뿐이었다.

"미스 안이 이걸 늦게 가져오니까 그 사람들이 그냥 나가 버렸잖아. 어떻게 할 거야, 이제?"

"……."

"어떻게 할 거냐구? 그 사람들 약속 시간보다 일 분이라도 늦으면 그냥 나가 버린다는 걸 몰라서 그래?"

지금까지 그가 그렇게 화를 내는 것을 본 적이 없었다. 그는 언제나 너그럽고 합리적이었다.

"죄송해요, 상무님…… 저는……."

"죄송하면, 미스 안이 이걸 책임질 거야?"

눈물이라도 흘리며 울고 싶었다. 그는 다시 창가로 가 바깥을 내다보고 섰다. 한동안 방 안에 무거운 침묵이 흘렀다. 어제 그는 이번 일만 잘 되면 앞으로 더 많은 물건을 미국으로 수출할 수 있을 것이라고 말했다. 나는 이걸로 우리가 장사를 한다고 생각하지 않아요. 보다 큰 장사를 위해 신용을 쌓는 거지. 정말 어제만 해도 그는 자신이 있었다. 아니, 오후에 이쪽으로 떠날 때까지만 해도 그랬다.

"됐어. 아까 이걸 가지고 나오지 않은 내가 잘못이지. 미스 안 잘못한 거 없어."

그녀는 그의 뒤로 다가가 섰다.

"괜찮다니까. 거래처야 다시 잡으면 되는 거고. 그냥 내가 화가 나서 그랬어. 그 사람들이 조금만 더 기다려줬으면 좋았을 텐데. 미안해. 미스 안이 일부러 늦게 온 것도 아닌데……."

그가 얼굴을 돌렸다. 왈칵, 눈물이 쏟아질 것 같았다.

"죄송해요. 상무님…… 저 때문에……."

"아니야. 미스 안 잘못한 것 없다니까. 내가 잘못했던 거지. 그 사람들 가고 나니까 괜히 화가 나서 그랬던 거야."

그가 부드럽게 어깨를 감싸안았다. 그녀는 쓰러지듯 그의 가슴에 얼굴을 묻고 울음을 터뜨렸다. 됐어. 괜찮아. 괜찮다니까. 미스 안 잘못한 거 없어. 그들이 가고 나니까 갑자기 내 자신이 쓸쓸해져서 그랬던 거지. 몸을 감싸 안은 그의 손이 어깨에서 등으로, 등에서 허리로 내려와 옷 속을 파고들고 가슴으로 들어왔다. 정신을 차렸을 땐 이미 그의 더운 입김이 목덜미에 퍼부어지고 있었다. 그녀는 꼼짝도 않고 그대로 그의 가슴에 얼굴을 묻었다. 울지 마. 울지 말라니까. 어느 결에 그의 두 손이 가슴 앞으로 와 유니폼 가운의 단추를 풀었다. 그녀는 저항하지 못했다. 오히려 일을 그르치고도 화를 내서 미안하다고 말하는 그가 더없이 너그럽고 고맙기만 할 뿐이었다. 한 꺼풀 옷을 벗긴 다음 그가 침대로 몸을 끌었다. 그것이 '태양전자'에서 갈아탄 두 번째의 엘리베이터였다. 찢어지는 듯한 통증 속에 윙 하고 엘리베이터의 고속음이 들리는 것 같았다. 태어나 처음으로 그렇게 빼앗기듯이 남자의 몸을 받아들였다.

그가 누르고 있던 몸을 떼어 함께 몸을 일으켰을 때 침대 한가운데의 시트가 붉게 물들어 있었다.

"처음인가 보군."

그가 턱없이 감격하는 얼굴로 말했다.

"부장님이 전화하랬어요. 봉투 전해 드리고 나서……."

무엇보다 그 일이 걱정되었다.

"그래?"

그가 안내를 통해 회사로 전화를 걸었다. 지금 막 일이 잘 끝났으니 걱정 말고 퇴근들 하세요. 그리고 미스 안은 여기 온 걸 내가 어디 다른 데로 심부름을 시켰으니까 그렇게들 알고. 수고는 무슨, 고생이야 두 분 부장이 뒤에서 했지…….

"이제 됐지? 우린 여기 좀 더 있다가 어두워진 다음 나가면 될 테고. 행여 남들 눈에 띄어 좋을 게 없을 테니까."

그는 탁자 위에 흩어져 있던 서류와 봉투들을 가방에 챙겼다. 그런데도 속았다는 생각은 들지 않았다. 무언가 소중한 것을 잃어 억울하다거나 후회스럽다는 감정도 없었다. 그에게 벗은 알몸을 보이고 그것으로 침대를 어지럽혔다는 것이 왠지 부끄럽긴 했어도 이미 모든 것이 끝나 버린 다음엔 차라리 홀가분한 기분이 들었다. 정말 일이 꼬여 계약이 안 됐을 때보다 한결 나은 일일지도 몰랐다. 또 알게 모르게 언젠가는 이런 일이 있을 거라고 마음속으로 생각해 왔던 일이 아니던가.

"그날 처음 공장으로 내려갔을 때 나는 미스 안이 거기서 권총이나 잡고 있을 애가 아니라는 걸 알아봤어."

밤이 되어 밖으로 나오기 전 한 차례 더 그가 옷을 벗기고 몸을 요구했다. 이번엔 그녀도 순순히 그의 요구에 따랐다. 다리를 들라면 들고 내리라면 내리고. 방을 나올 때 그가 10만 원권 수표 석 장을 주었다.

"필요하면 또 얘기하고."

그가 상무에서 전무로 스스로 자리를 높인 건 귀국한 지 정확하게 6개월 후였다. 전무는 전보다 더욱 실권이 없는 고문으로 옮겨 앉았다. 그는 자신의 방을 늘리고 그 입구에 그녀의 책상을 옮겨 놓도록 했다. 전에도 후에도 그는 일주일에 한 번꼴로 그녀를 불러내 무슨 은혜처럼 권총을 놓게 해준 대신 자기의 몸 다른 무엇을 잡아 주길 원했다. 그리고 그때마다 그는 얼마씩 화대를 지불하듯 돈을 주곤 했다. 그녀는 그 돈을 집으로 보냈다. 언제나 관계는 그랬다.

어떤 날엔 그가 메모지에 적어 건네는 대로 바깥에서 만나 교외로 나가기도 했다. 처음 그렇게 나간 곳이 팔당 어디쯤의 러브호텔이었다.

"식사하고 영화나 한 편 보지."

그때 처음 그런 것이 있다고 말로만 듣던 포르노 테이프를 보았다. 자동차의 트렁크를 열고 작은 가방을 꺼낼 때만 해도 그냥 카메라 가방인 줄 알았는데, 그는 그 속에 녹화 기능은 없고 재생 기능만 있는 일제 소형 비디오 레코더를 가지고 다녔다. 방에서 그는 그것을 바로 텔레비전에 연결시켰다. 테이프는 미국에서 온 것도 있고, 일본에서 온 것도 있고, 홍콩에서 온 것도 있다고 했다. 그가 튼 것은 미국에서 온 것이었다. 식당에서 그가 주는 대로 몇 잔 포도주를 마시긴 했지만, 남자와 함께 처음 그것을 보는 일은 그에게 처음 몸을 열어 줄 때만큼이나 부끄러웠다. 그것을 보는 동안 그는 벗은 몸으로 침대에 기대 누워 그녀에게도 자기 옆에 그런 자세로 누우라고 했다. 부끄럽긴. 미스 안 보여 주려고 일부러 가지고 나온 건데. 그는 여자와 함께 그런 테이프를 보는 것을 여자와 함께 식사를 하는 것만큼이나 익숙하게 행동했다. 미국에서 공부를 하는 동안에도 그는 늘 그런 것들을 보았다고 했다.

"연속극이나 이거나 다를 게 없는 거지. 연속극도 한번 보면 뒤에 결과가 어떻게 될지 뻔히 알면서도 계속해 보는 거고 이것도 내용이야 어느 테이프든 거기가 거긴 거고. 그러면서도 함께 보고 싶은 사람이 있으면 또 보게 되는 거고."

그날 그는 참으로 많은 것을 요구했다. 해봐. 미스 안도 섹스를 성기로만 하는 게 아니라는 것을 안 것도 그날이었고, 입으로 그것을 애무하고 애무받기도 하는 것과 여자들끼리 몸을 달구고 애무하는 것은 또 어떻게 하는 것인가도 그 테이프를 보고 알았다. 묘하게 그것은 사람을 부끄럽게 하면서도 몸을 뜨겁게 했다. 처음 몸을 빼앗기던 날 두 번째 가졌던 섹스 때처럼 그가 하라는 대로 그의 모든 요구를 들어주었다. 입에 넣으라면 넣고 핥으라면 핥고, 그도 그녀의 몸을 그렇게 해주고 싶어 했다.

그러다 그가 밖으로 불러내는 횟수가 잦아지고 교외로 나가는 날이 늘며 그 앞에서 부끄러움을 느끼던 일도 점점 옛일처럼 희미해져 갔다. 먼저 그를 찾은 적은 없지만 부르면 충실한 종처럼 그곳으로 나가 그의 성욕을 해결해 주곤 했다. 그가 전무로 승진한 다음, 그리고 해가 바뀌고 회사의 규모가 지난해와는 비교할 수 없을 만큼 성장한 다음에도 그런 관계는 계속되었다. 젊은 나이인데도 회사에서 그는 여전히 존경받았다. 그녀와 함께 있는 낮과 밤의 행동이 다른 것처럼 없는 데서 그가 걔들이라고 부르는 생산부의 여직원들도 다들 그를 좋아했다. 그는 언제나 합리적이었고 회사의 누구와도 격의 없이 지냈다. 그가 아니었다면 회사는 그렇게 성장하지 못했을 거라고 했다. 이대로만 가면 연말쯤엔 2 : 1 비중의 내수를 뺀 수출만으로도 1천만 불 탑을 받을 거라고 했다. 그러나 그녀의 엘리베이터는 더 이상의 높이로 움직이지 않았다. 단지 그가 보다 편하게 그녀를 불러내 자기의 욕심을 채우기 쉬운 쪽으로만 열리고 닫힐 뿐이었다. 그동안 일주일 사이로 갖는 섹스 후에 건네지는 화대와 같은 10만 원권 수표 한두 장 외에 따로 그로부터 받은 것이 있다면 지난 봄 올려 준 방 보증금 1백만 원뿐이었다. 그 대가로 그녀는 그동안 두 번 그의 아이를 뗐다. 그것은 끔찍하고 두려운 일이었다. 처음 이야기를 했을 때 그는 미스 안 몸은 미스 안이 알아서 관리해야지. 안 그래? 하고 마치 사무실에서 잘못한 일을 지적할 때처럼 말했다. 그가 준 돈을 들고 병원으로 가 밖에서 몇 번이고 망설이던 끝에 소파수술을 받고 나오던 날 처음으로 그와의 관계에서 눈물을 흘렸다. 그런데도 다시 실수가 있었다. 처음 피임약을 사러 약국으로 들어갔던 날도 그녀는 부끄러웠다. 그러나 달리 방법이 없는 일이었다. 병원으로 가는 일보다는 약국으로 가는 일이 그래도 덜 끔찍하고 덜 부끄러웠다. 그녀는 그 약을 핸드백 깊숙한 곳에 넣고 다녔다. 그런 다음부터는 사무실에서도 핸드백을 챙기는 일에 퍽 신경이 쓰였다. 큰 건물의 전용 엘리베이터를 이용하듯 언제나 그는 자기 마음대로 자기 편한 시간에 그녀를 불러냈고, 그녀는 그의 요구를 거절하지 못했다. 오르라면 오르고 서라면 서라는 층에 엘리베이터는 멈출 수밖에 없었다.

이제 아버지가 더 오래 못 사실 것 같다고 병원에서 오빠가 울면서 전화를 했던 날에도 그는 그녀를 불러냈다. 오빠의 전화가 막 밖에서 돌아와 건넨 그의 메모지보다 먼저였다.

"안 돼요, 전무님. 오늘은……."

처음으로 그의 뜻을 거절했다.

"왜? 어디 몸이 안 좋아?"

"아뇨, 그런 게 아니라……."

"그럼 갑자기 왜 그래?"

"조금 전 전무님 안 계실 때 오빠한테서 전화가 왔어요. 아버지가 오래 못 사실 것 같다고……."

"이런. 전부터 어디 안 좋으시다던, 말이지?"

"……예."

"그럼 어떻게 하지 나도 내일 떠나야 하는데……."

해외 출장을 떠나기 전이면 그는 꼭 밖으로 그녀를 불러냈다. 내일부터 그는 보름간 유럽 출장이 잡혀 있었다. 그곳에서 세계 제일의 전자 쇼가 있다고 했다. 그는 그곳에서 신상품 경향도 파악하고 새로운 바이어들을 찾아 상담도 할 것이라고 했다.

"그럼 이렇게 하지? 저녁에 만나지 말고 지금 만나자구. 부장한테는 내가 말할 테니까 지금 먼저 그곳으로 가 있어. 그리고 거기서 바로 집으로 가면 될 테고……."

"전 지금 나가야 해요. 그래서 전무님 돌아오시길 기다리고 있었던 건데……."

"알아. 알아도 날 거기서 보고 가라니까."

"꼭 그래야 하나요?"

그녀는 정면으로 그를 쳐다보았다. 애원하고 싶지는 않았다. 이미 엘리베이터는 움직이지 않고 있었다.

"난 그래. 전에도 얘기했지만 지금까지 미스 안을 만나고 간 다음 상담이든 뭐든 실패한 적이 없었어. 이젠 안 만나고 가면 출장길이 불안해질 것 같다니까. 미스 안도 알잖아, 이번 출장이 얼마나 중요한지."

"그럼…… 저도 가야 하니까 늦지는 마세요."

아버지가 더 못 사실 것 같애. 사무실을 나올 때 들었던 것은 회사 사람들의 이런저런 위로가 아니라 귓속에서 맴도는 오빠의 울음과도 같은 다급함이었다. 마지막 순간까지 옆에서 그 고통을 겪으면서도 오빠는 아직 아버지를 위한 울음이 남아 있었을까. 그 말을 오빠는 이제 우리는 절망이야, 하는 소리처럼 했다. 처음 들을 때 그녀도 그렇게 들었다. 그러나 이제는 아니었다. 알아도 날 보고 가라니까. 전무가 한 마지막 말과 함께 다시 되새긴 그것은 이제 무언가 남은 식구들의 생활을 새로 시작해야 한다는 쪽으로 더 강하게 와닿았다. 이제까지 우리는 충분히 고통스러웠다. 더 이상 고통스럽게 살아서는 안 된다. 만약 아버지가 그대로 쓰러지게 된다면 전무와의 이런 식의 관계도 그것을 계기로 뭔가 새롭게 정리되지 않으면 안 된다. 그가 권총 인두를 놓게 해준 것에 대해선 그것 이상으로 그에게도 충분히 그가 원하는 것을 해주었다. 그러나 그는 아니었다. 아버지의 죽음 앞에서도 그는 지극히 당연한 요구처럼 그 딸의 몸을 요구했다.

"이제 춘천으로 가면 언제 오게 될지 몰라요."

통나무처럼 뻣뻣하게 누워 단순히 그의 몸을 받아들이는 식의 수동적인 섹스를 끝낸 다음 그의 몸을 밀어내며 그녀가 말했다.

"그래 충분히 쉬라구. 어차피 나도 보름 후에나 돌아올 거니까."

"아뇨. 그보다 더 많이 쉬게 될지도 몰라요. 어쩌면 전무님 돌아오셔도 아주 쉬게 될지도요."

"그렇게 화내지 말고. 내가 미스 안이 좋아서 그랬던 거니까. 그리고 이건 내려가서 무슨 일이 생기면 쓰도록 하고."

단순한 투정이라고 생각했던 것일까. 지갑을 열어 무슨 특별한 선심이라도 쓰듯 그가 수표 다섯 장을 꺼내 밀었다. 이것이 그와의 마지막 거래여야 한다. 돈을 받으며 그녀는 생각했다. 이제 아버지는 돌아가실 것이다. 아니, 출장 전의 한 절차로 그에게 그가 탐하는 대로 몸을 내맡기고 있는 동안 이미 돌아가셨을지 모른다.

"안녕히 다녀오세요, 전무님. 아니요, 안녕히……."

먼저 방을 나오며 그에게 인사를 했다. 회사는 그가 돌아오기 전 먼저 돌아와서 정리하면 될 것이다. '태양전자'에선 더 이상 엘리베이터가 움직이지 않는다. 다시 서울로 돌아오면 그때는 새 엘리베이터를 찾아 나서리라. 처음 서울로 올라올 때부터 그렇게 생각했던 것은 아니지만 일이 이미 그렇게 되고 말았다. 그를 만나 한 해 반을 지내는 동안 어쨌거나 준비는 갖추어졌다. 두 번이나 아이를 떼고, 이젠 어떤 남자의 몸도 그런 실수 없이 받아들일 수 있게 되었다. 부끄럽다거나, 후회스럽거나, 그 기억이 고통스럽지 않을 수도 있다. 그래, 기꺼이…… 그동안 아버지는 너무 많은 고통을 식구들에게 주었다. 이제 그 고통에서 벗어나지 않으면 안 된다. 역으로 나가는 차 안에서 어떤 결의처럼 어금니를 깨물자 비로소 한 가닥 눈물이 볼을 타고 흘렀다. 회사를 그만둘 결정을 한 건 춘천이 아니라 이미 서울에서였다. 춘천에서는 다만 그 결의를 보다 움직일 수 없는 쪽으로 분위기를 몰았을 뿐이었다.

그곳 압구정동 사거리에 다다랐을 때, 그러나 그녀는 듣지 못했다. 동호대교 위를 달려 압구정동으로 진입하는 자동차들의 소음과 그곳 번화가로 밀려드는 자동차의 소음으로 그것은 크게 들리지 않았지만, 정확하게 세 발의 총소리였다. 그 가운데 한 발이 증권빌딩 1층에 세 들어 있는 시옷증권 압구정동 지점 지점장실의 거리 쪽으로 난 유리벽에 명중했다. 특수 유리라 깨지거나 관통되지는 않았지만, 그 총격에 제일 놀란 사람은 그 지점 지점장이었다. 그 역시 큰 소리로 그것을 들었던 건 아니지만 무언가 작은 물체가 자신이 앉은 쪽의 정면 유리벽에 강하게 날아와 부딪히는 걸 느꼈다. 자신이 타고 있는 자동차를 향해 누군가 작은 돌을 던져 부딪혔을 때와 똑같은 소리였고, 똑같은 놀라움이었다. 처음부터 총알이라는 것을 알았으면 그는 더욱 놀랐을 것이다. 그것이 정말 총알일지 모른다고 생각했던 것은 그 소리가 들린 후 곧바로 무슨 일인가 하여 지점장실로 뛰어든 한 직원이 유리벽에 난 탄흔을 가리키고 나서였다.

"맞은 자리로 봐선 돌이 아니라 공기총으로 쏜 것 같은데요. 산탄이 아니라 굵은 거 말입니다. 외탄으로 말이지요."

총격이 있을 때 그는 신문을 보고 있었노라고 말했다. 그날 그가 본 석간 경제신문에 난 주식 시세표의 첫머리는 다음과 같았다.

[오전 11시 45분 현재] 종합 주가지수 615.40(-21.70)

상승 : 26 하락 : 522 상한 : 0 하한 : 224

거래량 : 428만 주 거래대금 : 298억 원

가까스로 정신을 수습한 지점장은 서무 대리에게 경찰에 신고하라고 지시했다. 큰 피해는 없었지만 그것은 피해가 있고 없고 이전의 문제였다. 만약 누군가를 겨냥하고 쏜 총격이었다면— 그는 표적물을 자신이라고 여겼다— 생각만 해도 등줄이 설 만큼 살벌한 일이었다.

며칠 새 주가도 바닥을 기고 거래량도 한산했다. 그렇다고 정부의 별다른 부양책이 있는 것도 아니었다. 바로 며칠 전엔 그 시세가 최근 3년 동안 최저가를 기록했던 날도 있었다. 연일 우박처럼 쏟아져 내리는 하한가의 표시(↓)들. 사람들은 이미 오래전 주식의 봄날이 갔다고 했다. 큰손은 이미 빠지고 쌈짓돈들만 본전 생각에 이러지도 저러지도 못해 깡통을 덜그럭대고 있었다.

뒤늦게 연락을 받고 나온 경찰은 유리벽에 난 탄흔으로 볼 때 누군가 길 건너에서 공기총을 쏘았으며, 짐작컨대 어느 투자자의 화풀이성 총격일 가능성이 크다고 말했다. 경찰은 또 이번 사건이 얼마 전 여의도 광장에서 세상일이 제 마음대로 안 풀린다고 그 화풀이로 훔친 승용차를 몰고 광장을 질주하며 사람을 다치게 한 질주범(경찰은 그렇게 말했다)의 심리와 동일한 것이라고 했다.

그리고 경찰을 따라 나온 어느 조간신문의 한 유식한 기자는 아직 겁먹은 얼굴을 하고 있는 시옷증권 지점장에게 이건 우리나라 증권사 사람들도 모르고 있는데, 외국 신문들의 '해외 토픽'에도 더러 실리는 일로 주가가 떨어졌다고 증권사 객장에 투자자들이 몰려와 데모를 하는 나라는 아마 우리밖에 없을 거라고, 그것이 그에 대한 무슨 대단한 위로나 증시 부양과 관련한 새로운 정보라도 되듯 알려 주었다. 그러자 시옷증권 지점장도 증권사 광고는 물론 공익 광고로까지 주식 투자는 자기가 결정하고 자기가 책임진다고 광고하는 나라도 우리밖에 없을 거라고 푸념조로 말했다.

"그러면 그 공익 광고를 보고 또 항의하는 겁니다. 증권사하고 정부가 짜고 책임 회피를 하는 거라고 말이죠."

"자본의 속성이라는 게 원래 그런 거죠. 때로는 비정하기도 하고 때로는 천박할 만큼 몰염치하기도 하고…… 지난겨울 걸프 전 때도 이제 전쟁이 나 엄청나게 사람이 죽게 생겼는데도 다국적군의 바그다드 공습을 제일 먼저 환영하고 나선 데가 뉴욕 증시였고 동경 증시 아니었습니까? 그날 서울도 웬만한 종목은 다 상한가를 쳤고요. 또 전에 전두환이 백담사에 가 있을 때, 전두환을 청와대로, 하는 구호가 터져 나왔던 것도 바로 증시 객장에서였고요."

그러나 경찰도 기자도 왜 하필이면 압구정동의 증권사가 그날 총격의 표적이 되었는가 하는 것에 대해서는 깊이 생각하지 않는 듯했다. 비록 범위를 좁혀서나마 그 생각을 하고 있는 것은 시옷증권 압구정동 지점 지점장뿐이었다. 그곳 8층짜리 증권 빌딩엔 여섯 개의 증권사 영업점이 세 들어 있었다. 시옷증권 지점장은 아까부터 그 여섯 개의 증권사 영업점 가운데 왜 하필이면 시옷증권 지점장실에 총알이 날아들었는가를 생각하고 있었다.

그러나 그 총격에 대해 지점장은 지나치게 자기 주변으로 범위를 좁혀 생각하고 있었고, 경찰과 기자는 범인의 얼굴만 모른

압구정동엔 비상구가 없다

다 뿐이지 동기야 이미 판에 박혀 있는 것 아니냐는 식으로 지나치게 안일하게 생각하고 있었다. 경찰의 추측대로 일확천금의 환상으로 주식 투자를 했다가 거덜 난 한 투자자의 일그러진 화풀이일 수도 있지만, 어쩌면 그 이상의 것일 수도 있었다. 서울의 그 많은 증권사 영업점들 가운데 압구정동 영업점에 총알이 날아들었다는 것, 애써 사람들은 간과하고 있지만 그것은 이 땅의 자본주의가 미덕(?)처럼 내세우고 있는 두 개의 어떤 상징을 한 표적으로 하고 있었다. 증권사 건물이 갖는 그것의 어떤 본질적이고도 체제적인 상징과 압구정동이 갖는 한국 자본주의의 현 주소적인(어느 시인의 말대로 '욕망의 평등 사회'적인) 상징, 그 끝간 데 모를 부패와 타락에 대해 어느 누군가 마지막 경고와도 같은 사회적 증오감으로 거기에 총격을 가했던 것이라고는 아무도 생각하지 않고 있는 것이었다.

　겨울 초입, 그녀가 압구정동으로 나간 금요일 오후의 일이었다.

II

잠들지 않는 오르가슴을 위하여

집 안엔 아무도 없다. 늘 그 시간은 그렇다. 아들은 출근하고 며느리는 며느리대로 낮이면 집에 붙어 있는 날이 드물었다. 아이들도 그랬다. 학교를 가거나, 가지 않는 날에도 여간해서 집에 잘 얼굴을 두려고 하지 않는다. 큰녀석도, 여식애인 작은것도 그랬다. 그래도 집 안의 사람 냄새를 맡게 하는 것은 점심나절에 잠깐 왔다가 돌아가는 파출부뿐이었다. 아들은 거의 매일, 밤 10시가 넘어서야 들어오곤 했다. 하기야 나랏일을 보는 관리가 어떻게 남들처럼 제시간에 꼬박꼬박 집에 들어올 수 있겠는가. 그것 때문에 즈들 부부간엔 여러 번 큰소리가 나는 모양이었지만 노인은 며느리가 너무 아들을 이해하지 못한다고 생각했다.

거의 반평생을 혼자 살아온 노인이었다.

"창호 에민 늘 저러지만요. 제가 이렇게 술을 마시는 것도 다 나랏일을 위한 거라구요, 어머니."

지난해 노인이 미국으로 가기 전까지만 해도 취하면 저도 이제 장성한 자식을 둔 나이인데도 아들은 에미 앞에서 늘 응석 반 자랑 반 그렇게 말하곤 했다. 또 그 말을 그대로 믿어서가 아니더라도 노인도 며느리야 무어라고 말하든 그런 아들이 늘 믿음직스럽고 자랑스러웠다. 일요일에도 아들은 나랏일로 골프를 치러 나가 오밤중이나 되어서야 돌아오곤 했다.

"나 방송국에 나가요. 저녁은 들어와서 지을 거니까 홍성댁 오거든 거기 적어 둔 대로 그냥 시장이나 봐 놓으라고 하세요. 또 혼자 들어앉아 그런 비디오에나 눈 팔지 말고 어디 운동을 하든가…… 늙은 몸도 생각해야지 그래 무슨 주책이신지는 사람들 창피스럽게……"

오늘도 며느리는 오전 내내 제 방에서 이 옷을 입어 보고 저 옷을 입어 보다 파출부가 올 시간이 거의 되어서야 집을 나갔다. 예전엔 지금 방송국을 쫓아다니듯 동네 운전 학원을 그렇게 열심히 다녔었다. 몇 번을 떨어지던 끝에 겨우 면허를 땄을 때 아들은 군소리 않고 제 처 앞으로 차 한 대를 사 주었다. 아들에게 차가 있었고, 공직의 이런저런 사정이 무서워 명의는 제 처갓집 앞으로 되어 있지만 며느리의 차가 있었고, 큰녀석이 대학에 들어가던 해 또 그렇게 제 작은처남의 이름을 빌려 그 녀석에게도 새로 차를 사 주었다.

"제게도 다 생각이 있어서 그래요."

돈이 문제가 아니라 크는 애에게 너무 일찍 그런 걸 해주는 게 아니냐고 말했을 때 아들은 아들대로 다 생각이 있어 한 일이라고 말했다.

"어머니도 알지요? 이 대학 저 대학 가릴 것 없이 우리나라에 대학이란 대학은 죄다 빨갱이 놈들 물들어 있다는 거요."

"차 얘길 하다 말고 갑자기 빨갱이 얘기는 왜?"

"다 연관이 있으니 하는 얘기지요. 그리고 어머니도 박 국장 일을 알잖습니까? 그 사람 작년에 물먹어 지금 어떻게 됐다는 것도 알고요."

"알지. 그 사람 얘기야."

얼굴은 한 번도 본 적이 없지만 아들도 그 얘길 여러 번 했었다. 우리나라에서 제일 큰 학교에 다니던 그 사람 큰아들인가 작은아들이 데모에 앞장선 게 사달이 돼 그 애비까지 하루아침에 공직에서 쫓겨나 지금은 할 일 없이 방구들이나 지키게 되었다고 했다. 아들과는 같은 해 같은 학교를 나왔어도 공직에 나선 것도 그 사람이 먼저였고, 국장으로 승진한 것도 그 사람이 이태나 빨랐다고 했다.

"저 혼자 암만 잘해도 필요가 없는 거예요. 집안에 그런 일이 있으면. 만약 창호가 대학에 가서 그쪽 놈들한테 물들어 데모라도 해봐요. 그렇게 되면 제 인생이나 앞으로 창호 인생이 어떻게 되겠나 생각해 보셨어요? 이제 국장이에요. 국장. 앞으로 차관도 하고 장관도 해야지요. 애들은 말이죠. 미리미리 그런 물 안

들도록 시작부터 잘 다잡아 놔야 한다구요. 학교에 차 끌고 다니는 놈이 데모를 하겠어요? 들으니까 그쪽 애들도 그런 애들한텐 접근을 안 한대요. 아예 제쳐 놓는다는 거지요. 또 차 끌고 다니는 놈이야 데모할 때마다 길이 막혀 난린데 저 편하기 위해서라도 그쪽 애들 데모하는 거 좋게 안 보는 것도 당연한 이치인 거구요. 집안의 바탕이 다르면 어울리는 것도 다르게 해 놔야 한다구요. 남들 눈엔 어떻게 보일지 모르지만 요즘은 그런 게 다 가정교육이고 가정 평화를 위한 예방이라구요. 이제 아시겠어요, 어머니."

그러나 올해 대학에 들어간 여식애는 차를 갖고 싶어도 아직 운전을 하지 못한다. 그 아이도 벌써 여러 번 면허 시험에서 떨어졌다고 했다.

미국에 있다가 돌아왔을 때 며느리는 이미 매일 차를 끌고 방송국을 다니고 있었다. 처음, 나 방송국에 나가요, 할 때 노인은 자기가 없는 동안 며느리가 방송국에서 무슨 일거리를 맡았는가 보다 생각했다. 그 나이에 다른 곳도 아닌 방송국의 일이라니, 한편으로는 놀랍기도 하고 대견해 보이기도 했다. 그러나 며느리는 한 번도 텔레비전에 얼굴을 비친 적이 없었다. 그러면서도 거의 매일 나 방송국에 나가요, 하곤 집을 나서곤 했다.

그것이 방송국의 방송 일이 아니라 방송국에서 며느리 나이 또래의 여자들을 모아 서예나 꽃꽂이 같은 것을 가르치는 무슨 문화 강좌라는 것을 안 것은 그러고도 한참 후의 일이었다. 그것도 처음엔 나 방송국에 나가요, 하는 말이 저 출근해요, 하는 말

보다 당당해 며느리가 그곳에 가 그런 여자들을 가르치는 것인
줄 알았다. 같이 살면서도 모르고 있었더니 참 별 재주도 다 가
지고 있었구나 생각했던 것이었다. 그런데, 그게 아니라 며느리
가 그곳에 나가 그런 것들을 다른 여자들과 어울려 함께 배운다
는 것이었다. 하기야 큰아이가 대학 3학년이었고, 연년생인 여식
애도 올해 재수 끝에 대학에 들어갔다. 거기다 아들은 어느 하
루 밤을 낮 삼아 다니지 않는 날이 없었다. 며느리도 이제 뭔가
새로 자기의 마음을 묶어 둘 일을 배우고 싶었던 것인지 모른다.

　그러나 단순히 배울 마음만으로 찾자고 들면 이곳 압구정동
이라고 왜 제대로 된 서예 학원이 없을 것이며 꽃꽂이 학원이 없
을 것인가. 그러나 굳이 그걸 방송국 것으로 고집할 땐 거기엔
또 다른 뜻이 있기 때문일 것이었다. 어쩌면 며느리는, 그 나이
가 되면 누구나 그러해질 빈 마음을 '방송국'의 문화 강좌로 달
래고 있는 것인지도 몰랐다. 그리고 그런 며느리의 마음 한구석
을 채워주고 있는 것이 그 문화 강좌에서 가르치는 서예나 꽃꽂
이가 아니라 누구에게 대해서건 자신이 지금 나가는 곳이 '방송
국'이라고 말할 수 있는 밑도 끝도 없는 '잘난 척' 때문이라는 것
도 길게 생각하지 않아도 짐작이 가는 일이었다.

　어쨌거나 그렇게 해서라도 서로 마음이 편할 수 있다면 그것
나름대로도 나쁜 일은 아닐 것이었다. 비슷한 처지의 다른 여자
들처럼 홧김에 서방질한다는 격으로 춤바람이 나고, 되지 못하
게 어울려 화투질하고, 그러다 남편한테까지 화를 미치게 해 이
혼을 하네 마네 소리 나오고 하는 것보다는 백번 나은 일일지도

몰랐다. 아들이 나라 살림을 돌보는 관리인데, 그런 아들의 위치를 생각해서라도 며느리의 그런 정도의 잘난 척은 그래도 소박하고도 바로 풀린 허영 중의 하나라고 노인은 생각했다. 그러면서도 한편으로 늘 불안한 것이 저년이 매일 방송국 핑계를 대고 밖으로 나가는 건 필시 자신이 보는 비디오에서처럼 다른 사내와 어울려 그런 짓거리를 하러 가기 위해서일지도 모르기 때문이었다. 그렇지 않고서야 허구한 날 밖으로만 돌 이유가 없었다. 언젠가 그 이야기를 했을 때, 아들은 그런 에미의 속도 모르고 제발 어머니나 좀 아들 체면 생각해 그런 걸 보지 마세요, 했다.

언제부턴가 노인에겐 세상 모든 일이 그것과만 연관지어 생각되는 것이었다. 어쩌다 그런 나쁜 마음의 병이 도지게 된 것인지 몰랐다. 며느리를 대신해 파출부에게 이것저것 분풀이를 하듯 잔소리를 하고, 그러다 시간이 돼 파출부가 가 버리면 집 안은 다시 적막강산처럼 썰렁해지는 것이었다. 젊고 늙은 것이 한 아파트에 살면서도 얼마 전까지만 해도 남들처럼 겉으로 드러날 만큼 심하게 고부간의 갈등을 겪거나 즈들 내외간의 일을 빼면 별나게 큰소리 나게 살았던 적이 없었다. 문제는 노인이 미국에 갔다 온 다음부터였다. 전에는 동네 노인정에 나가 시간을 보내기도 했지만 미국에 나갔다 돌아온 다음부터는 노인정으로 나가는 일마저 왠지 내키지 않았다. 아니, 미국에서 돌아온 다음부터는 노인 스스로 혼자 있는 시간을 은밀히 즐기고 있는 것인지도 몰랐다. 남한테 어디 이야기도 할 수 없는, 그것도 병이라면 작은 병이 아니었다. 젊은 날 일찍 영감을 저세상으로 보내고 온갖 고생을 다 하며 거두고 키운 자식들이었다. 또 어딜 내놓고 애길 해도 그만하면 자식 하나만은 번듯하게 키웠다고 할 수도 있었다. 언젠가 나라에서 주는 그런 '장한 어머니'의 상도 받았다. 일찍이 고시에 합격한 아들은 제 뜻대로 관리의 길로 나서고 아래 딸년은 작은 개인 사업을 하던 사위와 함께 수삼 년 전 미국으로 이민 가 그곳에서 제법 규모 큰 슈퍼마켓을 경영하고 있었다. 지난번 반년이 넘도록 미국에 가 있었던 곳도 바로 그 딸년 집에였다.

대충 저녁 지을 준비를 끝낸 다음 파출부가 돌아가자 오후 늦은 겨울 볕은 거실 한편에 말리려고 펼쳐 놓은 작은 손수건 크기만 하게 머물렀다. 부질없는 짓인 줄 알면서도 노인은 탁자 한편에 놓인 난 화분을 들어 볕 한가운데로 옮겨 놓았다. 가져온 지 몇 해 동안 꽃도 못 피우는 늙은 난에게도 그랬지만 스러져 가는 겨울 볕에게도 무언가 아직 할 수 있는 몫이 있다면 그 몫을 주고 싶다고 생각했던 것인지도 모른다. 그러면서 언뜻 쳐다본 시계는 막 4시를 지나고 있었다. 그러나 집 안에선 도대체 할 일이라는 게 없었다. 생각 같아서는 며느리의 말대로 잡생각도 떨쳐 버릴 겸 운동 삼아 걸레라도 빨아 들고 베란다로 나가 그곳 구석구석을 훔치고도 싶었지만, 아파트 살림을 사는 일 중에 그것처럼 못할 일도 없었다. 정말 어쩌다 큰맘 먹고 걸레라도 들고 베란다로 나설 참이면 누군가 어깨에 건 끈을 잡고 있어 영락없이 그렇게 공중에 매달려 있는 듯한 기분이 드는 것이었다. 그러다 한순간 누군가의 실수로 눈에 보이지도 않는 그 투명한 끈이

압구정동엔 비상구가 없다

끊어지기라도 하면 영락없이 날개 접은 새 모양 그대로 저 아래 시멘트 바닥에 내리꽂힐 것 같은 생각이 들었다. 노인은 가물가물한 눈끝으로 건물 아래쪽의 땅바닥을 내려다볼 때마다 갑자기 눈앞이 캄캄해져 오는 현기증을 느끼곤 했다. 어떤 때는 일부러 내려다보지 않으려 해도 그것은 막무가내로 디밀어지는 그림처럼 그렇게 눈앞에 들어와 펼쳐지는 것이었다. 오늘도 걸레까지 빨아 들고는 차마 거기에 발을 내딛지 못해 노인은 다시 방으로 들어왔다. 그러고는 정말 이래서는 안 되는데 하면서도 어제 오후에 아무도 몰래 나가 빌려 온 비디오 테이프를 테크에 꽂았다. 이미 아들과 며느리도 알고 있는 모양이었다. 아까 집을 나서며 며느리가 찬바람이 쌩 돌도록 무안을 주며 그런 비디오에나 눈 팔지 말라고 했던 것도 그냥 하는 소리가 아니었다. 그 일로 여기 와서도 한 번 아들과 함께 병원엘 다녀왔었다.

"할머니, 이거 아주 끝내주는 거예요."

어제 저녁 그것을 빌리러 갔을 때 비디오 가게의 주인은 애들 만화를 꽂아두는 벽 쪽 제일 구석 자리에서 그것을 뽑아 검정색 비닐봉지에 넣어주며 징글맞도록 묘한 웃음을 흘렸다. 그럴 땐 비디오 가게의 주인이 아니라 꼭 그 속에 나오는 사내 같아 보였다. 케이스엔 '후레쉬맨 5'라고 씌어 있었지만 그 구석 자리의 것들은 만화가 아닌 다른 무엇이 들어 있다는 걸 노인도 이제는 잘 알고 있었다.

"뭐 그게 그거지 어느 것은 별난 게 있을라구."

"아니에요. 이건 말이죠, 정말 끝내주는 거예요. 갖다 주면 아마 그 여자들도 놀랄 거예요."

지난 이른 봄 미국에서 돌아온 지 보름쯤 지나 처음 그곳에 비디오를 빌리러 갔을 때 노인은 차마 자기가 볼 것이라는 말을 못해 방 몇 개를 가지고 그렇고 그런 직업을 가진 여자들 몇의 하숙을 치고 있다고 거짓말을 했다. 비디오 가게도 아파트 앞 상가가 아니라 두 번이나 한길을 건너 있는 곳으로 갔다.

가게 주인 말로는 그 테이프에 나오는 여자가 이태린가 어딘가 하는 나라의 국회의원이라고 했다. 그러나 아무리 세상이 막 돌아가도 그렇지 그래 그런 영화에 나오는 여자를 제 나라의 국회의원으로 뽑는 나라가 대체 이 세상 어느 구석에 있단 말인가. 테이프를 받아 오면서도 노인은 비디오 가게의 주인이 자기를 놀리려고 그런 말을 지어서 한다고 생각했다. 그러면서 허구한 날 거의 하루도 빠지지 않고 가족들 몰래 그런 테이프를 빌려 보게 된 자신이 한심하다 못해 이제 노망이 들고 있는 게 아닌가 하는 생각이 드는 것이었다. 나이 일흔셋에, 그것도 40년이나 앞서 영감을 보낸 늙은이가 뒤늦게 이게 무슨 꼴인가 싶기도 했다. 그래서 작심하고 며칠 동안 비디오 가게로 나가지 않으면 스스로도 모르게 몸이 달아 그 사람도 장사를 하는 건데 그래도 빌려 온 테이프는 가져다줘야지, 하고 다시 가게로 나가 새 비디오를 빌려 오곤 했던 것이었다.

처음 노인에게 그런 병이 도진 건 지난해 미국에 있는 딸년 집에 가서였다. 그것도 가고 싶어서 간 게 아니었다. 지지난해 겨울, 손주년이 한 번 대학 시험에 미역국을 먹고 난 후 반년이 지

나도록 온 집 안 식구가 그년의 시험 공부 때문에 숨소리 한번
제대로 크게 못 쉬고 지낼 때 미국에 있는 딸한테서 전화가 온
것이었다. 그것이 첫 장마가 들기 시작하는 6월의 일이었다.

"엄마, 바람도 쐴 겸 건너오세요. 지난해에도 오시라니까 그렇
게 안 오시더니. 여기도 한국이나 조금도 다를 게 없다니까요.
아주 한국 사람들이 마을을 이루고 사는 곳이에요. 간판도 서울
보다는 더 한국말이 많고요."

그러자 아들과 며느리도 등을 떠밀어 보내듯 거기도 자식 집
인데 더 나이를 먹기 전에 한번 건너가 봐야 되지 않겠느냐고 했
다.

"그러다 낯설고 심심하시면 한 달이고 두 달이고 계시다 다시
들어오시고요. 지금 아니면 영숙이네 집은 언제 또 가 보시겠어
요. 더 나이 드시면 가고 싶어도 못 가신다니까요."

그래서 정말 큰맘 먹고 죽기 전에 한번 딸네 집에 가 딸네 사
는 것도 봐야지 하고 건너간 것인데, 떠날 때 생각으론 빠르면 보
름이고 길어야 한 달이지 한 것이 이냥저냥 반년을 넘게 그곳에
있었던 것이었다.

"참, 엄마도 내가 건너오시라고 할 땐 다 그럴 만한 이유가 있
으니 그랬던 거지요. 은미 개 지금 재수하고 있잖아요. 지금 다
시 건너가 보세요. 엄마야 늘 조용히 지낸다고 하지만 그게 다
개한테는 공부 방해되고 그런다고요. 지난해 엄마가 못 이기는
척하고 건너와 여기서 한 일 년 우리하고 지냈다면 개 재수까지
안 하고도 대학 갈 수 있었을지 모르고요. 말을 안 해서 그렇지

오빠하고 올케 언니도 그렇게 생각하고 있는 모양이던데."

"내가 집에 있는 것하고 걔 공부가 무슨 상관이라고 그랴?"

"꼭 뭐 시끄럽게 해야만 방해가 되는 건 아니지요. 떨어지면 이런저런 핑계를 댈 수도 있다는 거지. 나도 엄마가 오빠나 언니한테 그런저런 원망 듣는 거 싫고요. 그러니 걔 시험 끝날 때까지 그냥 여기 눌러 계시다 돌아가세요. 길어야 이제 반년인데."

"그러다 이번에도 떨어지면 또 일 년 그렇게 여기서 살고?"

"엄마도 참, 설마 이번이야 떨어지겠어요? 안 되면 오빠가 다른 방법으로라도 넣을 모양이던데……."

그것이 딸년이 에미를 생각해 부른 것이 아니라 이쪽에서 먼저 그쪽에 그런 청을 넣어 건너오라고 한 것인 줄 알게 된 것도 엘에인가 뭔가 하는 미국 땅을 밟고 나서였다.

"그러니까 겨울까지는 여기서 그냥 우리하고 지내요. 괜히 건너가 나이 드셔서 자식한테 괜한 부담 주지 마시고요."

그래서 해가 바뀌도록 남의 땅에 가서 눌러앉게 된 것인데, 말이 딸년 집이고 한국 사람들이 사는 마을이지 창살만 없다뿐 감옥살이나 조금도 다를 게 없었다. 거기도 애들이 둘이지만 둘 다 다른 곳에 가 공부를 하는 모양이었다. 하나는 그 나라 동부 어디의 대학이라고 했고, 하나는 거리로는 가까운 데 있는데 기숙사에 들어가 있어 한 달에 한 번쯤 그것도 잠깐 얼굴을 비칠까 말까 했다. 거기에 사위와 딸년의 생활도 그랬다. 둘 다 새벽같이 슈퍼마켓으로 나가 오밤중이나 되어서야 돌아왔다. 쉬는 일요일에도 저희들끼리 차를 끌고 어디로 나가 노인은 혼자 그렇게 그곳에서 집이나 지키고 있었던 것이었다. 아무리 한국 사람들이 사는 마을이라지만 서울에서도 노인정 말고는 바깥출입을 거의 안 해본 노인이 낯선 이국땅엘 가 어딜 마음대로 돌아다닐 수도 없는 일이었다. 딸네 슈퍼마켓에도 그곳에 간 다음다음날인가 사위를 따라 딱 한 번 가 본 것이 전부였다. 음식도 음식이지만 무엇보다 사람 냄새가 그리워 견딜 수가 없는 것이었다.

그러던 어느 날, 아마 그곳에 간 지 두 달쯤 지났을 무렵 무심코 딸네 부부의 방에 들어갔다가 거기 텔레비전 위에 얹혀 있는 몇 개의 비디오 테이프를 본 게 일의 사단이었고 병의 사단이었다. 그나마 처음엔 그 비디오라는 것도 어떻게 만지는 것인지 몰랐는데, 그곳 생활이 보름쯤 지나면서 자연히 알게 되었다.

"종일 심심할 텐데 엄마 이거나 보고 계세요."

처음엔 딸이 상가에 나가 한 묶음 비디오 테이프를 빌려다 주었다.

"안 본다. 코쟁이들 말도 알아들을 수 없는 거……."

"아니에요. 이건. 서울에서 만든 거니까."

놀랍게도 딸이 빌려 온 테이프들은 미국에서 만든 영화가 아니라 죄다 우리나라 방송국에서 내보낸 단막극이나 연속극을 녹화한 것들이었다. 최불암과 김혜자가 나오는 〈전원일기〉도 있었고 열 개씩 묶은 '미니시리즈'도 있었다. 몇 해 전 〈사랑과 야망〉인가 하는 테이프는 쉰 개가 한 묶음으로 돌아다니기도 했다는 것이었다. 그걸 보며 노인은 광고가 나오는 화면을 빠르게 앞으로 보내는 법도 배웠고, 다 본 테이프를 다시 보기 위해 되감는 법도 배웠다. 누구 하나 함께 말 나눌 상대가 없을 때 그래도 그 테이프들은 노인에게 서울 사람들의 살아가는 모습(물론 전적으로 그런 것은 아니겠지만)을 이야기해 주었고, 낯선 땅에서 덜 무료하게 시간을 보내는 법을 가르쳐 주었다. 도시 그곳 텔레비전은 온갖 채널을 다 돌려 봐도 노인으로선 단 한마디도 알아들을 수 있는 말이 없었다. 거기 나오는 사람들도 낯설었고 풍경들도 낯설었다. 비록 텔레비전을 통해서이지만 누군가로부터 알아들을 수 있는 말을 듣는다는 것. 노인은 딸네 부부가 밖으로 나가면 하루 종일 딸이 빌려다 준 테이프들을 보고 또 보고 했다.

그날 딸의 방에서 찾은 테이프도 처음엔 그냥 서울에서 온 것이겠거니 했다. 그런데 데크에 꼽는 것마다 시작부터 꼬부랑 글씨의 자막이 나왔다. 아마 마지막에 꼽은 테이프마저 자막부터 영화가 시작됐다면 노인은 그것을 안 보았을 수도 있었다. 그런데 그날 마지막 꼽은 테이프는 되감기를 덜한 것인지 어쩐 것인지 자막보다 먼저 화면이 시작됐고, 망측하게도 거기엔 한 쌍의 젊은 서양 남녀가 실오라기 하나 걸치지 않은 채 침대에서 이상한 짓거리를 하고 있는 것이었다. 참 미국이 별난 나라라더니 별난 영화도 다 있다 생각하곤 그냥 스위치를 끄려는데, 한편으로는 털 노란 인간들은 그 짓거리를 어떻게 하는가 싶어 그대로 리모컨을 쥐고 그 앞에 눌러 앉았다.

31인치나 되는 대형 화면에 갈색 털을 가진 여자의 거기가 비춰지고 그것을 어떤 사내가 혀로 열심히 핥고 있는 그림이 한동안 나오더니 이번엔 다시 화면 꽉 차게 노새의 그것처럼 큰 남자

압구정동엔 비상구가 없다

의 물건이 나와 거침없이 여자의 입으로 들어가는 것이었다. 아니, 그러기 전에 쥐를 잡아먹은 시뻘겋게 매니큐어를 칠한 여자의 손이 남자의 그것을 무슨 막대기 움켜쥐듯 감싸 쥐고는 제 입으로 끌어들이는 것이었다. 노인은 그냥 그대로 입을 딱 벌리고 말았다. 망측하다는 생각도 잠시뿐 여자와 남자가 번갈아 내뱉는 이상한 신음 소리에 몸은 아무런 느낌이 없어도 마음이 먼저 그대로 빨려 들어갈 듯 가슴이 울렁울렁해지고 마는 것이었다. 언젠가 서울 아파트의 노인정에 나갔다가 그런 망측한 비디오가 서울에도 나돈다는 소리를 듣긴 했지만 직접 그것을 보기는 이역만리 미국 땅에 와서가 처음이었다. 노인은 자신도 모르게 붉어진 얼굴로 아무도 오지 않을 집의 문단속을 확인하곤 방문까지 걸어 잠근 채 그것을 보는 데 몰두했다.

다시 시작된 화면 속은 정말 가관도 아니었다. 둘이 열심히 서로 상대의 그것을 입에 넣거나 빨기도 하고 또 여자의 몸 아래로 남자의 그것을 밀어 넣기도 하며 온갖 짓거리를 다 하더니 마지막엔 남자의 몸 아래에서 치솟듯 흐르는 그것을 여자의 입에다 대고 물총 쏘듯 흘려대는 것이었다. 그러면 여자는 기갈이 들린 것처럼 길게 혀를 내밀어 허겁지겁 그것을 제 입술 안으로 받아들였다. 그러고는 여자는 여자대로 다시 밖에 나가 다른 남자와 그 짓거리를 하고 남자는 또 남자대로 다른 여자와 어울려 그 짓거리를 했다. 때로는 여자 하나에 남자 둘이 매달려 그 짓을 하기도 하고, 또 여자 둘이 남자 하나에 매달려 하나는 남자의 그것을 입에 넣고 하나는 제 그것을 남자의 입에 대 주며 그 짓을 하다 마지막에 가선 둘 다 다투듯 남자의 몸에서 흐르는 그 것을 제 가슴으로 받아 내거나 입술로 받아 내는 것이었다. 살면 서 마음속으로나마 한번 그런 생각을 해보거나 그렇게 살을 섞 는 법이 있다는 걸 들어 보지도 못한 온갖 괴상망측한 짓거리가 그 속에 다 어우러지고 있었다. 처음엔 원 망측한 것들, 하면서 짐짓 혀를 차기도 했지만 시간이 지나면 지날수록 노인은 손에 든 리모컨을 꼭 움켜잡고 조금씩 조금씩 화면 앞으로 몸을 당겨 앉았다.

　그날 노인은 딸네의 방에서 찾은 세 개의 테이프를 모두 봐 버렸다. 마지막엔 망측하다거나 짐승 같다는 생각도 들지 않았 다. 오히려 마음 한구석에 밀려드는 어떤 억울한 생각처럼 어쩌 다 나는 그런 좋은 세월 한 번 없이 청춘을 보내고 일찍 혼자 몸 이 되었으며, 나이를 먹게 되었나 하는 생각에 조금은 자신의 신 세가 처량해지는 기분까지 들던 것이었다. 하기야 아직 딸네 부 부의 나이라면 거기 나오는 젊은 것들처럼 힘 좋게는 아니라 하 더라도 그런 것이 자신의 그 나이 때처럼 아주 몸 밖의 일은 아 닐 것이었다. 그것을 보는 동안 노인은 그 화면 속에 딸네 부부 의 얼굴을 떠올려 보았고, 서울의 아들과 며느리의 얼굴을, 그리 고 이제는 아슴아슴해지는 옛날 영감과의 일들을 부끄럽게 떠 올려 보았다. 왠지 부부간의 정마저 너무 모른 채 세상을 억울하 게 살았다는 생각을 들게 한 것도 그 테이프들이었다. 노인은 다 본 테이프를 서둘러 딸네 방에 가져다 놓았다. 그리고 그날 늦게 슈퍼마켓에서 돌아온 딸네 부부의 얼굴을 마주 쳐다보기 민망해 얼른 방으로 들어와 그대로 이불을 쓰고 누웠다.

그런데, 참 이상도 한 것이 사람 마음이었다. 처음 그 테이프를 보고 나서 저녁 늦게 돌아온 딸네 부부의 얼굴을 마주 대할 땐 마치 그 나이에 지나가는 외간 남자라도 끌어들여 자신이 그런 짓거리를 했던 게 아닌가 싶을 만큼 안절부절못했었는데, 날이 새 다시 그 너른 집에 혼자 갇혀 지내게 되자 노인은 다른 테이프를 다 젖혀 놓고 딸네 방으로 가 그 테이프를 찾게 되던 것이었다. 그러곤 다시 처음 그것을 볼 때처럼 이미 몸은 뻑뻑하게 굳어 버려도 마음만은 아직도 청춘인 양 얼굴이 붉어지고 가슴이 울렁거리는 것이었다. 이젠 돌이킬 수 없이 지나간 날들이긴 하지만 세상 너무 부부간의 재미를 모르고 살았다는 생각도 들었고 혼자 몸으로 자식 둘을 키워 내느라 고생만 하고 살았다는 생각도 들었다. 영감이 죽은 다음이야 어쩔 수 없었다지만 영감이 살아 있던 날도 어느 하루 부부간의 밤일을 거기 나오는 것처럼 온몸으로 느끼며 가져 본 적이 없었던 것 같았다. 그것은 뒤늦게 노인에게 자신이 살아온 날들을 되돌아보게 했다. 그 뒤로도 거의 일주일을 넘게 노인은 그 테이프에만 매달려 지냈다. 나중엔 늙은 머리로도 그다음 화면은 무엇이고 또 그다음 화면은 무엇인지까지 환하게 알게 되었다. 그러면서 어쩌다 잠깐씩 마주치게 되는 사위의 얼굴도 늘 생각하고 있던 '김 서방'의 얼굴이 아니라 벌거벗은 채 딸에게나 자신에게 다가오는 한 사내의 얼굴로 보이던 것이었다. 그러나 그때쯤엔 이미 딸을 보는 마음이나 사위를 보는 마음이 처음 그것을 보았을 때처럼 그렇게 민망해지지도 않았다.

LA 딸네 집에서 멀리까지는 아니지만 가까운 상가까지 혼자 외출하는 법을 익힌 것도 그 테이프 때문이었다. 먼저 딸네 방에 있던 테이프를 시작부터 끝까지 다 외울 만큼 보았는데도 좀체 새로운 테이프가 눈에 띄지 않았다. 며칠에 한 번씩 딸은 한국 방송국 것들을 녹화한 새 테이프 묶음들을 가져다주었지만 먼저 그것들을 본 다음엔 도무지 방송극 같은 건 밋밋해서 눈에 잘 들어오지 않았다. 기껏해야 젊은 것들이 마주 얼굴을 쳐다보거나 더 나가봐야 입을 옷 다 입은 어깨에 손을 얹고 서로 사랑한다느니 어쩐다느니 하는 게 고작이었다. 지루하기도 하고 무료하기도 했다. 비록 아랫몸은 말라도 노인은 그것을 보며 침이라도 그렇게 삼킬 수 있는 것들을 원했다. 어쩌다 딸이 빌려다 주는 것 중에 방송극이 아닌 영화들도 있었지만 그것도 그저 감질날 정도이지 얼굴을 붉히게 하거나 침을 삼키게 할 정도는 아니었다. 별로 크지도 않은 한국 여배우들의 젖가슴이나 보여 주는 정도로는 이제 노인에겐 그것들은 아무런 자극이 없었다. 노인은 몸은 아니더라도 자신의 마음 한구석을 불지를 자극을 원했다.

그러던 어느 일요일, 모처럼 외출을 않고 있는 딸에게 노인은 이제 자신이 비디오를 빌려 볼 수 있는 가까운 가게를 가르쳐 달라고 했다.

"무슨 재미가 있어야지. 그래서 한국말로 나오는 영화나 연속극이라도 보며 지내려고 그런다. 허구한 날 언제까지 네가 그것을 빌려다 대 줄 수도 없는 일이고."

딸과 함께 간 그날은 이것저것 아무거나 집히는 대로 다섯 개의 테이프를 빌려 왔다. 그리고 앞으로는 매일 자신이 테이프를 빌리러 올 거라고 확실하게 그곳 비디오 가게 주인의 얼굴을 익혀 두었다. 그러나 그 어느 것도 노인은 보지 않았다. 다음 날 딸과 사위가 슈퍼마켓으로 나가자 노인은 전날 빌려 온 테이프를 들고 비디오 가게로 찾아갔다.

"이건 도시 밍밍해서 재미가 없구먼 그랴. 왜 좋은 것 많잖습디까? 남녀 간에 운우지정을 나누는 것도 있던데……."

"운우지정이오?"

"그랴 운우지정……."

"아, 칼싸움하는 홍콩 비디오 말이죠? 그런데 그건 한국에서처럼 자막 처리를 한 게 아니라서 봐도 내용을 잘 모를 거예요."

한국에서 온 지 몇 해 되지도 않았다면서 그곳의 젊은 비디오 가게 주인은 노인이 말하는 운우지정을 그렇게 받았다.

"아니, 칼싸움하는 게 아니라 왜 거 있잖습디여. 남자하고 여자가 나와 서로 몸을 달구고 하는……."

"아, 포르노 테이프 말이죠?"

"그래. 부르는 거야 뭐라고 하든……."

"몇 개나 드려요?"

노인은 젊은 것에게 무슨 못 할 청이라도 한 듯 민망해져 얼굴이 붉어져 있는데 정작 가게 주인은 아무 일도 아니라는 듯 그렇게 물었다. 대놓고 할머니가 볼 거냐고 묻든가 아니면 누가 볼 건데 할머니가 이런 걸 빌려 가느냐고 물으면 뭐라고 대답해야 하나 적잖이 머릿속이 어지럽기도 했는데, 사내는 빌려 가는 사람이야 누가 되든 단지 그것을 몇 개나 빌려 가는가에 대해서만 관심을 가질 뿐이었다. 바다 건너에서 듣기에도 미국이라는 나라가 뭐 어떻다드니 정말 여기가 미국이라서 그런가 싶으면서도 그것 하나는 사람을 편하게 한다고 생각했다. 노인은 세 개를 달라고 했다. 대여료로 그런 테이프라면 꽤 비쌀 것이라고 생각했는데 의외로 한국에서 온 것들의 반값도 안 하는 것이었다. 사는 것은 빌리는 것의 두 개 값이라고 했다.

"삼 일 후에는 가져다 줘야 돼요. 날짜 어기면 사는 것처럼 두 배 값을 내야 하고요."

"얼른 주기나 혀."

그날 노인은 다시 세 개의 테이프 가운데 두 개의 테이프를 보았다. 내용은 먼저 보던 것들이나 크게 다를 게 없었다. 여자들은 늘 큰 입으로 노새의 그것 같은 남자의 몸을 핥거나 빨고 남자 역시 여자의 그것을 핥고 빠는 것이 허구한 날 그 속에서 이루어지는 일의 전부였다. 때로는 남자와 여자 둘이 어울려 그 짓을 하기도 하고 또 때로는 여럿이 떼를 지어 그 짓을 하는 것도 먼저 보았던 것들과 다를 게 없었다. 그러나 그런저런 장면 중에 남녀가 눈밭에 어울린 개떼들처럼 떼를 지어 그것을 하는 것보다 더 망측하게 생각되는 것은 같은 여자들끼리 서로 몸을 달궈 대며 하는 밴대질이었다. 옛날 임금이 사는 궁궐에서 상궁이나 나인들끼리 그런 밴대질을 했다고는 들었지만, 같은 여자들끼리 몸을 달구는 밴대질에도 거기 나오는 젊은 서양 여자들은 남자들과 어울려 그 짓을 할 때처럼 이상한 신음을 내며 몸을 뒤틀고 아래로 그것을 흘려대는 것이었다. 또 때로는 여자 혼자 거기에 손을 넣어 제 몸을 달구거나 남자의 음경같이 생긴 물건을 그 속에 집어 넣고 몸을 뒤틀고 하는 것이 나왔다.

그런데 한 번도 그래 본 적이 없으면서도 이상하게 그 장면만은 늘 어떤 옛일처럼 새롭게 느껴지는 것이었다. 서른다섯이 되던 해 봄 일찍 영감을 보내고 나서 이곳저곳 남의 집 허드렛일을 거들며 그래도 남 안 빠지게 두 자식 가르치는 일에 진력하느라 어느 하루 스스로 그렇게 몸을 달구어 본 적은 없었다. 아니, 더러 어떤 밤엔 스스로 그렇게 몸을 달구지 않아도 천근만근 피곤한 가운데서도 몸이 먼저 나이를 알고 그렇게 달아오르곤 했다. 그러면 또 그때마다 그것이 먼저 간 영감에게 무슨 큰 죄라도 지은 것인 양 그렇게 달아오르는 몸을 다스리느라고 이를 악물고 밤새 그 심신의 뜨거움을 참아내곤 했었다. 그리고 그렇게 제 몸의 뜨거움을 다스리고 참는 것을 혼자 몸이 된 여자가 의당 해야 할 도리처럼 여기고 또 그런 스스로를 무슨 열녀처럼 대견하게 여기기도 했었다. 그러나 그런 모든 날들이 지난 이제 먹을 만큼 나이를 먹고 보면 그런 일도 왜 그렇게 젊은 날을 억울하게 보냈는지 모르게 생각되는 것이었다.

그러나 거기까지만 해도 좋았다. 다음 날 남은 한 개의 테이프를 보며 노인은 더 이상 울렁거리는 가슴을 참지 못해 이미 물기 말라 버린 자신의 하체에 마른 등걸 같은 손을 대 쓰다듬어 보다가는 그곳 가운데의 깊숙한 구멍으로 손가락을 밀어 넣었다. 그러나 몸으로는 아무것도 느낄 수 없었다. 자식 둘을 낳고도 오랜 세월 속에 그곳은 이미 손가락 하나 들어가는 길조차 비좁게 말라 있었다. 노인은 다시 화면을 따라 남은 한 손을 옷 속으로 넣어 자신의 처지고 쭈그러진 가슴을 쓰다듬어 보았다. 그것 역시 마음속에 이는 불만큼 몸으로 느껴져 오는 게 없었다. 예전 젊었을 때처럼 한번 그렇게 몸이 달아 주었으면 싶을 만도 한데 그것은 다 쓰러져 가는 고목등걸이나 다를 게 없었다. 화면 속의 여자는 스스로 더욱 몸이 달아 헉헉 소리를 지르며 달리아 꽃잎보다 더 붉고 긴 손톱으로 하초를 헤치고 그곳의 가장 민감한 부분을 위아래로 긁듯이 문질러대고 있었다. 거기라면, 하고 노인은 물기 없는 몸 깊숙이 넣었던 손가락을 빼내 화면 속의 젊은 여자가 하는 동작을 따라 반복해 보았다. 그러나 무망하기는 어디든 마찬가지였다. 이제 젊은 여자는 손이 아니라 사내의 그것과 똑같이 생긴 기구를 쓰고 있었다. 침대 머리맡에서 찾아낸 그것을 한번 핥듯이 입속에 넣어 축축이 물기를 묻힌 다음 다시 훑듯이 그것으로 화면 가득 벌려진 갈색 하초를 헤치고 제 몸 깊숙한 구멍으로 찔러 넣는 것이었다. 화면 가득 여자의 젖이 출렁이고 기구를 찔러 넣은 하체가 춤추듯 위아래로 요동쳤다. 노인도 다시 자신의 두 손가락을 입에 넣어 충분히 물기를 적신 다음 몸 아래로 찔러 넣었다. 그리고 화면 속의 여자가 기구를 잡은 손에 힘을 가하면 노인도 따라 그렇게 속옷 속에 자신의 손에 힘을 가했다. 더 어떻게 하면 될 것도 싶은 마음이었다. 그

압구정동엔 비상구가 없다

때 화면에 작은 변화가 생기며 여자가 누워 있는 침대 맞은편 쪽의 문이 열리고 거대하게 자신의 물건을 세운 남자가 들어왔다. 남자는 다짜고짜 침대 위로 올라가 여자를 타고 앉아 출렁이는 여자의 가슴을 주무르다 헉헉 소리를 지르는 여자의 입속에 자신의 물건을 집어 넣었다. 이제 더 어떻게 따라해 볼 방법이 없는 것이었다. 여자의 신음 소리가 한 고개 두 고개 자지러질 듯 넘을 때마다 노인은 입안의 침마저 말라가는 기분이었다. 마음은 그렇지가 않은데, 도저히 승복하고 싶지 않지만 어쩔 수 없이 몸은 이미 굳어지고 만 것이었다. 그날 노인은 그 비디오가 끝나도록 뜨거우면서도 깊고도 마른 절망을 느꼈다.

밤이 되어 자리에 누워서도 눈앞에 어른거리는 것은 오직 낮에 보았던 비디오 속의 남녀들뿐이었다. 그것은 마치 병 속에 가둬 둔 여러 마리의 뱀처럼 노인의 머릿속에서 서로 몸을 감으며 꿈틀거렸다.

다음 날에도 그다음 날에도 노인은 비디오 가게로 나갔다. 이미 어느 하루 그것을 보지 않고는 못 배기게 된 것이었다. 눈을 감으나 뜨나 오직 얼굴 앞에 어른거리는 것은 아무리 흘려내려도 마르지 않는 샘처럼 물기 가득한 젊은 서양 여자의 하초와 그 하초 앞에서나 여자의 손안에서 독 오른 독사 머리처럼 오뚝하게 서서 방아질하는 남자의 그것뿐이었다. 때로는 한밤중에 몰래 일어나 딸네 부부의 침실을 엿보기도 했다. 그러다 들킨 적은 없었지만 또 제대로 그것을 훔쳐보았던 적도 없었다. 그러면서도 노인은 늘 한밤중에 일어나 거실을 서성이거나 비디오를 보며 그 속에 나오는 짓거리들을 따라 했다.

그러다 노인이 그것 때문에 몸까지 상해 병원으로 실려 갔던 건 딸네 집에 와 머문 지 넉 달이 지나 다섯 달째로 막 접어들던 무렵의 일이었다. 그날도 노인은 다른 날처럼 집 앞 상가에 나가 테이프를 빌려 왔었다.

어떤 테이프든 그 테이프 보던 중 언제나 노인의 마음을 데우는 것은 다른 사내와 어우러지기 전 여자 혼자 욕실이거나 침대에 누워 제 몸을 애무하는 장면이었다. 아니, 그 모든 장면들이 다 그랬지만, 특히 그 부분에 이르러선 자신도 모르게 노인은 화면 속의 동작을 따라 하곤 했다. 그리고 그런 장면은 어느 테이프에든 한 번씩은 꼭 나오게 마련이었다. 아무도 없는 방에 미리 두툼한 요를 편 다음 속껍질 같은 옷을 내리고 노인은 텔레비전을 향해 그 안에 나오는 여자와 똑같은 자세로 누워 손가락을 쓰거나 화면 속의 여자가 쓰는 기구를 대용할 플라스틱 막대기를 사용했다. 그러면 몸은 좀체 생각같이 따라오지 않아도 마음은 화면 속의 것을 앞질러 가는 듯한 기분이었다. 처음엔 쑥스러웠어도 이제는 화면 속의 여자를 따라 일부러라도 헉헉 소리를 지르거나 몸 안으로 꿍얼대듯 신음을 흘리는 일도 어느 정도 그 안의 여자와 장단을 맞출 수 있게 되었다. 그러나 늘 안타까운 것은 거기서 조금만 더 어떻게 해보면 될 것도 같은데 도무지 몸이 그것을 따라 주지 않는 것이었다. 아슴아슴한 기억으로 눈을 감고 젊은 날 영감과의 일을 떠올려 보아도 마음으로만 애틋할 뿐 몸의 뜨거움으로는 조금도 연결되지 않았다. 그날도 그

압구정동엔 비상구가 없다

런 노인의 안타까운 심정과는 상관없이 벌써 화면 속 여자의 방엔 조금 전 찾아오겠다고 전화를 했던 남자가 소리도 없이 문을 밀고 들어와 거침없이 바지를 벗어 내리고 있었다. 노인은 거의 쫓기는 심정이 되어 마른 몸 안에 찔러 넣었던 두 개의 손가락을 더욱 안으로 밀어 넣어 세차게 움직여 대기 시작했다. 옷을 벗은 남자는 침대에 누워 있는 여자의 입에 아직 완전하게 서지 않은 자신의 물건을 넣어 핥게 하다가는 다시 몸을 뒤로 해 바짝 엉덩이를 세운 여자의 하초를 향해 더 이상 참을 수 없게 된 자신의 양경을 깊숙이 찔러 넣어 격렬하게 방아질을 해 대기 시작했다. 빠른 동작으로 그것이 반쯤 밖으로 나왔다가 다시 안으로 파고들 때마다 여자의 가슴은 물을 가득 채운 풍선처럼 요동쳤고, 그때마다 여자의 입에서는 거친 신음이 터져 나왔다. 이제 얼마 안 있으면 사내는 여자의 가슴이거나 하초에 자신의 그것을 물총 쏘듯 쏘아댈 것이었다. 노인은 그전에 자신도 어떻게 하든 이번엔 꼭 몸을 달구어야 한다는 일념으로 그 사내의 동작만큼이나 격렬하게 손을 움직여 나갔다. 정말 뭔가 될 것 같기도 하다는 생각에 마른 속살이 후벼지는 아픔 같은 건 아무래도 좋았다. 어느 나이쯤에 잊어버렸는지도 모를 자신의 뜨거움을 노인은 그렇게 단 한 번만이라도 되찾고 싶었다. 그러는 동안 화면 속의 여자는 거의 악에 받친 신음을 토해내고 있었다. 어느 테이프든 그랬다. 거기서 남자는 여자의 몸 안에 넣었던 물건을 꺼내 그것을 누운 여자의 입이거나 가슴, 하초에 대고 흘렸다. 이제 얼마 남지 않았다. 노인의 마음보다 노인의 손이 더 조바심

첬다. 여자는 매질을 당하듯 몸을 비틀며 악, 악 소리를 지르고, 이윽고 남자는 여자의 몸 안에서 더 이상 주체할 수 없게 된 그것을 꺼내 여자의 파인 엉덩이에 대고 물총을 쏘았다. 그리고 그 순간 노인도 분명 자신의 몸 안으로 어떤 뜨거움과 함께 손바닥이 가득 젖어 드는 질퍽함을 느꼈다. 몸 안에 넣은 손이 그 속에서 흐르는 샘으로 젖어지고 있다는 느낌, 노인은 거기에 손을 넣은 채 그대로 눈을 감았다. 예전 젊은 시절 영감의 몸으로부터 느꼈던 그런 뜨거움은 아니었으나 마른 손에 전해지는 그것은 분명 봇물 터지듯 터지기 시작한, 지금까지 잠들어 있던 자신의 어떤 육욕의 실마리라고 생각했다. 오래도록 노인은 눈을 감고 있었다. 그러다 이윽고 무슨 확인처럼 몸 안에 넣었던 손을 빼 얼굴 앞으로 가져왔을 때, 순간 노인은 흠칫 몸을 떨며 놀라지 않을 수 없었다. 그것은 어떤 종류의 뜨거움이나 흥건함도 아닌, 단지 흘러 끈적거림일 뿐인 몸 안의 피였던 것이다. 노인은 다시 깊고도 마른 절망을 느꼈다. 텔레비전 속의 여자는 사내의 몸에서 받아낸 그것으로 더욱 물기 촉촉해진 자신의 그것을 자랑스레 노인의 눈앞으로 디밀고 있었다. 망할 것……. 노인은 자신도 모르게 깊은 한숨을 내쉬었다.

그러나 더욱 난감한 것은 나중의 일이었다. 가까스로 정신을 차린 다음 엉금엉금 휴지가 놓인 곳으로 기어가 아무리 하초에서 흐르는 피를 수습하려 해도 속살 안에서 터진 그것은 좀체 멈춰지지 않았다. 다시 몸을 벌려 휴지로 그 안을 틀어막아도 허사였다. 그것은 여러 겹 감은 붕대 바깥으로 배어나오는 피처

압구정동엔 비상구가 없다

럼 휴지를 적셨고, 갈아 끼우려 그것을 빼면 다시 봇물 터지듯 방바닥으로 떨어지거나 비쩍 마른 다리를 타고 흘러내렸다. 노인은 더 이상 어떻게 해볼 방법이 없었다. 시간이 흐르며 이대로 남의 땅에 와 죽는 게 아닌가 하는 생각이 들자 노인은 앞뒤 가릴 것 없이 다급하게 딸네의 슈퍼마켓으로 전화를 넣었다.

"그래, 에미다. 김 서방한텐 말하지 말고 너만 지금 빨리 집으로 좀 오너라. 에미가 여기서 이대로 죽을지도 모르니까. 글쎄, 지금 몸에 피를 많이 흘리고 있다니까……."

그러나 연락을 받고 온 사람은 딸이 아니라 사위였다. 다행히 그동안 노인은 테이프를 치우고, 방에 깔아 놓았던 요의 홑청을 뜯고, 피를 닦아 낸 휴지를 치웠다. 그 사람은 운전을 할 줄 몰라서요. 그렇다고 가게를 비울 수도 없는 일이었을 것이다. 사위는 노인이 그냥 부엌일을 하다 칼을 잘못 다뤄 허벅지에 상처를 낸 것이라고 생각하는 모양이었다. 딸은 다시 제 서방의 연락을 받은 다음 뒤늦게 병원으로 찾아왔다.

한국에서 건너왔다는 의사는 대충 응급 수술을 끝내고, 집 안에 강도가 든 것이냐고 물었다. 노인은 아니라고 대답했다. 그럼 어쩌다 그곳에 그런 상처를 입게 되었느냐고 물었다. 차마 비디오 이야기는 하지 못했다. 아니, 할 수가 없었다.

"할머니가 일부러 상처를 낸 거지요?"

노인은 대답하지 못했다. 의사는 무언가를 알고 있는 듯한 눈치였다.

"돈 버는 일도 중요하지만 자식 되시는 분들이 더 관심을 가

저야겠어요. 이민 온 노인분들 가운데 더러 그런 분들이 계십니다. 아무도 없는 집 안에 늘 혼자만 계시니까 말동무도 없는 거구요. 어린아이들이 부모의 관심을 끌고 싶어 하듯 나이 드신 부모님도 자식들의 관심을 끌려고 가끔 그렇게 자해하기도 한답니다. 내 속으로 낳은 자식이다, 하는 생각에 자궁을 자해한 것인지도 모르고요."

그리고 의사는 다시 딸에게 이렇게 말했다.

"잘 관찰해 보세요. 그 이상일지도 모르니까. 어쩌면 이질적인 문화 충격에서 오는 성도착증이거나 성중독증일지도 모릅니다. 전에도 그런 환자분이 있었어요. 이민 온 지 일 년이 조금 넘은 노인이었는데, 할 일이 없으니까 늘 집 안에서 혼자 싸구려 비디오를 보았답니다. 아들 부부 침실에 있는 걸 말이죠. 그리고 그걸 보니까 생각나는 것은 있다 이거지요. 몸은 굳어졌지만 이미 다 겪어 아는 일, 마음은 앞서고요. 지켜보세요, 한번. 아니면 이 기회에 정신과 진찰을 받아보시든가……."

"아니에요. 저의 어머니는."

딸은 완강하고도 단호하게 그것을 부인하며 차라리 먼젓번 쪽을 택하고 싶어 하는 것 같았다. 아마 그 일에 대해 뒤에도 더 말이 없었던 것도 그런 심정 때문이었는지 모른다. 알면서도 딸은 그렇게 믿고 싶었을 것이다. 병원엔 꼬박 닷새를 누워 있었다. 퇴원해서도 노인은 그냥 집 안에 혼자 있으니까 너무 외롭고 사람 냄새가 그리워 나도 모르게 그런 자해를 하게 되었다고 말했다. 그러니 얼른 느 오래비 있는 곳으로 보내 달라고 했다. 거기

가면 아무 일도 없을 것 같은 생각이 들었다.

그러나 노인이 한국으로 돌아온 건 손주딸이 전기대학 시험에서 떨어진 다음 다시 친 후기대학 시험에 붙고 나서였다. 그동안에도 딸은 여러 번 서울로 국제전화를 거는 모양이었지만 아들과 며느리는 조금만 더 참고 견뎌 달라고 말하는 것 같았다. 아마 그 참고 견디는 일도 노인에게가 아니라 제 동생에게 한 부탁이었을 것이다. 후에도 노인은 늘 마른 절망 속에서 비디오를 빌려 보았고, 또 그것으로 다시 깊고도 건조한 절망을 느끼곤 했다. 노인의 머릿속엔 세상 일이 온통 그것으로만 꽉 채워져 있었다. 딸네 부부가 식탁에 앉아 밥을 먹는 모습이나 함께 슈퍼마켓으로 나가는 모습까지도 벌거벗은 몸으로 그 짓을 하고 있거나 하러 나가는 것처럼 보였다. 자신도 어디 아무에게나 한번 그렇게 몸을 내맡기고 싶은 생각이 비디오를 볼 때마다 굴뚝처럼 솟아오르곤 했다. 그러나 LA에선 한 번도 그렇게 해본 적이 없었다.

서울에 돌아와서도 그랬다. 미국에서 노인의 몸보다 말이 먼저 와서인지 아들과 며느리, 손주들도 예전같이 노인을 대하지 않았다. 첫날부터 가족들은 뭔가 새로운 징후를 찾아내기라도 하듯 오 분마다 한 번씩 노인의 방을 기웃거렸다. 오랜 여행길의 피로와 아직 시차 적응을 못해 누워 있는 것조차 가족들은 이상한 쪽으로만 보려고 했다. 거실에 놓았던 텔레비전도 이미 다른 방에 치워져 있었다.

LA에서 비행기를 탈 때만 해도 노인은 한국에 돌아가면 모든 게 달라질 거라고 생각했다. 그러나 달라진 건 아무것도 없었다.

사람 냄새가 그리운 것조차 그랬다. 노인은 이내 다시 병이 도지고 말았다. 어떻게든 참아 보려고 보름을 버티던 끝에 노인은 길두 개 건너에 있는 비디오 가게를 찾아갔다.

"웃겨."

어느 날, 학교에 갔다가 다른 날보다 일찍 들어온 손주년이 비디오를 보다 늦게 문을 열어 주자 무언가 냄새를 맡듯 방 안의 공기를 살피며 그렇게 말했다.

"할머니 비디오 봤지?"

"비디오는 무슨……."

"고모집에서도 만날 그것만 봤다고 다 들었는데 뭘. 재미있어요, 그거? 지금 있으면 나도 보여 줘. 할머니 혼자만 보지 말고……."

"이년이 아니라니까 그러네."

"아니긴 뭐가 아니야. 다 아는데. 할머니 거기서 그러다 병원에도 갔다 왔지? 웃기지도 않는다니까, 정말. 다 늙은 할머니가 그런 걸 봐서 뭘 해? 있으면 나나 좀 보여 주지."

"너 자꾸 그러면 애비한테 이른다."

"할머니 보는 비디오 보여 달랬다고? 일러. 일러 보시라니까. 자신 있으면……."

영악해 빠진 것 같으니라구……. 노인은 손주들에게도 더 이상 할머니가 아니었다. 다시 집을 나서며 망할 년은 나 있어서 못 보겠다 이거지? 그래, 나 없어져 줄 테니까 할머니 혼자 많이 봐, 많이 보라구, 하고 이죽거렸다. 그런 날은 정말 내가 왜 이러나 싶기도 해 죽고 싶은 마음이다가도 그 마음이 좀 진정되면 어느새 눈길은 다시 그것을 감춰 둔 옷장으로 가 박히는 것이었다.

미국에서 건너온 지 석 달 되었을 때 그 일로 모처럼 휴가를 낸 아들과 함께 병원에도 다녀왔었다. 의사는 미국에서의 생활을 시시콜콜하게 물어보았다. 모든 걸 그는 비밀로 지킬 것이며, 사실대로만 얘기해 준다면 그것을 낫게 해줄 수도 있다고 했다. 그러나 의사는 비밀을 지킨다는 약속도 병을 낫게 해준다는 약속도 지키지 않았다. 차를 타고 돌아올 때 아들은 단 한 마디의 말도 하지 않았다. 나중에 안 일이지만 그걸로 즈들 부부간에도 어떤 의논이 있었던 것 같았다. 그러나 더 이상 병원에 다니게 하거나 입원을 시키는 일 같은 건 하지 않기로 결정을 본 모양이었다. 그런 것 하나에까지도 흔들릴 만큼 아들의 체면과 위치는 위태롭고도 높았다. 이쪽에서 다시 미국의 딸네 집으로 뻔질나게 전화가 가기 시작한 것도 바로 그 무렵의 일이 아닌가 싶다. 이제는 정말 니가 어머니를 모셔 달라고. 전화에 대고 아들은 제 누이에게 통사정을 했다. 에미의 일로 둘뿐인 남매간의 우애까지 금이 가고 있었다. 이후에도 딸은 먼저 전화를 하는 법이 없었다.

"점점 심해지니 어쩌겠어요. 안에서야 무슨 짓을 하든 바깥에만은 소문 안 나게 해야지. 그렇다고 장한 당신 어머니 중독성 성도착증 걸렸소, 하고 광고하듯 입원시킬 수도 없는 일이고요. 안 그래요?"

"말리지 말고 적당히 못 본 척해. 그때 의사 말로도 근본적 치

료 없이 말리기만 하면 더 이상한 쪽으로 발전하거나 아주 헤까
닥 정신을 놓게 될지도 모른다니까."

"좌우지간 저런 귀신들은 명도 질기다니까. 자식 도와주는 셈
치고 적당한 때 적당히 죽으면 어때서…… 이젠 꼴에 나 없으면
비디오 가게도 저녁때 나가는가 봐요."

"저녁땐 또 왜?"

"아나요, 누가. 거기 나갔다 돌아오는 길에 이 남자 저 남자 기
신거리기도 하는지."

"그러면 저녁엔 못 나가게 해야지."

"무슨 재주로요? 나 없을 때만 골라서 나가는데."

"그러니까 당신이 그 시간엔 집에 있어야지. 어딜 나가
든……"

"그러는 당신은 일찍 들어오면 안 되고요?"

"나야 나랏일 때문에 그러는 거 아니야."

"차라리 곱게 노망을 떨든가 얼른 죽기나 하지. 이건 친정에도
창피스러워 얘기할 수 없으니……"

"자자, 얼른 자자구. 이리 가까이 오라니까……"

"그 어머니에 그 아들이라더니, 이이가 정말……"

며느리의 간드러진 교성이 그 방에서 들려오는 것 같았다. 그
날도 노인은 밤늦도록 아들 부부의 침실 앞에 서성거렸다.

전에 구로공단 '태양전자' 전무실 한편에 책상을 놓고 앉아 전
화를 받거나 찾아온 손님들의 차 시중을 들던 바로 그 여자아

이가 압구정동으로 나온 다음 주 금요일의 일이었다. 그날 밤 그 여자아이는 몇 개의 다리를 거친 끝에 누군가의 소개로 '여왕벌 클럽' 소속의 콜걸이 되어 그 첫 손님으로 어느 레미콘 회사의 영업이사와 잠자리를 같이 했다. 따라온 또 한 여자는 그 노인의 아들 부하 직원의 방에 들어갔다.

III

8층에서 7층으로 가는 비상구

은마를 꿈꾸며

자리에서 일어나 그는 시계를 보았다. 9시 30분이었다. 그는 자기가 다른 날보다 조금 일찍 일어났다는 것을 알았다. 보통은 10시가 되어야 자리에서 일어나곤 했다. 집에 돌아와 자는 날은 대개 그랬다.

어제도 그 잡지사 기자는 '언더그라운드'로 그를 찾는 전화를 했었다.

"어제 전화했던 월간《사회문화》의 이 기잡니다. 혹시 강혜리 씨 나와 계시는지요?"

그 기자는 참으로 끈질긴 데가 있었다. 벌써 며칠째 그는 같은 전화를 걸어 같은 내용을 말하고 있었다.

"이제 전화 좀 그만하셨으면 해요. 할 얘기도 없고 하고 싶은 얘기도 없어요. 또 그런 데 얼굴 팔 자신도 없고요."

늘 그랬던 것처럼 그는 여자처럼 가늘면서도 허스키한 목소리로 전화를 받았다. 신체의 한계보다 더 분명한 게 음성의 한계였다. 기자가 처음 전화를 걸었을 땐 대충 무슨 일 때문에 그러리라는 걸 짐작하면서도 그는 왜 전화를 했느냐고 물었다. 기자는 취재 협조를 부탁한다고 했다.

"저희 《사회문화》에서 다음 달 기획 기사를 하나 준비하고 있습니다. 제가 그걸 맡았는데, 아니, 맡은 게 아니라 솔직히 말하자면 위에서 그런 오더가 떨어졌는데, 자세한 건 만나서 차차 말씀드리기로 하고, 중요한 건 그걸 못 해 들어가면 제가 직장에서 밥자리를 잃게 될지도 모른다는 거지요. 부양가족이 둘씩이나 있는 남자가……."

그때만 해도 그 기자는 단번에 이쪽의 회답을 받아내겠다는 듯 제법 여유 있게 말했다. 그런 일로 밥자리를 걱정할 사람 같지도 않았고, 또 전화로긴 하지만 이쪽 분위기에 대해 크게 낯설어하는 것 같지도 않았다. 그리고 찾아야 할 사람의 이름까지 정확하게 강혜리라고 댄다면 따로 길게 설명하지 않아도 그것이 대충 어떤 내용의 취재일 거라는 것은 '언더그라운드'의 사람이면 누구나 다들 잘 알고 있는 일이었다. 전에도 어떤 여성지의 기자가 그렇게 직접 '언더그라운드'를 찾아온 적이 있었다. 그러나 그때는 모두 그 취재를 거절했다. 그 남자는 노골적으로 '언더그라운드'의 사람들을 무슨 기형적인 벌레 보듯 대했다. 아무도 그 취재에 응하지 않았지만 그 여성지는 '언더그라운드' 사람들 외에도 몇몇 이쪽 사람들을 만나 직접 이야기를 들어 본 것처럼 기사를 써댔다. 이번에도 그런 거겠거니 하고 그는 첫마디에 만날 이유가 없다고 말했다. 그러자 기자는 며칠째 같은 전화를 걸어 자기 밥자리 때문이 아니더라도 꼭 만나야 할 이유를 설명하고 있었다.

"제가 여기에 있는 건 어떻게 알았는데요?"

"솔직히 말씀드리죠. '언더그라운드' 얘기는 전부터 들었지만, 이 취재를 준비하기 전 대학병원 비뇨기과에서 약간의 사전 지식과 몇 사람의 전화번호를 받았습니다. 그래서 몇 군데 무턱대고 전화를 했는데 다들 거절하기도 하고 또 우리가 찾는 사람들도 아니어서 다시 강혜리 씨에게 매달리는 겁니다. 이제 제가 매달릴 수 있는 사람도 강혜리 씨뿐이고요. 그 대학병원 의사도 강혜리 씨 얘기를 제일 많이 했어요."

기자는 아무 때나 그쪽에서 원하는 때를 잡아 시간을 내 달라고 했다.

"아저씨, 암만 얘기해도 그런 일로 우리는 안 만나요. 차라리 저녁 시간에 연애 약속을 하면 몰라도…… 만나든 안 만나든 전에 그 기자처럼 이상한 쪽으로 이야기를 몰고 가려는 게 뻔한데. 안 그렇나요?"

"우리《사회문화》는 그런 여성지들처럼 사람을 만나지 않고도 만난 것처럼 기사를 쓰지 않습니다. 그래서 제가 이렇게 여러 날 전화를 하는 거구요. 그리고 의도적으로 이야기를 이상한 쪽으로 끌고 가자는 것도 아닙니다. 또 그쪽도 나름대로 하고 싶은 얘기가 있을 것 아닙니까. 그러면 그 내용도 전하고 말이죠. 그런 노력을 전혀 안 하는 것보다는 그래도 한 번이라도 해보는 쪽이 낫지 않겠습니까? 그리고 전에도 여러 번 얘기했지만 분명하게 말씀드리는 건 취재를 한다 해도 내용만 취재하는 것이지 한 개인의 프라이버시나 인권은 절대로 침해하지 않을 거라는 것입니다. 아시죠?《사회문화》가 그런 잡지가 아니라는 건······.”

그 기자는 원한다면 자기가 '언더그라운드'로 찾아오겠다고 말했다. 그는 엉겁결에 여기는 안 된다고 말했다.

“그러면 다른 데라도 좋아요. 그쪽에서 원하는 장소면 아무 데나요.”

“제가 안 된다고 하면 다시 또 전화를 걸 건가요?”

“아마 그렇긴 하겠지만 귀찮게 할 생각으로 이러는 건 아닙니다. 단지 저는 제가 할 수 있는 데까지는 강혜리 씨를 설득해 볼 생각인 거지요.”

“그래서 설득해도 안 되면요?”

“그때는 제가 직장을 그만두게 되겠지요.”

“좋아요. 내일 저의 집으로 찾아오세요. 기자 아저씨 혼자요.”

며칠을 두고 거절하던 사람치고는 너무도 쉽게 그가 그렇게 말했던 것은 프라이버시니 익명성 보장이니 하는 말보다는 이 쪽에서도 무언가 할 이야기가 있을 것 아니냐는 말 때문이었다. 그 기자의 설득이래도 좋고 설득이 아니래도 좋았다. 전에도 몇 몇 여성지를 통해 트랜스젠더 바나 트랜스젠더들에 대한 '밀착 취재' 기사를 읽어 본 적이 있었다. 그러나 그 기사들은 하나같이 이쪽 사람을 만나보지도 않은 채 그것을 쓴 기자의 머릿속에서만 그려진 말로만 '밀착 취재'들이었다. 트랜스젠더 바의 분위기를 설명한 것도 그랬고, 또 한편으로 트랜스젠더들의 모습과 그 트랜스젠더들의 입을 통해 듣는 '육성'도 그랬다. 처음부터 너희는 더럽고 혐오스럽다고 그들은 쓰고 있었다. 충분히 그럴 수 있는 일이어도 이쪽에서 하고 싶은 진짜 이야기는 하나도 전해진 게 없었다. 우리가 얼마나 여자다우며 또 여자답기 위해 얼마나 노력하고 있는가에 대해. 아니, 우리가 여자로 불리고 또 그렇게 인식되어지기 위해 얼마나 노력하고 있는가에 대해. 그것이 우리가 살아가는 단 하나의 삶의 목적이고 이유라는 것에 대해. 그는 기자에게 내일 집을 찾아올 수 있는 대강의 약도와 전화번호를 알려주었다. 다른 다방이나 커피숍에서 나눌 이야기가 아님을 그도 그 기자도 잘 알고 있는 일이었다.

기자에게서 전화가 온 건 정확하게 10시 50분쯤이었다. 그때 그는 자고 일어난 자리의 이불을 개고 방을 정리하고 있었다. 화장도 다른 날보다 신경 써 예쁘게 했다. 기자는 집 앞 큰길까지 차를 몰고 왔다고 했다. 짐작했던 대로 서른서너 살쯤 된 남자였다.

"방이 이쁘군요. 혼자 삽니까?"

13평쯤 되는 작은 아파트였다. 거실에서 다시 방으로 따라 들어와 한동안 침묵을 지키던 기자가 입을 열었다.

"늘 신경 쓰고 살아요."

압구정동엔 비상구가 없다

옅은 분홍색 시트의 침대와 그 침대 머리맡에 놓인 작은 마차 모양의 장식용 전등, 까만 철제 장식대, 흰 레이스 커버로 덮은 텔레비전과 오디오 세트, 큰 거울이 달린 화장대, 너무 가짓수가 많다 싶게 진열된 갖가지 모양의 병과 갖가지 색깔들의 입술 화장품들, 크고 작은 인형 여러 개, 한쪽 벽에 8절지 크기는 되게 뽑아 걸어놓은, 배경을 이룬 꽃보다 예쁘게 웃고 있는 그의 사진, 그런 것들 모두가 한데 어우러져 어느 여자의 방보다 더 아늑한 분위기를 연출했다.

"차 하시겠어요?"

그가 수줍은 듯 입술을 가리며 말했다.

"좋지요. 나는 커피면 되겠는데……."

"저도 아직 차를 안 마셨거든요. 기다리세요, 그럼……."

그의 좁은 아파트에서 그래도 넓은 공간이 그의 방이었다. 그가 여자처럼 손바닥으로 방바닥을 짚고 일어나 주방으로 나갔다. 굴곡 뚜렷한 엉덩이에 꼭 끼는 치마와 그 치마 위로 나타나는 팬티 자국까지 영락없는 여자의 뒷모습이었다. 그가 나간 다음 기자는 다시 방을 둘러보았다. 몇 개의 여성지와 일본 잡지가 까만색 철제 장식장에 꽂혀 있었다. 그리고 그 옆에 『젊은 여성에게 고함』이라는 어느 대학 선생이었던 사람이 쓴 책과 『접시꽃 당신』, 『사랑한다는 말보다 더욱 더 마음절이는……』 하는 책 몇 권이 눈에 띄었다. 한참 후에 그가 예쁜 꽃무늬의 쟁반 위에 역시 꽃무늬가 그려진 찻잔 두 개를 얹어 내왔다.

"차 드세요. 처음 겪는 손님이라 어떻게 대접해야 하는지 잘 몰라요."

처음 생각했던 것(저녁에 연애 약속 어쩌고 할 때)보다 그는 수줍음을 많이 타고 있었다.

"됐습니다. 차야 뭐 편하게 마시면 되는 거니까."

"제가 미웠죠, 아저씨? 전화도 여러 번 하셨댔는데……."

"아뇨. 그 점에 대해선 오히려 제가 미안하게 여겨야겠지요. 그럼 시작할까요?"

"예. 그런데 전 처음이라 뭘 어떻게 해야 되는지 잘 몰라요."

"묻는 말에 대답만 해주면 돼요. 그런데 몇 가지 전제가 필요합니다. 우선 정직하게 말해 줘야 돼요. 싫으면 안 해도 되지만 거짓말은 서로 안 하기로 합시다. 하면 속을 수밖에 없지만 나도 무조건 이해한다는 식으로 거짓말로 맞장구를 치지는 않을 거고 말입니다. 그리고 강혜리 씨가 나를 도와주고 있는 건 사실이지만, 그런 이유로 내가 무조건 강혜리 씨를 이해할 거라고도 생각하지 말아 주고요. 취재를 하다 보면 때로는 듣기 싫거나 아픈 질문도 나갈 겁니다. 싫으면 대답 안 해도 돼요. 싫은 표정을 그냥 그대로 지어도 좋고요. 나도 하다 보면 아마 그렇게 나갈 겁니다. 그리고 이야기에 들어가기 전에 먼저 몇 가지 여기까지 찾아온 제 심정에 대해 밝혀 둘 게 있어요. 그렇다고 그렇게 긴장하면서까지 들을 건 없고 서로 편하자고 하는 거니까……."

기자는 솔직한 사람 같았다. 그동안 목소리로 짐작했던 대로 키도 크고 얼굴 윤곽도 뚜렷한 데다 눈매도 서글서글했다. 그는 늘 그런 남자와 함께 있기를 꿈꾸어 왔다.

압구정동엔 비상구가 없다

"그러니까 괜히 겁이 나네요. 기자 아저씨라고 해야 하나 기자 선생님이라고 해야 하나, 그냥 제가 편한 대로 부를게요. 아저씨라고, 늘 그렇게 불러왔거든요. 아저씨 아니면 오빠 이렇게요."

"그게 편하면 그렇게 하십시오. 그리고 조금 전 말씀드리던 건데……."

기자는 일의 성격 자체가 전적으로 그쪽의 도움을 받는 것이긴 하지만, 그리고 취재를 하며 이야기를 듣는 동안 어떻게 생각이 바뀔지는 모르지만 현재로서는 이 일로 불쾌한 기분은 아니라 하더라도 결코 편한 기분은 아니라는 것과 또, 여자 아니면 남자 하는 식의 어떤 전형과도 같은 성에 대한 고정관념의 전도顚倒에서 오는 혼란을 이야기했다. 그리고 어떠한 질문을 하게 되더라도 그것이 흔히 '트랜스젠더'라고 불리는 사람들에 대한 어떤 천박한 호기심으로 묻는 질문이 아님을 미리 알아 달라고 했다. 그러면서 기자는 그가 원한다면 기사가 쓰인 다음 활자화되기 전 그것을 보여 줄 수도 있다고 말했다. 그러나 한 개인의 인권에 관한 문제이거나 프라이버시에 관계되는 문제가 아니면 수정해 달라는 요구에는 응하지 않을 것이라고 못을 박았다.

"됐지요? 본명은 물어도 말하지 않을 테니까 그만두고 나이하고 키, 직업, 뭐 그런 편한 이야기를 합시다. 남자라면 작고 여자라면 커 보이는데."

"스물네 살이에요. 165센티미터고요."

본명은 강혁주라고 했다.

"쓰지는 말고요. 쓰면 안 돼요. 이제는 저도 거의 잊어버리고 살아요. 지금은 주민등록증에만 그렇게 적혀 있는 거니까. 가지고 다니지도 않고요."

강혁주? 그러자 기자는 다시 혼란을 느꼈다. 이 방에 와서 보고 들은 것 가운데 가장 어울리지 않는 것이 바로 그의 이름이었다. 누가 보든 그는 아름답다 못해 육감적이고 도발적이기까지 한 미인이었다. 마주 앉아 가장 신경 쓰이는 것도 앉느라고 더욱 바싹 당겨져 올라간 치마 아래로 드러나는 그녀의 아니, 그의 눈같이 흰 허벅지였고. 그래서 시선을 얼굴 쪽으로 올리면 이번엔 뭔가 사람을 빨아들일 듯 고혹적인 그의 눈과 마주쳤다. 수술을 한 것 같지 않은데도 쌍꺼풀이 지고 화장도 천박하지 않았다. 옅은 핑크색 루즈를 바른 입술도 도드라질 만큼 도톰했다. 누가 이를 남자라고 할 것인가.

"어릴 때 특별히 기억나는 일은 없어요. 언니가 둘 있었는데, 언니들하고 노는 것이 그냥 재미있었다는 정도밖에는요. 얼굴은 어릴 때도 하얗고 깨끗했대요. 큰언니가 저보다 세 살 더 많고 작은언니가 두 살 더 많았는데, 같이 늘 인형놀이를 했어요. 그러다 언니들 옷을 입으면 기분이 참 좋았고요. 저는 이렇게 목에 레이스가 달린 옷이 좋았어요. 그런데 제 옷은 모두 남자아이들이 입는 옷이라 새 옷을 입어도 좋은 기분이 나지 않았어요. 꼭 남의 옷을 얻어 입은 것처럼 말이죠. 가끔 엄마나 이모 화장도 해보고요. 그러면 기분이 그렇게 좋을 수가 없었어요. 그러다 들키면 엄마 아빠한테 무지무지 하게 혼도 나고요. 아마 제가 여자 같아서 더 그런 걸 혼내고 했는가 봐요. 아빠가 무척 무서웠어

압구정동엔 비상구가 없다

요. 엄마는 지금도 가끔 찾아가기도 하고 오기도 하고 그러는데, 이 집도 엄마가 사 줬고요. 아마 나 때문에 이혼을 한 것 같은데, 내가 고등학교 2학년 때 언니 둘은 내가 창피스럽다고 아빠 따라가고 나는 엄마하고 살다가 나중엔 이렇게 나와 살고요. 그런데, 내가 어릴 때도 아빠는 다른 여자가 있었던 것 같아요. 지금 살고 있는 여자는 아니고요. 남들은 그런 데서 어떤 동기 같은 걸 자꾸 찾으려고 하는데, 아마 그렇지는 않을 거예요. 나는 태어날 때만 남자 몸을 하고 태어난 여자일 뿐이지. 그러다 커서 내 스스로 여자로 가꾸어 나가는 거구요."

"그 밖에 뭐 기억나는 건 없어요? 스스로 느끼는 성의 어떤 혼란 같은 거 말이에요. 일테면 남자인 줄 알았는데 어느 날 보니 여자 같다든가, 아니면 여잔 줄 알았는데 소변을 볼 때 남자 같은 느낌이 들었다거나 하는……"

"국민학교 땐데 그때는 다 장발을 했던 것 같아요. 중학교나 고등학교 오빠들은 아니지만 대학생 오빠들도 길게 머리를 길렀거든요. 우리도 중학교에 들어가기 전까지는 다들 머리를 길렀고요. 그러니까 동네 사람들이 그래요. 아빠나 엄마보고 딸만 셋이냐고요. 그러면 아빠나 엄마는 아니라고 하는데 나는 그렇다고 대답하고요. 또 동네 사람들이 그래요. 얘가 남자냐 여자냐, 하고 물어요. 어떤 아저씨는 내 몸 아래를 잡아 보기도 하고 그랬는데(그때 그는 예의 수줍음을 탔다), 그러면 그게 그렇게 부끄러울 수가 없었어요. 체육 시간에도 남자애들이 하는 놀이는 무서워서 잘 못했고요. 집에서는 언니들하고 여자놀이를 하는데, 학교에서는 여자애들이 끼워 주지 않으니까 그냥 구경만 하고 그랬어요. 중학교 때도 그랬고요. 1학년 때 남자 학교에 남자 교복을 입고 들어가니까 첫날 대뜸 담임선생님이 그러시는 거예요. 야, 색시, 하고 말이죠. 그러니까 애들이 막 웃는데, 나는 좋았어요. 머리를 까까머리로 깎았는데도 담임선생님은 내가 여자인 줄 알아본 거예요. 국민학교 6학년 때도 우리 반에서 나만큼 예뻤던 애가 없었어요. 걔들은 다 여자 학교로 갔는데 나만 남자 학교로 갔어요. 아빠한테 나도 여자 학교로 보내 달라고 얘기했다가 정말 엄청나게 혼도 났고요. 그러곤 특별하게 기억나는 게 없는데, 아니에요. 담임선생님 말고도 나를 여자로 알아본 오빠가 있었어요. 이런 얘기 해도 되죠, 아저씨."

"무엇이든지요. 하고 싶은 얘기는 다……."

그러면서 기자는 '색시'니 '계집애'니 하는 말을 들었을 때 때로 어떤 수치심 같은 것은 느껴보지 않았느냐고 물었다. 대학병원(정신과)에 나가 취재 자료를 준비하던 중 성장기에 그런 수치심이 여자같이 생긴 남자아이들에게 많은 부분 이성 성향을 억제하게 하는 요인으로 발전하기도 한다는 것을 들었기 때문이었다. 아뇨. 그는 짧게 대답하곤 다시 얼굴이 빨개져 입가로 손을 가져갔다. 손도 남자의 손이 아니었다.

"해봐요. 계속. 아까 하려다 그만둔 얘기도."

"중학교 2학년 땐데 아마 방학 때였을 거예요. 그땐 압구정동으로 이사 오기 전 정릉에 살았댔는데, 집 뒤에 산이 있었어요. 거기 올라갔다가 동네 오빠를 만났어요. 저는 책갈피에 넣을 꽃

도 따고 잎도 따고 했는데 그 오빠가 올라왔더라구요. 뭘 하냐
고 물어요. 그래서 그냥 논다고 하니까 그 오빠가 이리로 와 보
라고 해요. 그러면서 숲으로 끌고 가요. 거기 가서 여자로 태어
나 첫 경험을 했어요. 그 오빠가 가만히 안아 주는데 가슴이 막
울렁거리면서 기분이 참 이상했어요. 그렇게 조금 있다가 그 오
빠가 내 손을 잡아 바지 속에 넣고 자기 거기를 만져 달라고 했
어요. 그래서 만져도 주고, 그 오빠가 막 더 흥분을 하는 것 같
아 입으로도 해줬어요. 그다음 날에도 그 오빠를 만나러 산에
가고요. 처음엔 손으로 만져만 주고 입으로만 해줬는데, 나중엔
그 오빠가 내 몸을 뒤로 하고 정말 그거를 했어요. 몸 안으로 남
자 몸을 받아들이기는 그 오빠가 처음이었는데, 정말 처녀막이
찢어지는 것처럼 아팠어요. 그런데도 기분은 참 좋았어요. 아직
가슴도 나오지 않고 소변도 남자 성기로 보고 했는데, 그 오빠하
고 그걸 하고 나서 생각하니까 제가 정말 여자라는 걸 알겠더라
구요. 그 오빠가 내 몸의 눈을 뜨게 해준 거지요. 그리고 고등학
교 때도 뒤에 큰 남자애들한테 불려가 그걸 해주고요. 2학년 때
경주로 수학여행을 갔는데, 그때도 뒤에 앉는 큰 애들한테 매일
밤 그걸 해주고요. 후에도 내가 마음에 들면 먼저 그렇게 유혹
해서 해주기도 하고요. 강제로 해달라고 해서 해주는 것보다 그
쪽이 더 기분도 황홀한 것 같았어요."

"그럼 그때까지 여자친구는 없었어요? 그 나이의 남자들은 여
자친구를 보면 마음이 울렁울렁하는데 그런 느낌도 없었고?"

"동성애 말이죠? 그런 건 그런 것만 따로 좋아하는 여자들이

있잖아요. 나는 딱 한 번 그 비슷한 걸 해봤는데, 그랬어요. 같은 여자들하고 하는 건 이상하더라구요. 멋있고 잘생긴 남자를 보면 가슴이 울렁울렁해도……."

"그걸 동성애라고 불러야 할지 어떨지는 모르겠지만, 좌우지간 강혜리 씨가 동성애라고 그러니까 동성애라고 치고, 여자하고 할 땐 어떻게 했는지, 기분이 어땠는지 얘기해 줄 수 있어요?"

"이상해요. 그건…… 딱 한 번이라 뭐가 뭔지도 잘 모르겠고요."

"듣고 싶어서 그러는 거예요. 다른 건 얘기 안 하더라도 그 얘기는 꼭 좀 들었으면 하는데."

"쓸 거예요, 그것도?"

"듣고 나서 내가 판단하지요. 강혜리라는 이름은 빼고."

"내가 그랬다는 건 빼줘요. 그냥 나한테 들은 내 친구 얘기라고 그러고요. 그러면 이야기할게요."

"해 봐요."

"고등학교 땐 머리를 조금 길렀거든요. 교복 자율화라고. 그때 엄마 아빠가 이혼을 했을 땐데, 우리가 나가서 따로 살았어요. 처음엔 말리다가도 엄마는 그때 이미 나한테 체념하는 것 같았구요. 편했어요, 더. 엄마하고만 사니까. 그때 엄마 몰래 화장도 하고 했는데, 어떻게 만난 여잔지는 잘 기억이 안나요. 그런데 말이죠. 그것보다 먼저 할 이야기가 있어요. 아까는 조금 숨기려고 얘기를 안 했던 건데, 지금 해도 괜찮죠?"

"해봐요, 뭐든지. 순서 생각하지 말고 그냥 강혜리 씨 생각나는 대로."

"지금은 안 그렇지만 그때는 우리 반 남자애들이나 다른 오빠들하고 그걸 할 때, 왜 제가 입으로 해준다고 했잖아요. 오랄로. 그러면 남자들 성기가 크게 발기가 되잖아요. 같은 반 남자애들이나 바깥에서 만난 오빠들 성기를 애무해 주면 마음은 내가 정말 여자라는 생각에 그렇게 황홀할 수 없는데, 몸은 그렇지 않았어요. 그땐 성기에 남자 같은 것이 달려 있었는데, 내가 남자들 몸을 애무해 주면 내 몸에 달린 그것도 따라서 커지고 발기가 되는 거예요. 아저씨처럼 멋있는 오빠를 봐도(그는 잠시 눈을 둘 데를 몰라 했다. 기자도) 그랬고요. 그러면 깜짝 놀랍기도 하고 쓸쓸하기도 하고 그랬어요. 내가 다른 사람들이 말하는 것처럼 정말 남자가 아닌가 절망되기도 했고요. 아마 그래서 더 오빠들하고 많이 그랬던 것 같아요. 나는 여잔데, 몸이 자꾸 남자 것처럼 되니까 아니라는 걸 자꾸 확인해 보고 싶은 거예요. 속도 상하고…… 오빠들이나 학교에 큰 애들하고 그걸 하면 기분이 좋은 게 내가 여자로서 남자들을 즐겁게 해준다는 게 좋은 거예요. 그렇게 해주니 남자들이 좋아하니까 나도 여자로서 좋은 거구요. 몸으로는 오르가슴을 못 느끼고 마음으로만 오르가슴을 느끼는데, 몸으로 느끼는 것 이상이었어요. 아니, 아마 그 이상일 거예요. 한 번도 몸으로는 느껴 보지 못해 그게 어느 정도인지는 모르지만, 나한테는 마음이 더 중요한 것 같았어요. 그리고 학교에서 조금씩 그런 소문이 나니까 슬며시 다가와서 나중에 그걸 해 달라고 하는 애들이나 오빠들은 거의 다 해줬어요.

그러면 애들이나 오빠들도 날보고 여자하고 똑같다고 그러고요. 그러면 또 기분이 좋아져서 해 달래면 또 해주고, 뭐 그랬지요."

"정말 여자친구하고는 어떻게 했는데요?"

"몰라요. 만난 건 잘…… 고등학교 3학년 때였는데, 우연히 만났어요. 처음 제과점에서 만났는가 그랬는데, 하여간 그렇게 만난 친구인데 걔도 내가 정말 여자인 줄 알고요. 나도 걔를 같은 여자 친구들끼리처럼 대하고요. 그땐 내가 남자 학교에 다녀도 몸이나 마음이나 완전하게 여자라는 걸 알고 있던 때였거든요. 그래서 여자면 여자 친구도 몇 명 있어야 할 것 같고 해서 그냥 친구처럼 그 애를 몇 번 만났어요. 순수하게 여자 친구끼리처럼요. 그러다 걔가 전화를 해 걔네 집에 놀러 갔는데 어른들이 없더라고요. 그런데, 그렇잖아요. 그 나이엔. 나는 동네 오빠 때문에 일찍 눈을 떴지만 다른 애들은 안 그렇잖아요. 그 나이엔 성에 대해 궁금한 것도 많고 섹스는 어떻게 하는 건지 그런 것도 잘 모르고요. 또 안다고 해도 안 해본 애들이 더 많고요."

"그래서 그 친구하고 섹스를 했어요?"

"……예. 친구 방에서 놀았는데, 침대도 있고 책상도 있고 그런 방이었는데, 여기서 가까워요. 걔도 압구정동에 살았거든요. 몇 번밖에 안 만났는데도 걔하고는 무척 가까웠어요. 비밀 얘기도 없었고요. 나는 고등학교만 졸업하면 대학 안 갈 생각을 하고 있었고, 걔는 무척 가고는 싶어 하는데 공부가 그럴 만큼 안 됐던 것 같아요. 그래서 둘이 걔 방 침대에 누워 음악도 듣고 이런저런 얘기를 하며 노는데 걔가 갑자기 그러는 거예요. 나보고

압구정동엔 비상구가 없다

너 남자하고 자 봤니, 그렇게요. 그래서 너는, 하고 물었더니 잠까지 잔 건 아니고 관계는 몇 번 해봤대요. 2학년 때 동네 독서실에 다녔는데, 거기 나오는 어떤 재수생 오빠 두 사람한테 옥상에 끌려가 강제로 당했는데, 한번 그렇게 당하고 나니까 그다음엔 그 오빠들이 다른 사람들 몰래 밖으로 불러내면 아무 소리도 못하고 따라가 하자는 대로 하게 되었다면서 얘기를 하더라구요. 독서실도 안 다니면 학교에 소문낸다고 해서 2학년 동안 계속 다녔고요. 그래서 그걸 가지고 고민도 하는 것처럼 보였는데 나는 너보다 더 많은 남자하고 해봤다고 했지요. 그러니까 걔얼굴이 조금 좋아지는 것 같았어요. 내가 자기보다 더 많이 해봤다고 하니까 말이죠. 어떻게 그렇게 많이 해 봤냐고 물어요. 물으니까 나는 또 사실대로 다 얘기해 주고요. 오랄로도 해주고 애널로도 해줬다고 하니까, 걔는 아직 그런 걸 잘 몰라서 오랄이뭐고 애널이 뭐냐고 물어요. 물으니까 그것도 사실대로 얘기해주고요. 오랄은 입으로 해주는 거고, 애널은 몸 뒤로 해주는 거라구 다 얘기해 줬어요. 걔가 이번엔 또 그럼 너는 앞으로는 한번도 안 해봤니, 하고 물어요. 그거는 처녀겠다면서. 그래서 내가 무슨 얘기를 하든지 놀라지 말라고 몇 번 다짐하고 나서 내몸에 대한 비밀 얘기를 해줬어요. 나는 얼굴도 그렇고 정말 여잔데 성기에 남자 같은 것이 달렸다고요. 그때 가슴은 다른 여자들만큼은 아니지만 조금씩 나오고 했었거든요."

"그럼 고등학교 때부터 호르몬 주사를 맞았나요."

"아뇨, 그런 건 있다는 소리만 들었지 맞지는 않았어요. 더 큰

다음에 병원에 가니까 의사 선생님이 그러시더라구요. 고등학교 때 기분으로만 그런 게 아니라 약도 안 쓰고 주사도 안 맞았는데도 가슴이 나오고 히프가 여자처럼 조금씩 변하는 것 같더라고 하니까 그런 거 안 해도 몸과 마음을 여자처럼 가지고 행동하면 몸도 그렇게 조금씩 변한댔어요. 아주 크게 가슴이 나오는 건 아니지만…… 그리고 나는 처음부터 여자로 태어났어야 할 사람이니까 그때쯤 되면 당연히 가슴이 나와야 하는 거구요."

"그래 비밀 얘기를 하니까 그 친구가 안 놀라던가요?"

"왜요, 놀라지요, 처음엔. 그런데 개도 무척 순진한 애였는데 처음엔 무척 놀라더니 그러면서도 내가 여자라는 건 정말로 알아주는 거예요. 다른 사람들도 내가 화장을 하고 나가면 아니, 화장을 안 해도 말이죠. 옷만 내가 좋아하는 걸로 제대로 입고 나가면 다들 그렇게 생각해 줬고요. 처음 동네 오빠한테 당한 얘기서부터 남자 학교에 다니는 얘기까지 다 하고 나니까 개가 그래요. 어쩐지 머리가 우리보다 짧다 했더니, 하고 말이죠. 그러더니 참 안됐다고 위로해 주더라구요. 그래서 나는 그렇게 나를 믿어 주는 개가 고마워서 이 다음 수술하면 된다고 말하면서 개 손을 꼭 잡고 안아 줬지요. 침대에서. 그러니까 개가 숨을 이상하게 쉬는 거예요. 알거든요. 그런 건 서로. 나도 그렇고 개도 그렇고 나이는 어렸지만 그때 그런 거 경험할 거 다 경험했으니까. 그래서 분위기가 갑자기 이상해졌는데, 개가 내 옷 속으로 손을 넣어 가슴을 더듬으면서 보여 달라고 했어요. 내 아래를. 내가 내 성기에는 남자 성기 같은 것이 달렸다고 했는데도 여자

압구정동엔 비상구가 없다

라는 걸 알아주는 게 고맙고 해서, 또 서로 비밀이 없기로 약속한 친구고 하니까 보여줬지요. 그러니까 개도 자기 몸을 보여 주고요. 난 그때까지 다른 여자들은 몸이 어떻게 생겼는지 몰랐었거든요. 본 적도 없었고요. 목욕탕도 그땐 아직 몸이 그러니까 갈 수 없었거든요. 엄마는 자꾸 남탕에 가라고 하는데 암만 몸이 그래도 그렇지 여자가 어떻게 거길 갈 수 있겠어요, 부끄럽게. 그냥 집에서 씻고 했는데, 그런데 개 몸을 보니까 내 몸하고 많이 다른 거예요. 가슴도 다르고 아래 성기도 다르고요. 개 몸을 보고 나니까 왠지 슬퍼지는 게 눈물이 나올 것 같았어요. 침대에서 내려와 마주 서서 치마하고 속옷을 내리고 울고 있으니까 개도 나한테 보여 주느라고 속옷을 내린 맨몸으로 다가와 이 다음 수술하면 된다면서 왜 우냐고, 울지 말라고 나를 안아 주고요. 그렇게 한참 안고 있다가 개가 그럼 너 그 오빠들을 이렇게 해줬니, 하면서 내 거기를 입에 넣고 오랄을 하는 거예요. 그런데…… 이상하네요. 암만 기자라고 해도 아저씨 앞에서 이런 얘기까지 하니까……. 낮이라 좀 뭣하긴 하지만, 맥주 한잔 하시겠어요? 아니면 마주앙 모젤이 있는데……."

"아, 됐어요. 난 일하면서는 술을 안 마십니다. 원래 잘 마실 줄도 모르고. 그런데, 그 여자 친구하고 몸까지 서로 비교하면서 아무튼, 그걸 뭐라고 해야 되나, 몸의 구조가 서로 다르다는 걸 알았는데도 스스로 남자라는 생각이 들지 않았단 말이죠? 가슴도 조금 나왔다고는 해도 그 여자 친구보다야 아직 덜 나왔을 텐데, 그런 거 전혀 못 느꼈어요?"

"뭐라고 해야 되나…… 그걸…… 그런데, 이상해요. 아저씨. 처음 얘기하는 거라서 그런지 막상 얘기를 하면서도 못 할 얘기를 하는 것 같기도 하고, 또 해서는 안 될 얘기를 하고 있는 것 같기도 해서 부끄럽기도 하고요. 그 친구 얘기는 친정(트랜스젠더들끼리 모이는 곳)에서도 한 번도 안 했거든요. 아저씨가 술 같이 안 드시면 나 혼자라도 모젤 한 잔만 할게요. 많이는 않고요. 그래도 되죠?"

"취해서 얘기를 못할 정도가 아니라면 그렇게 하세요. 또 얘기를 하는데 좀 더 편할 수 있다면……"

"미안해요, 아저씨."

다시 충분한 양해와 미안하다는 목인사를 하고 그는 자리에서 일어났다. 정말 아무것도 모른 채 전혀 다른 목적으로 방문하여 전혀 다른 이야기를 나누는 것이라면 마치 잘 교육된 양갓집 규수와 이야기를 나누고 있는 게 아닌가 하는 착각도 들게 할 것 같았다. 이런 이야기가 아니라면 지금처럼 이야기 중에 그가 술을 가지러 나가지도 않았을 것이며…… 기자는 다시 그의 방을 둘러보았다. 아까 보지 못한 몇 개의 앨범이 눈에 들어오고, 말려서 걸어 놓은 꽃이 보이고, 호화 화보집으로 된 현대 무용에 관한 몇 권의 책이 보였다. 고개를 돌려 거실 겸 주방 쪽으로 눈을 돌리자 냉장고를 여는 그의 허리께로 잘 단장해 꽂아 놓은 꽃병이 보이고, 화장실로 들어가는 문손잡이에까지 꽃무늬가 그려진 예쁜 덮개를 씌워 놓은 게 보였다. 그가 신고 있는 털 실내화도 분홍색이었다.

압구정동엔 비상구가 없다

그는 수제품으로 보이는 갈색 목쟁반에 마주앙 모젤 한 병과 약간의 마른안주, 크리스털 유리잔 하나를 내왔다.

"죄송해요. 아저씨. 아저씨 잔은 일부러 안 가져왔어요. 가져 오면 같이 마시자는 부담이 될 것 같아서요."

"됐습니다. 나는."

"이거 코르크 좀 따 주세요. 모젤을 좋아하는데도 병을 따기 가 번거로워 그냥 보통 걸 마시곤 해요. 예, 그렇게 우선 병을 뒤 집어 코르크를 충분히 적신 다음에요. 손힘이 좋으신가 봐요. 그 렇게 쉽게 따시는 걸 보니까. 전 잘 안 되는데…… 됐어요. 제가 마실 건데 따르는 건 제가 할게요. 어머 감사해요, 잔도 채워 주 시고. 그런데 아까 어디까지 했지요?"

"그 여자 친구 몸을 보고도 스스로 남자라는 생각이 안 들었 느냐고 물었습니다."

"아뇨. 그런 건 없었어요. 그걸 소변 볼 때 외엔 그냥 몸에 잘 못 달린 혹처럼 생각하고 있었거든요. 걔도 내가 여잔데 그런 게 달려 안됐다고 했고요."

"그런데, 그 친구가 오랄을 해줄 땐 기분이 어땠어요?"

"묘했어요. 뭐랄까 좀 이상하기도 했고요. 걔가 그러니까 금방 커져서 발기가 되는 것 같았어요. 그걸 그 친구는 계속 내 몸 아 래에 오랄을 하고요. 한참 그렇게 했는데 그 친구가 숨소리가 점 점 이상해지면서 나를 침대로 끌어요. 나도 뭐가 뭔지 모르지만 그 친구가 끄는 대로 따라갔고요. 함께 옷을 벗고 침대에 누웠는 데, 걔가 그래요. 이러니까 그 재수생 오빠들 것하고 비슷하다고요. 그러면서 자기가 내 걸 많이 해줬으니 나보고도 자기를 좋게 해달라고 해요. 난 여자끼리는 한 번도 안 그래봤는데 어떻게 하면 되나니까 오랄은 말고 내 그걸 자기 성기 안에 한번 넣어 보라잖아요. 그래서…… 이상하죠? 이런 얘기…… 난 얘기를 하면서도 자꾸 이상해져요. 특히 걔하고 얘기는…….”

“아니요. 그냥 얘기하세요. 나는 다른 감정 안 가지고 그냥 건조하게 들을 테니까.”

“암만 건조하게 듣는대도 그렇지. 아저씨가 아니라 여자 기자가 와서 같은 여자끼리 얘기를 했으면 더 편했을 걸 그랬나 봐요. 그렇다고 아저씨가 싫다는 건 아니고요.”

“됐어요. 자꾸 진도가 끊어지는데…… 나는 편하니까 신경 쓰지 마시고. 그래서 그 친구가 하자는 대로 했어요?”

“그건 싫고 나도 오랄로 해주겠다니까 걔가 안 된다면서 떼를 썼어요. 서로 이제 비밀도 다 아는 친구끼리 그것도 못 해주냐면서요. 그런데 걔도 그렇게 해 달라고 하면서도 남자하고 할 때처럼 똑같은 섹스를 한다고는 생각 안 하는 것 같았어요. 나도 그랬고요. 둘 다 그냥 여자들끼리도 그렇게 할 수 있다는 정도로만 생각했었지. 그래서 걔가 아래에 누워 다리를 벌리고 내가 걔 몸 위로가 걔 거기에 내 그것을 넣었어요. 그랬더니 걔가 내 어깨 뒤로 손을 돌려 잡으면서 몸을 움직여 보래요. 오빠들이 하는 것처럼요. 오래는 못하고, 그랬어요. 그때 걔하고는. 나는 동성애 같은 건 싫은데 무척 후회스럽기도 하고 수치스럽기도 하고 그렇더라구요…… 이제 됐지요? 다른 얘기해요. 아저씨.”

압구정동엔 비상구가 없다

"몇 가지만 더 물을게요. 그때 사정했어요?"

"……예. 그렇지만 그게 그런 거라는 건 몰랐어요. 정말로……."

"다른 남자들이 강혜리 씨한테 오랄로 하든 애널로 하든 사정할 때와 똑같다는 생각이 들지 않았단 말이지요?"

"예. 정말로…… 비슷하다고는 생각했지만 난 여자 몸에서도 많이 흥분하면 그런 게 나오는 줄 알았어요. 정말로요."

"그 친구는 뭐라고 해요?"

"재수생 오빠하고 할 때보다 여자끼리 하니 더 부드럽다고 했어요. 그렇지만 나는 레즈비언 같은 동성연애자가 아닌데 걔하고 동성연애를 했다는 생각 때문에 걔하고 한 행위가 너무 지저분하고 후회스럽게 생각되더라구요. 걔가 부드럽다고 그러니까 더 그런 생각이 들었고요. 그래서 얼른 옷을 입고 걔 집에서 나왔는데, 걔는 나중에도 몇 번 우리 집에 전화를 했어요. 자기 집에 놀러 오라고요. 안 간다고 하니까 나중엔 걔가 막 화를 내는 거예요."

"그래서 안 갔어요?"

"아뇨…… 두 번 더 갔어요. 걔가 내 몸이 그렇다는 걸 소문내겠다고 해서 그게 무서웠어요."

"그래서 두 번 이성 섹스를 하고요?"

"걔도 여잔데 어떻게 이성 섹스를 해요…… 같은 동성끼리. 다시 찾아갔을 때 한번은 먼저처럼 걔가 하라는 대로 걔 성기에 그걸 넣고 해줬는데, 걔가 오랄을 할 땐 커졌는데 걔 성기 안에 넣었을 땐 다시 작아져서 안 되고, 두 번째는 먼젓번에 안 되니까 그냥 오랄로만 해줬는데 두 번 다 기분이 안 좋았어요. 걔는 오랄도 무척 좋아했는데 앞으로 자기는 이제 여자하고만 그럴 거라고 했어요. 오빠하고 할 땐 좋은 기분도 안 나고 아프기만 했다면서요. 두 번째 걸 하고 나서 걔한테 그랬어요. 난 같은 여자끼리 하면 기분이 안 좋다고요. 그러니까 너는 다른 여자 친구를 찾아보고 나는 오빠들하고만 할 거라구요. 내 몸에 대해 소문내도 안 무섭다고 했어요. 그리고 돌아왔는데, 그다음부터는 전화를 안 해요. 걔는 아마 레즈비언이 됐을지 몰라요. 그 오빠들이 독서실에서 너무 강제로 해 가지고…… 나하고 할 땐 부드럽다고 그랬고……"

"기분 나쁠지 모르지만 잘 들어 봐요. 이 얘기는 꼭 해야 할 것 같아서 그러는데, 취재 자료를 준비하러 병원에 갔다가, 그곳 의사들한테 그런 얘기를 들었어요. 남자든 여자든 말이죠. 물론 전적으로 다 그런 것은 아니겠지만 대부분 첫 경험을 통해 자신의 성을 확신한다는 게 심리학 연구 성과로도 나와 있다고 합니다. 그러니까 처음 섹스 경험을 어떻게 하느냐에 따라 성에 대한 생각이 정반대로 달라지기도 한다는 거지요. 그 친구처럼 아직 성이 무언지 확실하게 모르는 상태에서 아무 준비 없이 너무 급작스럽게 성폭행을 당한 경우엔 그 성폭행으로 굳어진 남자들에 대한 두려움과 혐오감으로 동성연애 쪽으로 나갈 수도 있다는 거지요. 그리고 강혜리 씨도 중학교 때 당한 동네 고등학생의 폭행만 아니었다면 얼마든지 나중에라도 남성으로서 본능을 찾

압구정동엔 비상구가 없다

아갈 수 있었던 게 아닌가, 그런 생각을 해볼 수도 있는데 말이죠."

"아뇨. 그 친구는 고통스럽고 혐오스러웠는지 모르지만 저는 반대였어요. 몸은 고통스러웠지만 마음은 그 반대였거든요. 그리고 여자 몸이야 원래 처음엔 다 고통스러운 거구요."

"그러니까 그때 강혜리 씨도 그 고등학생의 폭행이 친구가 폭행당했을 때처럼 마음도 몸과 같이 그 섹스가 어색하고 고통스럽고 혐오스러웠다면 동성애보다는 이성애로 나갈 수 있었지 않았을까 하는 생각이 든단 말이지요."

"무슨 말인지 잘 모르겠어요. 동성애, 이성애 헷갈려서……"

"그러니까 그때 느낌까지 고통스러웠다면 같은 남자끼리 계속 그러지는 않았을 수도 있다 이거지요."

"이제 무슨 말인지 알겠는데, 그 오빠하고 내가 어떻게 같은 남자끼리예요? 내가 개하고 그랬던 것처럼 계속 같은 여자하고 그래야 동성애지, 안 그래요? 그렇지만 그것도 개 말고는 한 번도 동성애를 해본 적도 없다니까요."

"정말 그렇게 생각합니까?"

"예, 그럼요. 내가 남자들을 좋아했지 언제 여자들을 좋아했나요. 개하고 한 번 그런 것 말고는…… 그것도 좋아서 한 게 아니었다고 했잖아요."

그러자 기자는 잠시 말이 안 통한다는 표정을 지어 보였다. 자료를 내주던 대학병원 의사도 성전환증의 주 증상은 환자 스스로 자기 신체의 해부학적인 성에 대해 지속적으로 불편과 부적

당성을 느끼며 끊임없이 반대의 성으로 살아가려는 욕구를 드러내는 것이라고 했다. 그래서 일반적으로 그 증상이 인격 장애와 함께 나타나는 경우가 흔하긴 하지만, 함께 나타나는 증상에 관계없이 같은 성을 가진 사람과의 관계에서 성적 만족을 추구하려는 동성애homosexuality나 성도착증의 하나로서 단지 성적 흥분을 목적으로 이성 복장을 착용하는 이성복장착용증transvestism과는 분명히 구분되어야 할 것이라고 했다. 또 그때 몇몇 증상자들의 신상을 알려주며 의사는 특히 강혜리의 경우는 증상 검사 결과 뚜렷한 불안이나 우울, 환각, 망상과 같은 사고 장애는 발견되지 않았으나 자신이 완전한 여성이 되어야 한다는 사실엔 다른 증상자들보다 더 강하게 집착했으며, 또 분별력이나 추상력엔 별다른 장애가 없는데 자신이 남성 성전환증 환자라는 사실에 대해서는 전혀 이해하지 못하는 것 같다고 했다. 당신은 여성이 아니라 남성이다, 하는 얘기는 어떤 논리와 어떤 근거를 가지고 얘기해도 쇠귀에 경 읽기일 거라는 것은 처음부터 알고 온 일이었다. 기자는 단지 그런 말을 했을 때 그가 어떻게 반응하는가 하는 것이 궁금했다.

"그래, 여자라고 합시다. 아니, 당신 강혜리 씨는 분명 여자예요. 비록 몸은 그렇게 태어났더라도."

"그 봐요. 아저씨도 다 알면서 그러잖아요."

그의 얼굴이 밝아지자 다시 기자는 물었다.

"그 후엔 어떻게 지냈어요? 계속 얘기를 해야지요. 이제……."

"아빠하고 이혼할 때 엄마가 돈이 좀 있었어요. 이 집 엄마가 사 준 거라고 얘기했죠. 제가 고3 때 엄마는 대학에 가라고 하는데 공부도 그렇지만 계속 놀림을 받으면서 학교에 다닐 자신이 없었어요. 그래서 겨울방학 때, 아직 졸업식을 하기 전인데 이태원으로 갔어요. 얘기 들었거든요. 거기 가면 우리 같은 사람들이 모이는 데가 있다고. 제일 처음 친정이 '은마 클럽'이었는데, 식구가 한 스무 명쯤 되는 것 같았어요. 처음엔 좋았어요. 거기 나가니까. 바깥에서처럼 누가 암사내라고 놀리지도 않고요. 그게 제일 싫었거든요. 거기 언니들하고 같이 영업도 하고 이랬는데, 밤에 손님이 가자면 따라가서 돈도 받아 쓰고요. 그랬는데, 거기 언니들이 가르쳐 줘요. 호르몬 주사를 맞으면 가슴이 나온다고. 그건 처음 들어갈 때부터 가르쳐 줬는데, 언니들하고 같이 야메로 그걸 놔 주는 데 가서 주사를 맞으니까 몇 달 만에 가슴이 막 부풀어 올라요. 피부도 더 고와지고, 히프도 탄력이라고 해야 하나 살이 붙으며 좋아지고, 허리 굴곡도 좋아지면서 내 몸이 글래머 스타일로 변해 가는 거예요. 한 일 년쯤 지나니 내가 봐도 놀랄 정도로 성숙해진 것 같았어요. 육체적으로 말이죠. 그때는 엄마하고 같이 지냈는데, 외박할 때 말고는 꼭꼭 집에 들어가자고 했는데, 엄마도 내 몸이 점점 성숙해지니까 내가 여자라는 걸 조금씩 이해하는 것 같았어요. 그래, 너는 처음부터 여자 몸을 가지고 태어나야 했는가 보다, 하고 말이죠."

"체념했다는 걸 그렇게 말하는 거 아니에요. 그거?"

"아니죠. 처음에야 모를 수도 있다지만 엄마가 딸을 모르겠어요? '은마'에 나간 지 한 이 년쯤 지났을 땐 가슴 말고는 내 몸이 미스코리아 저리 가라로 좋아졌어요. 친정 식구들 중에서도 내가 제일 예뻤고요. 언니들이 나보고 가슴하고 아래만 더 수술해서 영화배우 하라고도 했어요."

"하지 그랬어요? 그때."

"아마 했다면 장미희나 나영희가 울고 갔을 거예요. 그렇지만 수술해도 시험 볼 때 서류를 내야 하는데, 그렇잖아요. 학교도 남자 학교 나오고, 나중에야 예명으로 할 수 있다지만 뽑을 땐 주민등록증 사본도 붙여야 하고…… 그건 하고 싶어도 할 수가 없거든요, 우리는. 그런데 한 이 년 '은마'에 나가니까 거기 모인 사람들도 조금씩 알아지더라구요. 거기 모인 사람 다 여자인 것도 아니었구요. 처음엔 좋았는데 좀 더 알고 보니 그렇더라구요. 손님들도 그렇구요. 나는 그냥 여자지 호모거나 복장환자가 아니잖아요. 그런데 언니들 중에도 더러 복장환자가 있고, 손님들은 거의 다 호모인 거예요. 나는 정말 여자로서 남자들의 사랑을 받고, 또 남자들을 육체적으로 사랑해 주고 싶은데, 호모들은 섹스할 때 우리를 여자 노릇 하는 남자로 보는 거예요. 지내 보면 어느 손님이 호모고 어느 손님이 호모가 아닌지 알거든요. 그건 금방."

"어떻게 아는데요?"

"미안해요. 혼자만 마셔서……"

"괜찮아요. 계속 얘기해 봐요. 나는 듣기만 할 테니까."

"남자가 우리를 대하는 태도를 보면 알아요. 그건 금방. 같은 오랄을 하고 같은 애널을 해도 우리를 여자로 안 보고 변태 성

욕 대상 정도로만 보면 그 사람은 틀림없이 호모예요. 하기야, 호모가 아닌 다음엔 그런 데 잘 안 온다고는 하지만요. 나는 정말 여자로서 남자들의 사랑을 받고 싶은데, 그건 오히려 중고등학교 때만도 못했어요. 그땐 몸이 지금처럼 성숙하지 않았는데도 오빠들이 날 여자로 대해 줬거든요. 지금도 그거 할 때 나는 애널보다 오럴을 좋아해요. 오럴을 하다가 남자가 애널을 요구하면 이 남자는 내가 정말 여자로 안 보이는가 보다 해서 기분이 별로 안 좋고 오럴로 해줄 땐 마음속으로 어떤 오르가슴 같은 것을 느껴요. 여자로서 남자를 즐겁게 해주는 것에 대해 뿌듯한 생각도 들고요."

그는 세 잔째 술을 반쯤 비웠다. 얼굴에 가벼운 홍조까지 띠며 이제는 처음 보였던 수줍음도 그렇게 드러내 보이지 않았다. 기자는 그 잔을 비우면 이제 그에게 술을 더 마시지 못하게 해야 할 것 같다고 생각했다.

"그럼 수술은 언제 했어요?"

"그러니까 그게…… 아마 군대 갔다 와서 금방이었을 거예요."

"군대요?"

"……예."

"그럼 군대도 갔다 왔단 말이에요? 그 몸으로."

"아주 갔다 온 건 아니고 신체검사만 받았어요. 호적에도 그렇고 주민등록도 그렇고 거기는 잘못돼서 남자로 나와 있거든요. '은마'에 나간 지 이 년이 조금 지났을 때 집으로 그 통지서가 왔어요. 신체검사를 받으라고."

"그래서 받았어요?"

"그럼 어떻게 해요? 언니들한테 물으니까 안 받아서 나중에 붙잡혀 가 창피를 떠는 것보다 통지가 나올 때 받는 게 낫다고 해서요. 그것도 얘기해야 돼요?"

"해봐요. 이제 술은 그만하고."

"그거 받는 날 언니들이 가르쳐 준 대로 화장도 더 진하게 하고, 옷도 평소보다 야하게 미니스커트로 입고, 귀걸이도 제일 큰 걸로 하고, 손톱도 새빨간 것으로 칠하고 검사하는 데로 갔어요. 엄마가 걱정이 돼 따라가 줬는데, 거기서 엄마는 못 들어오게 해요. 처음엔 나도 못 들어오게 하고요. 그래서 내가 신체검사를 받으러 온 사람이라고 하니까, 알더라구요 거기서도. 그렇게 말하니까 벌써. 그래서 엄마는 못 들어가고 나만 들어갔는데, 처음에 운동장 같은 데서 무슨 종이를 주면서 인성 검산가 뭔가를 할 땐 검사를 하는 사람이 남자들하고 같이 그 검사를 받으라고 해요. 그러고 나서 정말 신체검사를 할 땐 다 옷을 벗으라는 거예요. 그런데 어떻게 벗어요. 남자들 앞에서. 그냥 서 있으니까 옷을 벗고 팬티만 입은 남자들이 나를 힐끔거리며 별 소리를 다 하더라구요. 이쁘다고 그러기도 하고, 즈들끼리 쑤군 대며 아주 나보고 들으라고 나를 보니 자기 뭐가 어떻다고 그러 기도 하고, 욕도 하고요. 그 얘기는 안 해도 되지요?"

"검사받을 때 얘기만 해봐요."

"막 그러니까 좀 높은 사람이 오더라구요. 그러더니 그 사람이 내가 군대에 가기 싫어 일부러 그러는 건지 아니면 정말 여자라서 그러는 건지 확인해 봐야겠다면서 사람들이 없는 어떤 방으로 데리고 가요. 그러곤 검사를 해야 되니 옷을 벗으래요. 그래서 어떻게 해요. 거기서는 벗었지요. 우선 위에 옷을 벗어 보라고 해서 벗었더니 그 사람이 어, 여자네, 해요. 그러고 나선 아래 치마를 올리고 팬티를 내려 보라고 해서 그렇게 했더니 너, 트랜스젠더야? 하고 물어요. 그러곤 그대로 가만히 있으라고 그러곤 다른 사람들 몇 명을 데려와선 다시 벗으라고 해요. 아마 검사를 하는 군대 의사들 같았는데 한 의사가 와서 가슴도 만져보고 아래도 만져보고 하더니 이런 애 잘못 보냈다간 큰일 나지, 해요. 그러면서 그 자리에서 아까 내가 받아들고 있던 종이를 달래서 뭐라고 쓰는데 옆에서 보니까 '신체 부적격자'라고 쓰는 것 같았어요. 지금 그냥 말로 하니까 그렇지 그때 혼났어요, 정말……."

"그래서 곧바로 수술을 했어요?"

"아뇨. 제대로 절차를 거쳐서 수술을 하자면 정신과 병원에서 완전한 여자라는 진단을 받아야 해요. 그런데 가슴이 나오고 몸매가 여자라고 다 그런 진단을 주는 건 아니거든요. 아까도 얘기했잖아요. 남자들한테 오랄을 해줄 때 흥분하면 아래 성기에 달린 것이 커진다고요. 그러면 여자 진단을 안 해주거든요. 병원에서. 그래서 야메로 하는 데 가서 우선 그걸 잘라내는 수술을 받았어요. 그리고 시내 잘 한다는 성형외과에 가서 가슴 융기 수술을 받았고요. 거기서는 아래를 보일 일이 없으니까, 다른 여자들처럼 그냥 자연스럽게 수술을 받았는데, 하고 나니까 참 좋았어요. 그 수술도, 결과도 좋았고요. 그냥 주사를 맞아 크게 했을 때보다 내가 만져 봐도 가슴이 더 팽팽하게 탄력이 있는 것 같았고, 젖꼭지도 더 오똑하고요. 그런 다음 6개월쯤 지나 엄마하고, 아까 왜 아저씨가 말하던 대학병원 정신과에 가서 '완전 여성' 진단서를 끊고 비뇨기과에 가서 진짜 음부 성형 수술을 받았는데, 그때 돈이 참 많이 들었어요. 수술비만 7백만 원쯤 들었는데, 그 돈도 엄마가 해줬어요. 야메로 할 때만 내가 하고 가슴 성형 수술도 엄마가 해준 거였고요. 열흘쯤 입원했었는데, 대장 끝을 절개해 어떻게 하는 질 성형 수술이었어요."

"그 사진, 병원에서 봤어요."

"어머, 봤어요, 그 사진?"

"예."

"어머, 어떡해…… 선생님이 수술이 잘되었다면서 그냥 자료로만 놔두는 거래서 찍은 건데……."

"나도 자료로만 봤어요."

"그래도 그렇지, 말도 안 돼, 그건……."

"얼굴이 나온 것도 아닌데 어때요? 가슴하고 아래만 찍은 건데, 내 눈에도 보통 여자들하고 똑같아 보였어요. 의사도 사진은 자료로 내줄 수 없다고 했고요."

"그래도 그 사진 아무나 보여주면 안 되는데…… 약속도 그렇게 했고요. 그런데 아저씨, 정말 똑같아 보였어요? 그 사진……."

"예, 내 눈이 아니라 누구 눈에라도 말이죠. 그래, 그 수술 후에는 남자들하고 정상적으로 성생활 할 수 있게 되었어요?"

"……아뇨 아직은…… 남자들은 성기가 길잖아요. 그런데 선생님이 제 성기의 질을 3센티미터밖에 안 되게 만들어 주었어요. 그래서 마음속으로는 참 많이 그렇게 하고 싶은데 아직 한 번도 삽입은 해보지 못했어요. 전에 친정에 나갈 때처럼 자주는 아니지만 지금도 이따금씩 날 좋아하는 남자들하고 섹스를 하는데 그러면 주로 오랄로 해주곤 해요. 그러니까 흥분은 있어도 육체적으로는 쾌감이 없고 말 그대로 정신적으로 오르가슴을 느끼는 거예요. 내가 정말 여자라는 것도 그렇고 또 남자를 즐겁게 해주고 있다는 것도 그렇고요."

"이제 그만 마시지 그래요? 얼굴도 붉은데……."

"이거 두 병쯤은 괜찮아요. 아저씨도 남잔데 그런 얘기를 하면서 맨숭맨숭하니 이상해서 그래요. 또 맨숭맨숭한 아저씨 얼굴 보는 것도 그렇고요. 정말 술 할 줄 모르세요?"

"난 상관하지 말고, 그럼 그거 딱 한 잔만 더 하는 거예요? 병도 치우고……."

"괜찮다니까요, 아저씨. 두 병까지는……."

"그럼 또 물을게요. 그거 성형수술하기 전하고 하고 나서하고 다른 거 있어요?"

"그럼요, 다르죠. 전에 그게 있을 땐 흥분하면 커져서 정말 싫었거든요. 그런데 수술하고 나니까 그런 변화가 없어서 좋아요. 그리고 전엔 그것 때문에 호모들하고만 주로 했는데, 지금은 정상적인 남자들하고도 많이 하고요. 사실 전엔 정상적인 남자들

하고는 좀 겁이 났었거든요. 날 좋아해 따라왔다가도 그걸 보고
는 싫어하거나 놀라니까요, 우선은. 그리고 그게 있을 땐 내가
열심히 오랄을 해줘도 남자들이 내 몸에 그게 있으니까 여자가
아니라 동생연애자인 줄 알고 애널을 요구했는데, 지금은 보통
여자하고 똑같으니까 오랄만 해줘도 만족하는 것 같구요. 그러
면 또 나도 기분이 좋아져 더 잘해 주고요. 남들 눈에는 어떻게
보일지 모르지만 정말이지 한순간의 쾌락이나 돈을 보고 그러
는 건 아니에요. 사실 마음이지 몸으로까지 그것의 쾌락을 느끼
고 있는 것도 아니고요. 여자라는 게 뭐예요? 나는 여자로서 육
체적으로나 성적으로 남자를 즐겁게 해줄 수 있다는 것에 만족
하고, 또 그렇게 해줄 수 있는 내 자신에 대한 확인이 즐겁고 행
복해요."

"지금도 클럽엔 매일 나가는 모양이죠? 전화도 늘 거기서 받
고……."

"거긴 그냥 낮에 놀러가는 거예요. 영업은 안 하고…… 그때
수술 받은 다음 일자리도 옮겼고요. 계속해 거기 나가 영업하면
호모들하고나 그러지 여자로서 정상적인 남자들의 사랑을 받는
게 아니거든요. 그래서 거긴 그냥 언니들 얼굴이나 보러 나가는
거고 수술 받은 다음부턴 여기 강남 밤업소에 무희로 나가요.
처음엔 한 업소에서 스테이지만 바꾸면서 디스코를 했는데, 지
금은 어디 묶이지 않고 몇 군데 프리랜스하고 있어요. 스트립도
하고, 남자하고 같이 하는 아다조도 하고……."

그러면서 그는 앨범을 꺼내 보여 주었다. 입어도 아슬아슬한

압구정동엔 비상구가 없다

비키니 차림 아니면 그나마 곧 무대에서 벗어 버리게 될 속이 다 비치는 잠자리 날개 같은 무희복 차림의 사진들이었다. 더러 관광지에서 찍거나 거리에서 찍은 사진에서도 어느 한구석 그는 여자답지 않은 데가 없었다.

"그럼 계속 그렇게 살 건가요?"

"……모르겠어요. 그것도 나이가 있는 일이니까. 그러다 절 정말 좋아하는 남자가 있으면 결혼도 하고 싶고요. 그렇게 결혼해 미국으로 이민 간 언니도 있거든요. 샌프란시스코로. 여기는 그런 걸 인정해 주지 않으니까……."

"정말 결혼하고 싶어요?"

"……그럼요, 저도 여잔데……."

"애기는요?"

"……그것도요. 불가능한 줄이야 알지만 그랬으면 좋겠다는 생각은 늘 하고 있어요……."

"그럴 사람 있어요?"

"……아뇨. 그런 쪽 사람은 내가 싫고……."

"그럼 따로 좋아하는 사람은 있어요?"

"……예. 만난 지 얼마 안 되지만…… 그냥 사랑받고 싶은 사람은 있어요. 그 사람은 내가 그 사람을 좋아하는 것만큼 날 좋아하지는 않지만……."

"대충 끝나 가는데 이제 빠르게 몇 가지만 더 물을게요. 모이면 주로 무얼 하고 지내요?"

"보통 여자들처럼 그냥 수다도 떨고, 남자 얘기도 하고 그래요. 최불암 시리즈 얘기도 하고…… 뭐 다를 게 있나요? 다른 여자들하고."

"노태우가 누군지 알아요?"

"알죠. 그럼. 김영삼이도 알고 김대중이도 알고, 나도 대한민국 국민인데 그걸 모르는 사람이 있나요?"

"그럼 TK가 뭔지는 알아요?"

"어디서 들어 본 것 같기는 한데, 잘 모르겠어요 그건…… 알았던 것 같은데 너무 갑자기 물으니까……."

"친구들끼리는 정치 얘기 안 해요?"

"안 해요. 그런 얘기는. 그냥 누가 어디로 자리를 옮겼다, 누가 어떤 손님한테 혼났다, 뭐 그런 얘기도 하고, 서로 흉도 보고 그래요. 다른 여자들처럼……."

"특별히 더 하고 싶은 얘기 있어요?"

"처음 할 땐 꽤 많은 것 같았는데, 다 잊어버렸어요. 그냥 우리도 좀 떳떳하게 살고 싶고, 우리를 보는 것도 무슨 벌레 보는 것처럼 안 했으면 좋겠어요. 언니들이 미국은 그런대요. 특별하긴 하지만 그냥 여자처럼 보고…… 우리도 그런 날이 빨리 왔으면 좋겠어요."

"〈브루클린으로 가는 마지막 비상구〉 봤어요?"

"……예. 언니들하고……."

"어땠어요? 그 영화."

"잘 모르겠어요…… 거기도 그런 사람이 나오긴 했는데…… 너무 안 좋게 그려진 것 같았어요."

압구정동엔 비상구가 없다

"그 사람하고 강혜리 씨 자신하고 비교해 보진 않았어요?"

"모르겠어요. 안 좋은 마음이 들긴 했는데……."

"그 밖에 다른 얘기는요?"

"……없어요. 그런데…… 아, 아니에요. 안 할래요."

"해봐요. 무슨 얘기든지."

"……그냥 아저씨가, 참 멋있어요. 제가 술을 마셨다고 하는 얘기가 아니라……."

"이제 그 얘기까지 했으니까 할 얘기 다 한 거지요?"

"……아까 차에서 내릴 때부터 그랬어요……."

"그럼 이걸로 취재를 끝낼게요. 원고 보고 싶으면 전화해요. 일주일 후에."

"그런 건 안 보고 싶고요……."

그의 눈빛이 무얼 말하는지 기자는 알고 있었다.

"그럼 전화하지 말고요. 고마웠어요. 오늘. 얘기해 줘서."

서둘러 그의 아파트를 나와 자동차의 시동을 걸며 기자는 머릿속으로 이제 자신이 써야 할 기사를 정리했다.

전에 구로공단 '태양전자' 전무실 한편에 책상을 놓고 앉아 전화를 받거나 찾아온 손님의 차 시중을 들던 바로 그 여자아이가 압구정동으로 나온 후 '여왕벌 클럽' 소속의 콜걸이 되어 첫 손님을 받던 다음 주 금요일 오후의 일이었다.

그리고 그날 저녁, 그 여자아이가 어떤 나이 든 남자를 따라 호텔로 들어가 막 옷을 벗으려 하던 그 시간, 그곳 가까이 있는 한 주택가 공터에서 한 건장한 청년이 한 노인의 목을 조르고 있었다.

"어느 댁 어른인지는 모르지만 그냥 이렇게 가세요, 할머니. 비록 마음뿐이지만 어느 것 하나 뜨거운 대로…… 살아도 이제 얼마 남지 않은 날 더 욕되게 하지 마시고……."

노인의 손에서 비디오 테이프가 든 비닐 백이 맥없이 땅으로 떨어졌다.

청년은 공터 입구에서 먼저 노인으로부터 받았던 돈을 노인의 가슴 앞 옷섶에 찔러 넣었다.

압구정동엔 비상구가 없다

IV

———

7층에서 6층으로 가는 비상구

그대, 부자를 미워하지 말라

지금 그녀가 걷고 있는 길을 사람들은 '로데오 거리'라고 부른다. 아니다. 그녀가 걷고 있는 길을 '로데오 거리'라고 부르는 것이 아니라 '로데오 거리'라고 불리는 길을 지금 그녀가 걷고 있는 것이다. 말을 정확하게 하자면 그렇다. 그리고 그녀 말고도 지금 많은 사람들이 '로데오 거리'를 걷고 있다.

그러나 그 길을 걸으면서도 사람들은 그 '로데오'라는 말이 어디서 온 것인지 알지 못한다. 아니, 다 알지 못하는 것은 아니다. 열에 아홉 이상이면 우리는 습관적으로 '다'라는 말을 쓴다. 하지만 그 거리가 어디에 있는 거리인지는 서울 사람들은 '다' 알고 있다. 그러나 지금 한 말의 '다'에까지 열에 아홉 이상이라는 의미를 넣을 자신이 없다. 어쩌면 모르고 있는 사람이 더 많을지 모른다. 아니, 분명 더 많을 것이다. 그런데도 우리는 그것을 아는 사람이 열에 아홉 이상인 것처럼 이 경우에도 '다'라는 말을 쓰는 데 주저하지 않는다. 고작 주저하는 것이 있다면 '다'가 아닌 '거의 다'고, 거기에서 조금 더 주저한다면 그 앞에 '웬만한'이란 수식어 하나를 붙인다. 그러니까 그런 어법대로 말하자면 "서울의 웬만한 사람들은 거의 다 '로데오 거리'를 알고 있다"가 된다. 웬만한? 그것도 단순한 수식어가 아니다. 그것은 '8학군'과 '강북 학교' 사이를 구분하는 뉘앙스이거나 강남구 신사동과 은평구 신사동 사이를 구분하는 뉘앙스와 같은 이 땅의 귀족적 수식어이다. 그러나 그것도 어디까지나 많이 조심해서 쓴 말이다. 보통 "서울 사람들은 다 '로데오 거리'를 알고 있다"이다. 다시 말해 '로데오 거리'를 모르면 서울에선 사람 축에 끼이지도 않는다는 뜻이다. 우리들의 슬프고도 정확한 어법으로는 그렇다.

그러나 그 거리가 어디에 있는지 안다고 그 거리를 '다' 아는 것은 아니다. 이미 그것은 단순한 지명이거나 동네 이름이 아니다. 프랑스의 '케 도르세Quai d'Orsay'가 센강 연안의 한 지명으로 불리기보다는 그 나라 외무부의 상징적 별칭으로 불리고 모스크바의 '크렘린Kremlin' 역시 한때는 지구의 절반을 지배하던 소비에트연방 권력 핵심의 어떤 상징적 별칭으로 불리었듯 이 땅의 '압구정동'이나 '로데오 거리' 또한 단순히 그런 지명을 가진 한 동네를 지칭하는 이름이거나 한 거리의 이름 이상의 상징적 의미를 가지고 있다. 좋게 말하면 이 땅 신흥 자본 상류층의 집단 대명사요 넘치는 부의 상징이지만, 체면 가릴 것 없이 기분대로 부르면 이 땅 졸부들의 끝없는 욕망과 타락의 전시장, 아니 똥통같이 왜곡된 한국 자본주의가 미덕(?)처럼 내세우는 환락의 별칭적 대명사이다. 그런 까닭에, 흔히 하듯 그 환락의 어떤 대명사로서 '압구정동'이라거나 '압구정동 사람들'이라고 했을 때 그것은 단순히 압구정동 한 동네만을 말하는 것이 아닌 같은 강남 인근의 다른 여러 동네일 수도 있고, 넓게는 강북의 신문로이거나 평창동일 수도 있고, 70년대의 도둑촌일 수도 있고, 5공 이후에 형성된 양재동 빌라촌일 수도 있고, 부산 해운대 달맞이고개일 수도 있다. 그리고 같은 그런 동네에서도 어떤 가구는 은혜처럼 포함되기도 하고 또 어떤 가구는 그 은혜로부터 벗어나 있을 수도 있다. 오, 이 땅 자본주의의 선택된 영광과도 같은 '지배적 욕망의 평등 사회' 혹은, '평등적 욕망의 지배 사회'……

그러나 자본 계급적 구분을 바탕으로 지역적 구분 없이 쓰이는 '압구정동'의 상징적 의미를 안다고 그 상징적 의미가 지칭하는 '압구정동'을 알고 '로데오 거리'를 아는 것은 아니다. 정확하게 알자면 차라리 그런 건 모르는 쪽이 편하다. 실체를 아는 것과 그 실체를 몰라도 숨 쉬는 곳 그 어디든 그 상징적 집단의 귀족적 일원으로서 부담 없이, 아니 거의 맹목적으로 그 거리의 욕망과 타락에 동참할 줄 아는 것. 진정으로 아는 것은 적어도 서울의 모든 '압구정동'에선 뒤의 것에 판정관의 손이 올라간다. 알아도 영원히 모르는 사람이 있고 영원히 몰라도 아는 사람이 있다. 또 가까이 있어도 모르는 사람이 있고, 멀리 있어도 가까이 있는 듯 아는 사람이 있다. 거듭 그 거리의 상징은 욕망 앞에 평등하고 타락 앞에 기회 균등하다.

그날 그녀가 '로데오 거리'를 걷고 있을 때 한 르포 작가 역시 반대쪽에서 그 거리를 걷고 있었다. 그러니까 그녀는 현대백화점 쪽에서 갤러리아백화점 쪽으로 걸어오고 있었고, 그 르포 작가는 갤러리아백화점 쪽에서 현대백화점 쪽으로 걸어가고 있었던 것이다.

며칠 전 그 르포 작가는 이 땅 어느 진보적인 잡지로부터 '로데오 거리'에 대한 외주 기사 청탁을 받았다. 한 노인이 압구정동 주택가 근처에서 목 졸려 죽던 날, 그러니까 그 노인이 죽기 몇 시간 전인 그날 낮의 일이었다. 전화를 받고 르포 작가는 그 잡지사의 편집 담당자에게 자신은 거기에 대해 아는 게 없어 원고를 쓸 자신이 없다고 했다. 아울러 그는 편집 담당자에게 자신이 아는 것이 없다고 말하는 것의 이유를 비교적 장황하게 설명해 주었다.

"그러니까 조 선생님 같은 분에게 원고를 청탁하는 겁니다. 모른다고 말씀하시는 이유가 그거라면 어차피 그 원고는 아는 사람한테서는 나올 수 없는 거 아니겠습니까? 우리가 원하는 건 그곳의 실체를 알리는 거예요. 기득권으로서 아는 걸 원하는 것이 아니라⋯⋯."

"김 기자, 나는 '로데오'라는 말이 어디에서 왔는지도 몰라요. 그냥 내 짐작으로 미국 텍사스의 소몰이꾼들이 하는 '로데오 경기'에서 온 말이 아닌가 생각할 뿐이지. 이미지도 비슷하고 하니까……."

"그건 아닌데, 이미지가 비슷하다면 어떤 이미지가 비슷하다
는 것인지요?"

"거 왜 텔레비전에도 더러 나오잖습니까. 길들지 않은 야생마
오래 타기 내기라고 해야 되나 오래 매달리기 내기라고 해야 되
나, 문 열자마자 말이 길길이 날뛰고 해서 칠팔 초만 매달려 있
어도 우승한다는 경기 말이오. 그 말이 뒷발질하며 날뛰는 거나
그 거리가 천방지축 광란해서 날뛰는 거나…… 그래서 나는 누
가 이름을 붙여도 제대로 붙였다고 생각했는데, 그럼 그게 아닌
모양이지요?"

"생각해 보세요. 그렇게 해서 붙인 이름이면 그곳 졸부들이
자랑스럽게 쓰겠나…… 없는 사람들한테 지탄의 대상이지만 조
선생님 말대로 그곳의 실체를 모르고도 아는 사람들한텐 자신
들이 누리고 있는 부의 귀족적 상징이자 영광의 상징인데……."

"그럼 그 로데오라는 말은 어디서 따온 이름입니까?"

"조 선생님, 베벌리힐스라고 아시죠?"

"거긴 미국 놈들 압구정동 아닙니까?"

"그 베벌리힐스에 로데오 애버뉴라는 최고급 패션가가 있답
니다. 그래서 압구정동 사람들이 즈들 동네 그 길하고 비버리 힐
스의 로데오 애버뉴하고 비슷하다고 그렇게 이름을 따다 붙였대
요."

"썩을 놈들, 수입품 거리에 수입품 이름이나 붙이고 들어앉아
서 얼마나 흐뭇했겠어요. 이제 어떤 뜻으로 붙인 건지 알아도 나

는 내가 짐작대로 생각할 거요. 로데오 경기의 그 로데오로……
광란하여 날뛰는…….”

“나도 이제 그렇게 생각할 겁니다. 길들지 않은 말처럼 날뛰
는 거리. 쓰실 거죠, 이제? 그 로데오 경기 얘기까지 넣어 가지
고…….”

“마감이 언젭니까?”

“다음 달 10일까지는 원고를 넘겨줘야 돼요. 여섯 페이지로 잡
았으니까 매수는 사진 넣고 서른다섯 장 안팎으로 하면 되고요.
마흔 장까지는 곤란하고…….”

“그것도 작은 일이 아니네 뭐…….”

“그러니까 조 선생님한테 부탁하는 거지요.”

“해보긴 하겠지만 없는 사람이 실첸들 알면 뭘 해요? 울화통
만 터지는 거지. 그렇다고 거기에 몰로토프 칵테일을 던질 것도
아니고…….”

“몰로토프 칵테일이라니요?”

“옛날 김 기자도 학교 다닐 때 많이 해봤을 텐데 왜…….”

“전 소주도 없어서 못 마신 사람입니다. 몰로…… 뭐라고 했어
요, 지금?”

“글쎄, 김 기자도 많이 해본 거라니까. 휘발유하고 신나를 칵
테일 해서 만드는 거…….”

“아, 화염병 말이죠? 하여간 조 선생님 말은 새겨듣지 않으
면…….”

그러나 그 르포 작가는 그 거리로 나와도 무얼 하나 그 거리

에 대해 제대로 '아는' 게 없다. 그가 알고 있는 것은 그 거리로 나오기 전 조사한 소니아 리키엘, 마리오 바렌티노, 막스 마라, 페레, 미소니, 헨리 코튼, 모스키노, 보그너, 크리지아, 아쿠아스 쿠텀, 칼 라거 필드, 몬디 등 생전 들어보지도 못한 이태리, 영국, 프랑스의 패션 브랜드 몇 개와, 그것들의 주 고객이 40, 50대의 말 그대로 의미의 '압구정동' 중년 부인들이라는 것과 이들이 이곳을 찾을 땐 후일 추적이 가능한 신용카드나 수표 대신 현금을 사용하는 게 불문율로 돼 있다는 정도였다.

그리고 그곳으로 나와 그가 새롭게 안 것은 앞으로도 자신은 영원히 이 거리를 '모르게' 될 거라는 자료로서 91년 12월 초 현재 가격으로 3백만 원짜리 피에르발망 슈트, 1백20만 원짜리 이바노브니 원피스, 2백50만 원짜리 구찌 테니스용 스커트, 상표를 확인 못한 7천만 원짜리 밍크코트, 거기에 비하면 그 집 강아지들 껌 값도 안 되는 14만 원짜리 피에르가르뎅 벨트, 4백30만 원짜리 이태리제 악어가죽 핸드백, 2백만 원짜리 발리 구두, 7만 원짜리 스캉달 팬티, 어쩌면 그 거리에서 찾을 수 있는 제일 싼 물건일지도 모를 3만5천 원짜리 캘빈클라인 스타킹, 7만 원짜리 피에르가르뎅 손수건 등 몇 가지 외제 의류품들의 가격이었다. 그곳의 한 점원은 그에게 정작 비싼 것은 진열하지 않고 단골들을 상대로 은밀하게 팔고 있다고 주인 몰래 알려 주었다. 그중엔 한 번 입는 대여료만도 3백만 원에 이른다는 이태리제 웨딩드레스도 있었다.

옷 말고도 그 거리엔 비싼 물건이 많았다. 인조대리석을 재료로 비너스 조각과 월계수 조각이 되어 있는 이태리 욕조가 7백만 원(주인은 이건 좋아는 보이는데 인조대리석이라 값이 많이 싼 거구요. 했다), 그 옆에 똑같은 조각으로 깎은 진짜 대리석 욕조가 7천4백만 원, 독일 히몰라사社의 안락의자가 개당 가격으로 3백만 원, 천장에 매달려 출입구에서부터 사람의 눈길을 끄는 오스트리아제 크리스털 샹들리에가 2천2백만 원, 벽을 헐어 낸 방과도 같은 넓이의 서독제 침대가 2천만 원, 주목의 나이테가 그대로 드러나게 깎은 영국제 통나무 식탁이 1천2백만 원, 이태리제 장롱 5천만 원, 역시 같은 이태리제 가죽 소파 1천2백만 원, 남자 양복 한 벌 7백만 원, 웨스팅하우스 냉장고 6백만 원, 독일제 전기 드라이어 30만 원, 정수기 3백만 원, 월기 오븐기 1백80만 원…… 그는 한도 끝도 없이 눈에 띄는 대로 물건 값을 적어 나갔다.

그는 그것들을 적어 나가는 자신의 모습이 황지우 시인의 시 「한국생명보험주식회사 송일환 씨의 어느 날」에 나오는 '송일환 씨' 같다는 생각이 들었다. 그 '송일환 씨'는 '1983년 4월 20일, 맑'은 날, '토큰 5개 550원, 종이컵 커피 150원, 담배 솔 500원, 한국일보 130원, 짜장면 600원, 미스 리와 저녁식사하고 영화 한 편 8,600원, 올림픽복권 5장 2,500원'을 쓰고, 한국일보에 난 대도 조세형 사건을 읽는다. 그것도 대충대충 읽는다. 조세형을 경찰에 신고한 '李元柱 군에게' '대통령'이 칭찬하는 말도 대충대충 읽다가 대도둑을 권총으로 쏘다니… 말도 안 된다. '대도둑은 대포로 쏘라'는 '안의섭, 두꺼비' 만화를 보고, 조세형이 부잣집에서 털은 보물목록에 이르러서 '▲ 일화 15만엔(45만 원) ▲ 5.75캐럿 물방울다이어 1개 ▲ 남자용 파텍 시계 1개(1천만 원) ▲ 황금목걸이 5돈쭝 1개(30만 원) ▲ 금장로렉스 시계 1개(1백만 원) ▲ 5캐럿 에머랄드 반지(5백만 원) ▲ 비취나비형 브로치 2개(1천만 원) ▲ 진주목걸이 꾄것 1개(3백만 원) ▲ 라이카엠5카메라 1대(1백만 원) ▲ 청도자기 3점(시가미상) ▲ 현금(2백50만 원)'은 찬찬히, 너무도 찬찬히 읽는다. 지금 그는 그것을 '한국생명보험주식회사의 송일환 씨'처럼 찬찬히 적고 있다.

또 그의 수첩엔 '로데오 거리'로 나오기 전 여기저기서 뽑은 '외제품 수입 실태' 자료가 지금 적고 있는 가격 목록만큼이나 찬찬히 적혀 있다. 여기저기 다니며 사전 조사한 것들이었다.

91년 상반기 소비재 수입 실태

쇠고기, 돼지고기, 생선, 바나나 등 직접 소비재 : 21억 3천만 달러로 '90년 같은 기간 대비 25.1% 증가.

편직물, 인쇄물 등 비내구성 소비재 : 3억 4천만 달러로 24.4% 증가.

승용차, 전자제품 등 내구성 소비재 : 14억 6천9백만 달러로 24.9% 증가.

그 소비재 가운데서도 고급 니트웨어 등 면직물 의류(51.1%), 화장품류(28.1%), 종이 기저귀 등 지제紙製 위생용품(113.3%), 골프용품(71%)의 수입이 특히 증가되었음.

주요 소비재별 수입업체

승용차 : 기아, 대우, 동부산업, 금호, 한성자동차, 한진

가구류 : 보루네오, 현대종합상사, 동서가구

냉장고 : 대우전자, 두산산업, 동양시멘트

의류 : 논노, 삼성물산, 고합상사, 코오롱상사, 롯데쇼핑

업체별 수입품목

금성사 : 컬러TV, 카메라, 유리 제품

금호 : 의류, 주방용품, 자동차

대우 : 냉장고, 승용차

대한펄프공업 : 지제 위생용품

동양시멘트 : 세탁기, 가스레인지

두산산업 : 위스키, 냉장고, 유리식기

맥슨전자 : 유선전화기

산융산업 : 침구, 이불

삼림산업 : 카메라, 가구, 양탄자

삼양통상 : 제조 담배, 골프용구

서통P&G : 지제 위생용품

인켈 : 컬러TV, 전기오르간

진로 : 위스키

태평양화학 : 화장품

한국JR레이널즈 : 제조 담배

(가나다 순, 위의 주요품목별 수입업체와 겹치는 부분 있음. 그 외에도 다수의 수입업체가 있으나 다 적지 못함)

압구정동엔 비상구가 없다

업체별 사치품 수입 현황(91년 7월 말 현재)

업 체	수입액 (만 원)	주요 수입품
현대종합상사	512,990	화강암, 대리석
대우전자	343,000	냉장고, 세탁기, 컬러TV
한성자동차	265,800	승용차, 카펫
(주) 대우	265,000	화강암, 대리석, 카펫
럭키금성상사	233,700	화강암, 대리석, 골프용품
일신석재	230,800	화강암, 대리석
(주) 금호	230,300	대리석, 승용차, 세탁기
(주) 한진	221,800	승용차, 카펫
연합물산	216,800	화강암, 대리석
동양시멘트	197,500	냉장고, 세탁기

(수입액 순위별, 관세청이 국회에 제출한 자료)

* 이 자료에 의하면 91년 7월 말 현재 50대 기업들이 수입한 승용차, 대리석, 화강암, 냉장고, 세탁기, 모피의류, 골프용품, 모터보트 등 호화 과소비 대상 16개 품목의 총수입금액이 5백49억 4천만 원에 이르며, 그 가운데 대기업의 수입이 총수입금액의 63%를 차지하고 있음.
* 수입품 가격표시제 실시 요령 : 수입 가격은 수입 상품의 순수입 가격(CIF 가격 : 운임 보험료 포함 가격)에 수입 통관과 관련된 관세, 방위세, 특별소비세 및 부가가치세 등의 제세를 가산한 가격으로 산정 표시한다(상공부 가격표시제 실시 요령 제 5조 2항, 1990년 5월 시행). 그러나 대부분의 수입품 실제 판매 가격은 수입 가격의 2~5배에 이르고 있음.

그것 말고도 그의 수첩엔 많은 자료가 있다.

일테면 우리나라 지하경제의 규모가 GNP의 20~30%가량 되는데 그 지하경제의 주요 핵심이 주식 변칙 거래에 의한 불로소득이거나 부동산 투기와 사채에 의한 불로소득들이라는 것, 지난 반년간 국세청 국정감사 자료에 나타난 탈세 규모만도 1천억 원(91년 7월 말 기준)에 이른다는 것, 그 1천억 원을 탈세한 불로소득자의 숫자가 불과 200명 정도라는 것, 국세청에 신고된 기업 접대비만도 연간 1조 5천억 원에 이른다는 것, 그 가운데 70%가 유흥가에 뿌려져 압구정동이 영원히 '압구정동'이게 하는 젖줄이 된다는 것, 우리나라 사채 시장의 규모가 10조 원에 이르고 그 금리 수익만도 연간 2조 4천억 원이나 되지만 그 사채를 굴리는 '압구정동' 사람들은 그 사채 이자에 대하여 단 한 푼의 세금도 내지 않는다는 것, 부동산 투기의 경우 토지 거래 이득 규모(전체 오른 가격으로는 말할 것도 없고, 양도 거래가 이루어진 것의 이득만)가 GNP의 40%가 훨씬 넘는다는 것, 그렇지만 그 실세율은 극히 낮다는 것, 매매뿐 아니라 토지 소유에 따른 세금이 얼마나 '껌 값'인가를 보다 더 구체적으로 말하자면 시가 10억 원짜리 땅의 연간 세금이 30만밖에 안 된다는 것, 28세의 봉급쟁이가 20평짜리 주택을 장만하려면 꼬박 32년이나 걸려야 한다는 것, 그리고 그 모든 것을 보다 쉽고도 가슴 아프게 말한다면 아버지가 '압구정동' 사람이면 그 자식들도 영원히 '압구정동' 사람으로 남을 것이고, 아버지가 '압구정동' 사람이 아니면 그 자식들도 일부의 신분 상승을 제외하고는 대부분 '압구정동' 사람들과 그 자식들이 한 세상 잘 사는 거나 구경하다 죽을 수밖에 없다는 자료들이 그 수첩 안에 있었다.

그러나 그가 가지고 있는 그런 자료들에 상관없이 그 르포 작

압구정동엔 비상구가 없다

가는 그 거리의 귀한 손님이 아니다. 그는 단지 이 거리의 '귀한' 물건들의 가격과 그것을 사 가는 '귀한' 사람들에 대해 알리려고 온 사람일 뿐이었다. 그 거리의 귀한 손님은 그 시간 현대백화점 쪽에서 이쪽으로 걸어오고 있었다. 그 르포 작가가 서 있는 자리에서 보면 그랬다.

그녀는 상징적 의미 중에서도 가장 상징적 의미의 '압구정동 사람'이다. 아니, 그렇지 않다. 만약 누군가 그녀에게 당신은 압구정동 사람이다, 라고 말한다면 그녀는 '압구정동' 사람 누군가가 당신은 하류층 사람이다, 라는 말을 들었을 때처럼 불같이 화를 낼지 모른다. 그녀는 이곳 압구정동에 살지는 않는다. 얼마 전 그녀가 살고 있는 동네에 대하여 한 신문의 기획 기사는 이렇게 적고 있었다.

서울 서초구 양재동 50~70번지 일대 주택가는 대낮에도 사복 경찰관과 경비원들이 '삼엄한' 경비를 펴고, 곳곳에 경비 초소가 자리 잡고 있어 지나가는 시민들의 발길을 멈추게 하고 있다.
푸른 잔디밭에 3~4층짜리 건물이 촘촘히 들어서고 1채당 가격이 15억~20억여 원에 이르는 초호화 빌라 150여 채가 모여 있는 이른바 '양재동 빌라 단지'이다.
이 지역은 사유지인 개포환지지구로 묶여 있다가 지난 83년 말부터 현대·삼익·신동아 등 3개 건설회사가 대형 연립주택(속칭 빌라)을 잇달아 지어 분양하면서 서울 시내 유수한 고급 주택가를 제치고 단연 으뜸가는 주택가로 떠올랐다.

이곳이 최고급 주택가로 각광받는 이유는 단지 60~95평에 이르는 넓은 면적 때문만은 아니다. 이들 빌라 내부는 1천4백만 원짜리 이탈리아제 욕조, 오스트리아제 크리스털 샹들리에, 1천만 원씩 하는 싱크대 등 값비싼 수입품목으로 꾸며져 있으며, 바닥은 평당 50만 원씩 하는 대리석이 깔려져 있다. 일부 빌라에는 엘리베이터와 유럽식 사우나, 실내 수영장까지 갖춰져 있다.

부근 ㅇ공인중개사 사무소 박창일(35) 씨는 "……우면산을 뒤로 한 남향이라는 등 입지 조건이 어느 정도 영향을 끼쳤을 것으로 보이지만 이보다는 오히려 강남 지역 팽창의 최전선으로 각계 지도층이 모여 살고 있다는 '상징성' 자체가 개발의 주요 동력이었을 것"이라고 말했다.

이들 호화 빌라들은 대개 분양가가 1천만 원이 훨씬 넘고, 이중 양재동 등 일부 강남지역 빌라들의 경우 매매가 평당 1천 7백만~2천만 원에 달해 최고급 아파트로 손꼽히는 서초동 삼풍이나 압구정동 현대아파트 수준을 이미 뛰어넘었다. 부유층에게 80년대가 대형 아파트의 시대였다면 90년대는 호화 빌라의 시대인 셈이다.

양재동 신동아빌라 단지 안의 한 빌라에서 국민학생의 과외를 지도하고 있는 대학생 최 아무개(23·여·ㅅ대4) 씨는 "대리석으로 된 화장실 욕조를 비롯해 내부 시설은 물론 생활필수품까지 모두 외제인 것을 보고 큰 충격을 받았다"면서 "평소 중산층 이상의 생활환경에서 자라났다고 자부(뭐 자부? 생각이면 생각이

압구정동엔 비상구가 없다

지, 이것도 말하는 거 보면 똑같애, 하고 괄호 안은 인용자가 삽입)해 왔지만 이런 일부 부유계층의 사치 풍조에는 거부감을 느끼지 않을 수 없다"고 털어놨다…… 〈이강혁 기자〉

지방에서 고교를 졸업하고 올해 어느 여자 대학에 입학한 정 아무개(19) 씨는 지난 3월 같은 학과 친구의 초대를 받아 갔다 가 몇 번씩이나 벌린 입을 다물지 못했다.

……그는 4~5미터 정도의 높은 담으로 둘러싸인 빌라 입구에 서부터 경비원의 제지를 받았다.

방문 이유와 신원을 밝히고 나서야 겨우 빌라 안으로 들어선 그는 폐쇄회로 텔레비전이 곳곳에 설치된 계단을 올라 10×호 현관 앞에서 문이 열리기를 기다리면서 모자이크로 장식된 벽 면이 무척 아름답다는 생각을 했다. 가정부의 안내로 이 집 응 접실에 들어선 뒤에야 영화에서나 볼 수 있는 특수 투명 유리 라는 사실을 깨닫고 그는 깜짝 놀랐다.

내부 구조는 상상을 뛰어넘을 만큼 호화로웠다. 안방은 침실과 의상실로 나뉘어 있었고, 널찍한 방만도 여럿 있었다. …… 3개 의 응접실 벽면마다 유럽식 벽난로가 설치돼 있었다.

응접실에는 일본 소니사의 31인치짜리 대형 컬러텔레비전과 전 축, 부엌에는 미국 월풀사 제품인 9백리터급 냉장고와 세탁기· 세탁물 건조기 등 값비싼 수입 상품들이 나란히 놓여 있어 이 집 구조와 훌륭한 균형을 이뤘다.

정씨는 "친구 방에 처음 들어서는 순간 마치 교수 연구실에 들어온 것 같은 착각이 들 정도였다"면서 "10평 넓이의 방에는 나지막한 나무 책장과 대형 책상이 4벽면을 빙 둘러 배치돼 있고, 3개의 간접 조명이 설치돼 황홀한 느낌마저 들었다"고 털어놨다. 일반 서민들은 평생 구경하기조차 힘든 이런 호화 빌라가 서울 시내에만 줄잡아 1천여 개가 넘을 것으로 부동산 업계에선 추산하고 있다. 이들은 부부가 함께 아침마다 회원권이 최고 1천만 원에 달하는 헬스클럽에서 건강을 유지하고, 남편이 출근한 뒤 부인은 골프 연습장에 나가거나 벤츠, BMW 등 외제 승용차를 몰고 다니며 쇼핑을 하기도 한다. 정씨의 친구 집도 아버지는 1억 5천만 원대의 벤츠 560 SEL을, 어머니는 비슷한 가격의 BMW 750i를 타고 다녔다.

이들의 쇼핑 솜씨도 신분에 걸맞게 가히 최고급이다. 서초구 서초동 ㅊ빌라에서 과외 교습을 했던 박 아무개(24) 씨는 "이들은 대개 일 년에 두세 번 해외로 나가고 그럴 때마다 필요한 물건을 한꺼번에 사 오기 때문에 쇼핑 횟수가 강남의 다른 아파트에 사는 중상류층보다 훨씬 적다"면서 "그러나 맏아들이 대학에 입학하자 선물로 코란도 승용차와 소형 아파트를 사 주는 것을 보고 씀씀이가 어느 정도인가 대략 짐작한 적이 있다"고 말했다.

'빌라 사람'들은 가끔 쇼핑을 나가더라도 흔히 일류로 손꼽히는 현대·롯데 등 유명 백화점에 가지 않고, 한국화약그룹 계열인 한양유통이 지난해 9월 국내 상류층 인사들을 겨냥해 개장한 서울 강남구 압구정동에 자리 잡은 '갤러리아 명품관'을 주로 찾는다.

'빌라 사람'들의 특별한 신분은 타고 다니는 승용차에서도 그 대로 나타나는 셈이다. 외제 승용차는 87년 수입이 자유화된 뒤 88년 351대, 89년엔 1천5백38대, 90년엔 3천40대로 …… 이 무렵부터 각광을 받기 시작한 호화 빌라의 증가 추세와 묘한 일 치를 보이고 있다. 〈박찬수 기자〉

호화 빌라촌엔 문패가 없다. 평균 6~8가구, 1~2개 동마다 배치 돼 있는 경비실에서도 낯선 사람들에겐 입을 열지 않는다. 호화 빌라촌의 이런 철저한 노출기피증이야말로 호화 빌라 존재 자 체의 불건강성을 드러내 주는 것인지 모른다.

그렇다면 그 호화 빌라에 사는 그들은 누구인가. 그들은 그 엄 청난 재물을 어떻게 모았고 막대한 지출은 어디에서 충당할까. 양재동 빌라촌의 150여 가구 중 신분이 확인된 40여 가구의 면 면을 훑어보면 …… 재계인사 13, 전 현직 정부 고관 6, 변호사 법조인 6, 군 장성 출신 4, 의사 교수 2, 언론사 간부 1, 국회의 원을 비롯한 정치인 2, 기타 유명가수 연예인들, 학원 강사, 자 영업자 등과 뚜렷한 직업이 없는 사람들이었다. 이중에는 이 미 언론에 보도된 박철언 체육청소년부 장관을 비롯, 전 부총 리, 전 육·해·공군 참모총장, 감사원장, 전 민자당 정책위 의장 (3선), 전 청와대 정무비서관, 서울 고법 부장판사, 전 법무연수 원장, 전 안기부장 등 권력의 핵심에 있었거나 지금도 재직 중 인 사람들이 많다(단지 그 부분을 인용하지 않았을 뿐 앞서 이강혁 기자가 쓴 글에도 박철언 체육청소년부 장관, 최순길 신동아그룹 부회장, 가수 나훈아 등의 이름이 나왔다고 괄호 안을 인용자가 삽입한다).

이들 가운데 전직 고관이나 군 장성들은 대개 재벌그룹 등의 계열 기업 사장이나 회장, 고문직을 갖고 있다. 판검사 등 법조 출신들은 대개 변호사로 성업 중이고 의사들은 개업했거나 대학병원 등 큰 병원 과장급 이상이며, 교수들 역시 학장 총장급이거나 음대·미대의 원로 교수들이다.

이런 구성은 방배·반포·서초·평창·청담·가락·역삼동 등에 있는 다른 호화 빌라촌에서도 비슷하게 나타난다.

……호화 빌라 생활자의 월간 지출액은 최하 수천만 원대에 이를 것으로 추정된다. 자가용 운전자를 따로 두지 않은 집이 없고, 자녀들의 과외비만도 중·고생들의 경우 과목당 1백만 원이 넘어 수백만 원에 이른다. 여기에다 정기적인 호화 쇼핑, 해외여행 등을 합치면 월 지출액은 못 잡아도 수천만 원이다. 현재 우리 사회에 정상적인 경로로 월 수천만 원의 소득을 올리는 사람은 많지 않다. 그렇다면 이들이 대부분은 음성 소득에 의지하고 있다는 말이 된다.

음성 소득의 방법도 가지가지다. 소수의 예외를 빼놓고 고급 공무원이 여러 경로를 통해 권력형 축재를 해왔다는 것은 상식에 속한다. 그들은 퇴직 뒤에도 대기업 등에서 '로비스트'나 회사 간판 얼굴역 등을 통해 고소득을 누리고 있다. 국회의원 등 정치인도 마찬가지다. 판검사의 경우 정상 봉급으로 호화 빌라

압구정동엔 비상구가 없다

등 고급 주택을 소유하기 불가능한데도 소송 관계, 또는 권력과의 상관관계를 통해 이를 충당하고 있는 것으로 보인다. 개업 1년 만에 수십억 원을 번다는 고위 판검사 출신 변호사들은 현직 판검사들과의 유대를 그대로 유지하고 …… 대학병원 과장급 주임의사들은 …… 이들을 둘러싼 비리가 그만큼 성행함을 의미한다. 얼마 전 구속된 국홍일 이대병원 피부과장의 경우 인턴 선발 과정에 개입해 1억 수천만 원을 챙겼다 …… 교수들은 음·미대 교수들이 대부분이다. 지난번 음대 부정사건에서 드러났듯이 …… 월 교습비로 수천만 원을 벌어들인다고 한다. 〈한승동 기자〉

서울의 부유층을 겨냥해 지어오던 호화 빌라가 지방 대도시로 확산되고 있다. …… 특히 부산 등 각 지역에 흩어져 있는 호화 빌라촌은 대부분 외지인들의 별장으로 이용돼 1년 중 10~20일을 제외하고는 거의 비어 있어 …… 해운대구청이 이 일대(달맞이고개) 빌라 210가구를 대상으로 소유주를 조사한 결과 55%인 1백13가구가 서울 대구 등 외지인인 것으로……

이곳 관리인들에 따르면 호화 빌라들은 기업체에서 2~3억 원에 전세를 내 외국인 손님 접대 때 이용하기도 하고 심지어 고급 요정으로 변신, 호화 파티가 벌어지기도 한다는 것이다.

삼익빌라 1110호는 부산 동구 수정동 태양호텔 대표 조일수(46)씨가 별장으로 사용하면서 술집 접대부 등과 함께 코카인을 주사한 뒤 섹스 파티를 벌이다 적발돼 구속된 곳이기도 하다.

……담에는 폐쇄회로 텔레비전과 적외선 초단파 경보장치를 설치, 관리실에서 모니터를 통해 출입자와 차량을 감시할 수 있으며 창문은 적외선 감지장치가 부착된 독일제 이중창으로……

〈부산 수원=이수윤 배경록 기자〉

*이상《한겨레신문》, 1991.7.9.~7.12.까지 실린 '르포 호화 빌라 촌'을 부분 인용한 것임

　오늘 아침 그녀는 자신의 8백만 원짜리 이태리산 침대에서 잠을 깼다. 침대 맞은편 벽에 걸린 영국산 수제품 뻐꾸기시계가 9시 30분을 가리키고 있었다. 그녀는 침대 아래에 놓인 이태리산 털실내화를 신고 엄마가 있는 안방으로 갔다. 침실과 아빠 엄마의 의상실이 따로 분리돼 있는 방이었다. 아빠는 1억 5천만 원짜리 벤츠 560 SEL을 타고 이미 출근한 다음이었고, 엄마만 혼자 2천2백만 원짜리 서독산 침대에 누워 프랑스산 오리털이불 바깥으로 한쪽 다리를 걸치듯 내놓고 있었다. 외출을 할 때면 언제나 금박을 장식한 12만 원짜리 캘빈클라인 스타킹을 신는 다리였다. 사람들은 엄마가 매일 그것을 신는 줄 알지만, 꼭 그렇지는 않았다. 엄마도 작은 것 하나라도 아낄 건 아낄 줄 아는 사람이었다. 손님이 오는 날 아니면 집 안에선 그것을 신지 않는다.
　"어제 내가 말하던 거 아빠한테 말했어?"
　"그래, 이것아."
　"아빠가 뭐래?"
　"팀만 제대로 된 데면 보내 준댔어. 놀러 가는 것도 아니고 견문을 넓히러 가는 건데……."

"쌩큐야, 엄마. 아빠도 쌩큐고."

"이번 팀은 확실한 거지?"

"그럼 엄마. 학교 언니들하고 같이 가는 건데."

그들 모녀의 대화는 늘 그렇게 다정했다. 어제도 아빠는 늦게 들어오셨다. 아빠는 저녁 늦게까지도 늘 만나야 할 사람도 많다고 했다. 그녀는 엄마에게 이번 겨울방학 동안 학교의 서클 언니들과 함께 유럽 여행을 떠날 것이라고 말했다. 지난번 여름방학 때 대학에 입학하여 처음 떠난 미국 여행은 정말 별로였다. 10박 11일간 여행사에서 모집해 떠나는 걸 멋모르고 따라갔다가 거지 떼처럼 고생만 직사하게 하고 왔다. 여행사에서 한 명이라도 모집 인원수를 늘리려고 회비를 너무 빡빡하게 잡은 때문이었다. 가는 곳마다 숙박 시설도 형편없었고, 쇼핑하라고 안내한 곳도 차라리 강북의 이류 백화점이 나았다. 그 비용을 회비에 미리 포함시켜 여행사에서 제공하게 돼 있는 하루 세 끼의 식사도 부실했고, 팸플릿에 적힌 대로의 관광이라는 것도 그랬다. 넉넉하게 잡지도 않은 경비에서 여행사는 자기들의 몫만 크게 하려고 노력하는 것 같았다. 너, 괜히 고생만 하고 돌아오는 것 아니니? 처음 여행사 팸플릿에 적힌 회비 내역을 보고 엄마가 그렇게 말할 때 이미 알아봤어야 하는 건데 그랬다. 그들은 여행사에서 단체로 부담할 경비가 많이 드는 데는 요리저리 핑계를 대고 안내해 주지 않았다. 같이 간 팀의 다른 사람들은 그 여행이 알뜰하고 즐거웠는지 모르지만 그녀는 그렇지가 않았다. 그들은 마구잡이로 떠나는 배낭족들보다 조금 나은 수준이었다. 거의 비슷한 때에 비슷한 코스로 미국에 갔다 온 승미 계집애는 자기는 제대로 된 팀에 들어가 퍽 재미있는 여행을 하고 돌아왔다고 자랑했다. 가 본 곳도 많았고 사 온 물건도 많았다. 그 계집애는 거기서 일정의 반은 개별 행동을 했다고 했다.

그래서 이번 여행은 일찌감치 지난번 승미 계집애가 갔던 팀으로 붙기로 했다. 그 팀은 이번에 유럽 쪽으로 간다고 했다. 모든 수속과 오고가는 일정은 그것을 대행하는 여행사의 것에 따르지만 가서는 다시 팀별로거나 개별 행동을 할 수 있다고 했다. 이미 잡혀 있는 일정에 따라 회원들끼리 이농 간의 항공 시간만 맞추면 된다는 것이었다. 그래서 여행사에 내는 경비도 20박21일간 드는 항공 비용에 얼마를 더한 것이지 숙식료까지 미리 계산해 내는 것이 아니라고 했다. 그런 비용은 거기서 신청자에 한해서 그때그때 회비로 걷어 여행사에서 단체로 안내해 주거나 각자 해결하는 방식이라고 했다. 모집도 여행사에서 하는 것이 아니라 실제로는 이쪽에서 팀을 만들어 의뢰하는 것이었다. 엄마에겐 학교 서클 언니들과 가는 것이라고 말했지만, 사실은 반쯤은 남자들이었다. 승미 계집애도 남자친구와 함께 갈 것이라고 했다. 아마 유럽은 볼 것도 많을 것이다. 그리고 충분히 즐거울 수 있을 것이었다.

엄마에겐 벌써 오래전에 얘기를 했지만(그래봐야 열흘 전이지만), 아빠에게 얘기하지 못했던 건 아빠가 그 기간 동안 미국 본사에 출장을 갔었기 때문이었다. 그리고 돌아와서도 아빠는 삼일 내내 귀가 시간이 늦었다. 아빠는 미국에서도 몇 손가락 안

압구정동엔 비상구가 없다

에 들어갈 만큼 규모 큰 패스트푸드사의 한국지사장이었다. 아빠는 이 땅 '식생활 문화의 혁명'을 아빠 손으로 일으킬 것이라고 했다. 미국 본사의 경영자들도 한국을 새로운 마케팅 전략지로 인정하고 있다고 늘 자랑처럼 말했다. 그런 만큼 다른 해외의 지사들보다 지사장의 영향력도 강하고 인센티브도 크다고 했다.

"입이 5천만 개야. 그중 2천만 개는 어느 때나 맞출 수 있는 거고 거기에 확산 속도는 좀 빨라?"

지금도 작은 시장은 아니지만 거의 독점적으로 완전하게 시장을 장악할 때까지는 국내 판매 이익금의 대부분이 과실 송금보다는 새로운 수요 창출에 쓰인다고 했다.

"우리나라 사람들이 아직 그 사람들 물건 파는 방법을 몰라서 그렇지. 담배를 봐. 우리나라가 만약 미국에 담배를 내다 판다면 지금 그 사람들이 하듯 배보다 배꼽이 더 크게 판촉물을 뿌릴 수 있겠느냐고? 시장점유율이 어느 정도 자기들 판단에 만족스럽다 싶을 때까지는 이익금을 생각하지 않고 투자하는 게 그 사람들 마케팅 전략이거든. 패스트푸드도 마찬가지야. 밑지면서 장사를 하는 건 아니지만 아직까지는 만족할 만한 선에 와 있는 게 아니거든. 몇 년 내로 지금보다 세 배는 늘릴 수 있는 거라구. 그 사람들도 그렇게 판단하고 나도 그렇게 판단하고 있는 거고."

아빠는 아빠의 사업이 매년 30% 이상 신장하고 있다고 말했다. 지금 20대 초반 이하의 입은 하루 한 끼쯤은 아빠의 고객이 될 수 있는 입들이었다. 언젠가 아빠는 그렇게 말했다.

"이젠 말이지. 시내 어딜 다녀도 사람 입이 모두 그렇게 보여. 저게 나를 먹여 살리는 입들이구나 하고……."

아빠는 다른 사람들보다 자주 미국 본사로 출장을 갔다. 어떤 때는 그 출장에 엄마도 함께 따라갔다. 지난번 관광까지 합쳐 거의 보름 가까이 걸린 가을 출장 때도 그랬다. 그 기간 동안 엄마는 LA에 유학 가 있는 오빠도 만나고 미리 겨울 쇼핑도 해 왔다.

엄마 방에서 나온 그녀는 네 면의 벽과 바닥을 평당 50만 원이 넘는 이태리산 대리석으로 꾸민 욕실에 들어가 가볍게 세수를 하고 나와 지방시 상표가 수놓아진 수건으로 얼굴의 물기를 걷어내고 프랑스산 드봉 스킨로션과 밀크로션을 얼굴에 발랐다. 그건 국산 화장품 광고였지만 정말 소피 마르소는 이뻤다. 그리고 그것을 바를 때마다 그녀도 자신이 소피 마르소가 되는 꿈을 꾸곤 했다. 그렇게 소피 마르소에서 데미 무어까지 그녀는 하루에도 몇 번씩 거울 속에서가 아니라 늘 그녀의 머릿속에서 아름다운 변신을 했다.

그러는 동안 정액급으로 월급 40만 원을 받는 가정부 아줌마는 5천만 원짜리 독일산 포겐폴 부엌 가구로 치장된 주방에서 그녀의 가벼운 아침 식사를 준비하고 있었다. 그 아줌마의 봉급이 다른 집 가정부 아줌마들보다 적은 것은 엄마 차를 운전하는 가정 기사 아저씨와 함께 그 아줌마가 사장 자택에 파견 근무하는 아빠 회사의 직원이기 때문이었다. 그래서 직책도 형식적으로는 회사 용원이었다. 대신 그 아줌마에겐 매달 회사에서 지급하는 20만 원의 시간외 근무수당이 더 붙었다. 엄마는 빌라의 다른 여자들과는 달리 가능한 낮출 수 있는 가게 지출은 낮추어야 한다고 했다. 아줌마는 조리사 자격증이 없어도 음식을 잘 만들었다. 시장도 그 아줌마가 직접 봐 왔다. 엄마는 시장 볼 때 떨어지는 돈만으로도 그 아줌마의 봉급은 그런 사람들 수준으로서는 결코 적은 것이 아니라고 했다. 회사에서 근무하는 식당 주방 아줌마들도 서로 파견 근무를 나오려고 했다. 그러나 그만한 음식 솜씨를 가진 아줌마도, 시집간 딸을 빼고는 딸린 식구가 없어 여기서 먹고 자고 할 수 있는 아줌마도 없었다. 아빠는 미국 패스트푸드사의 한국지사장이면서도 자신의 '식생활 문화의 혁명'은 일으키지 못하고 있었다. 본사 출장 때에도 늘 그것 때문에 고생한다고 했다. 그런 아빠에 비해 그녀는 일찍이 '식생활 문화 혁명'에 젖어 들었다.

"아가씨, 식사하세요."

그녀는 주목 무늬가 그대로 드러나게 깎은 1천2백만 원짜리 영국산 식탁에 가 앉았다. 야채와 과일 샐러드. 옥수수빵 한 조각. 6백만 원짜리 웨스팅하우스사의 냉장고 옆에 그보다 조금 키가 작은 4백만 원짜리 냉장고에서 꺼낸 원산지 델몬트 주스 한 잔. 아침 식사는 늘 그랬다. 요즘 그녀는 다이어트 중이었다. 주전부리를 자주 해서 그런지 좀체 체중이 줄지 않는다. 거의 50 킬로그램에 다 가 있다. 그리고 아침 식사는 각자 하고 싶은 식성에 따라 각자 하고 싶은 시간에 했다. 그래서 식구들의 식성에 따라 냉장고도 따로 썼다. 언젠가 야채 샐러드를 먹는데 거기에서 이상한 냄새가 나는 것 같았다. 아빠 때문이었다. 그때까지만 해도 아빠 엄마가 먹는 음식과 그녀가 먹는 음식 재료를 한 냉장고에 넣어 두고 썼다. 여름이었는데, 어쩌면 그 음식 냄새는 야채 샐러드에서 난 것이 아니라 주스 대신 물을 달라고 했을 때 가정부 아줌마가 김치통을 넣어 둔 냉장고 문을 열자 그 안에서 흘러나온 것인지도 모른다. 저녁 식사 때 그냥은 가끔 김치를 먹지만 다른 음식에 배는 그 냄새는 정말 지독하게 싫었다. 그때부터 그녀는 자기가 먹는 음식만을 넣는 냉장고를 따로 가지게 되었다. 아빠는 우리나라의 모든 아이들이 우리 은지 입만 같으면 좋겠다고 했다. 아마 그랬다면 아빠는 우리나라에서 제일가는 재벌이 되었을지도 모른다.

그러나 지금 미국으로 유학 가 있는 오빠의 입은 또 그렇지 않았다. 전에 오빠가 한국에 있을 때 엄마는 늘 오빠에게 성진이는 어떻게 식성까지 아빠를 그렇게 닮았는지 모르겠다고 했다. 그때 있던 가정부 아줌마도 그런 말을 했었다. 그런 오빠가 어떻게 4년째나 그곳의 음식을 견디고 있는지 모를 일이었다. 창피스럽지만 오빠는 공부를 잘해 유학을 간 게 아니라 공부를 못해 유학을 갔다. 그때 오빠의 실력으로는 어느 대학도 들어갈 수가 없었다고 했다. 그때 아빠는 거, 공부가 별거 있나 영어만 잘하면 되지, 하고 미리 고3 때 오빠를 미국으로 보냈다. 적어도 아빠는 돈도 별로 많지 않은 압구정동의 졸부들처럼 대학에 자식을 부정 입학시키지는 않았다. 지난번 대학 입시 부정이 큰 문제로 떠올랐을 때 가족 중 누구보다 열을 올려 그것을 성토한 사람도 아빠였다. 물론 그녀는 제대로 시험을 봐 들어갔다. 방학은

압구정동엔 비상구가 없다

했지만 오빠는 다음 주에 나올 거라고 했다. 그녀는 전화로 자신이 갖고 싶은 미국 가수들의 레코드판을 일러 주었다. 그중엔 마이클 볼튼의 〈러브 이즈 에브리싱〉도 있고, 머라이어 캐리의 〈섬데이〉도 들어 있었다. 찾으면 그런 판은 국내에도 원판이 들어와 있겠지만 그래도 기분이 그런 것이 아니었다. 또 요즘 잘 나가는 뉴 키즈 온 더 블럭의 노래는 오빠에게 이야기를 하긴 했지만 이번 유럽 여행 중에 그곳에 가 사 올 생각이다. 여행사가 잡은 일정 중엔 영국도 들어 있었다. 아니, 영국을 가지 않더라도 그 노래는 적어도 그녀와는 호흡이 맞을 것 같은 유럽 애들도 다 좋아할 것이었다.

식사를 마치고 그녀는 응접실로 나가 2천만 원짜리 이태리산 통가죽 소파에 앉아 몸체 값만도 기백만 원이 나가는 캔우드 오디오로 라이처스 브라더스가 부르는 〈사랑과 영혼〉의 주제가 〈언체인드 멜로디〉를 들으며 영국 왕실에서 쓴다는 표찰이 붙은 8백만 원짜리 탁자 위에 가정부 아줌마가 원산지 본 차이나 커피잔에 타다 준 초이스 커피를 마셨다. 그럴 때면 별로 모양 없이 생긴 가정부 아줌마의 모습까지도 영국 왕실의 예절 바른 하녀같이 보이는 것이었다. 언젠가 그런 말을 했을 때 가정부 아줌마도 무척 좋아하는 것 같았다. 왕실의 하녀 같다는 말은 차마 하지 못하고 왕실에 근무하는 요리사 같다는 말로 그녀는 스스로 그 왕실의 공주가 되었다.

그녀는 커피를 마시며 〈언체인드 멜로디〉를 듣는 동안 영준이 오빠를 생각했다. 영준이 오빠는 정말 〈사랑과 영혼〉의 남자 주인공 패트릭 스웨이지를 닮았다. 얼굴도 그랬고 이미지도 그랬다. 그 영화를 같이 본 사람도 영준이 오빠였다. 그 오빠를 처음 만난 건 지난 4월 초, 대학에 입학하고 나서 처음 맞는 생일날 승미, 은영이 계집애와 함께 간 라마다르네상스호텔의 나이트클럽에서였다. 그 안에서 바로 옆 테이블의 남자들이 자리를 옮겨와 합석하게 된 영준이 오빠도 그날이 생일이어서 친구들과 함께 그곳에 왔다고 했다. 그리고 몇 번 둘이서만 밖에서 따로 만난 다음 그 오빠와 함께 〈사랑과 영혼〉을 보았고, 약속대로 그날 밤 그녀는 자신이 줄 수 있는 모든 것을 그 오빠에게 주었다. 아빠 엄마보고는 며칠 전부터 미리 이번 토요일엔 강릉 은영이 집으로 놀러갈 거라고 말을 해놓았다. 전에도 영준이 오빠는 두 번인가 세 번인가 만났을 때부터 자기 아파트로 가자고 했다. 3학년인 그 오빠는 2학년 때 생일 선물로 자동차와 함께 학교 앞에 공부방 겸 작은 아파트를 선물받았다고 했다. 오빠의 원래 집은 이태 전까지만 해도 그녀가 살던 압구정동 현대아파트라고 했다. 영화를 볼 때도 영준이 오빠는 패트릭 스웨이지가 도자기 돌림판을 돌리고 있는 데미 무어를 뒤에서 부드럽게 껴안고 흙 묻은 손을 감싸 쥐고 애무할 때 아무도 모르게 그녀의 스커트 밑으로 손을 넣어 그곳을 만졌다. 그날엔 오빠의 몸을 맞이할 마음의 준비를 하듯 5만5천 원짜리 스캉달 팬티를 입고 나갔다. 그러나 그 오빠는 너무 흥분해 그것을 찢을 듯이 함부로 다루었다. 오빠는 처음이 아니지? 하고 물었을 때 그 오빠는 이젠 나도 은지만 생각할 거야, 라고 말했다. 〈사랑과 영혼〉에 나오는 데미 무어는 참 이뻤다. 그리고 그 오빠는 영락없이 패트릭 스웨이지를 닮았다. 그렇지만 그 오빠에겐 영화에 나오는 것처럼 마음 나쁜 친구는 없을 것이다. 그녀는 오히려 그런 마음 나쁜 친구는 영준이 오빠보다는 자기 옆에 있다고 생각했다.

"나쁜 계집애……."

정말 은영이 계집애만 생각하면 저절로 화가 났다. 아빠가 방송국의 국장인 승미야 그래도 어느 정도 가정환경이 비슷해서라지만 강원도 시골에서 올라온 그 촌닭 같은 계집애를 입학하자마자부터 좋아했던 건 단지 그 계집애가 바다가 있는 강릉에 산다는 이유 때문이었다. 그곳 가까운 곳에 아빠의 여름 별장이 있어 고등학교 땐 매년 여름마다 그곳에 놀러가 강릉이 남의 동네 같지가 않았다. 그래서 입학하자마자 제일 먼저 집에 초대한 것도 서초동 삼풍아파트에 사는 승미가 아니라 그 계집애였다. 그 촌닭 같은 계집애는 그때 집을 둘러보곤 무척 놀라는 얼굴을 했다. 그리고 제 입으로도 여러 번 무슨 궁전 같다고 했고 공부방을 둘러보고 나선 대학 1학년생의 공부방이 아니라 나이 든 교수님의 연구실 같다고 했었다. 처음부터 그런 촌닭 같은 계집애하고는 친구를 하지 말았어야 했는지 모른다. 생일날에도 수준은 안 맞지만 같이 불러 나이트클럽에 갔었고, 후에도 한 달간은 그런대로 친하게 지냈다. 학교 부근에 있는 그 계집애의 친척집에도 한번 놀러 갔었다.

그런데 그 계집애가 어느 날 학교에서 애들이 다 있는 앞에서 절교 선언을 하는 것이었다. 아니, 그러기 전날 그 계집애와 함께 학교 앞 의상실에 갔었다. 그것도 가고 싶어서 간 게 아니라 승미가 거기서 자기가 옷 하나를 보아 놓았다고 해 따라간 것이었다. 승미는 가자마자 27만 원인가 28만 원인가 주고 스커트와 블라우스를 한 세트로 한 그것을 샀다. 철보다 조금 일찍 나온, 그런대로 입을 만한 여름옷이었다. 그리고 막 그 의상실을 나오려는데, 은영이 계집애가 이건 어떠니, 저건 어떠니 하며 뒤늦게 자기도 반팔 소매의 블라우스를 골랐다. 그러면 빨리 어느 것 하나를 집을 것이지 계집애는 사지는 않고 이것저것 제 몸에 대보며 옷을 고르기만 하는 것이었다. 그러다 한참 만에 그 계집애가 골라낸 것은 7만 원짜리와 5만 원짜리 여름 블라우스였다. 계집애는 아줌마에게 7만 원짜리를 6만 원에 해주면 그것을 사겠다고 했다. 아줌마는 안 된다고 했고, 계집애는 계속 그렇게 해달라고 말했다. 그러니까 의상실 아줌마가 먼저 옷을 산 승미는 아니더라도 그녀까지 그런 촌닭으로 보는 것 같았다. 정말 자존심 상하는 일이었다. 옷을 입어도 또 밖에 나가 돈을 써도 승미보다는 늘 낫게 하고 다녔다고 자부해 왔었다.

"애, 넌 무슨 애가 7만 원짜리 옷 하나 사며 그렇게 부들부들 떠니? 같이 온 사람 창피스럽게……."

사실 못 할 말도 아니었다. 계집애가 제 얼굴은 그렇다 치고 같이 온 친구의 얼굴까지 깎으며 하도 촌닭같이 굴어서 한마디 했더니 금방 새빨개지며 울 듯이 가게 밖으로 뛰쳐나가는 것이었다.

"쟤 왜 저러니?"

승미가 계집애의 뒷모습을 보며 어처구니없다는 얼굴로 물었다.

"누가 아니? 돈이 없으면 고르질 말든가…… 촌닭 같은 게 괜히 따라와 가지고……."

계집애가 그러니 의상실 아줌마도 별로 기분이 안 좋은 것 같았다. 그녀는 아줌마에게 쟤만 그런 애지 자기는 그런 애가 아니라는 걸 보여 주고 싶었다. 그래서 되는대로 별로 내키지도 않는 25만 원짜리 여름옷 한 세트를 고르고는 아빠가 입학 기념으로 만들어준 VIP카드를 내밀었다. 주머니에 오늘 아침 엄마에게 받아 온 50만 원이 어제 쓰다 남은 10몇 만 원과 함께 고스란히 있었지만 보다 확실하게 아줌마에게 귀티를 내보이고 싶었다. 그러고는 아줌마가 들으라고 일부러 조금 큰 소리로 승미에게 자기는 이것 말고도 며칠 전 엄마와 함께 갤러리아 명품관에 가 여름옷을 몇 벌 샀다고 말했다. 아직 사지는 않았지만 그렇게 말했다. 그러니까 아줌마도 사람을 달리 보는 것 같았다.

"처음 들어올 때 알아봤어요. 두 학생은, 올해 새로 입학한 귀한 댁 공주님들이시구나 하고 말이지. 이제 우리 가게에도 좋은 옷 많이 가져다 놓을 테니 자주 놀러 와요. 가만있자 귀한 손님들 오셨는데, 냉커피 한 잔 드릴까? 아니면 주스라도……."

"아뇨, 됐어요. 우리 지금 바쁘거든요. 또 어디 가야 되고요."

"그럼 또 놀러 와요. 응."

늦게라도 의상실 아줌마가 알아주긴 했지만, 그 옷은 집에 가지고 와 입어 보지도 않고 가정부 아줌마에게 주었다.

"아줌마는 못 입을 거고 누구 줄 만한 사람이 있으면 줘요."

옷이 좋고 나쁘고는 두 번째 문제였다. 기분 좋지 않게 산 옷은 나중에 입어도 꼭 기분 안 좋은 일이 생겼다. 아마 아줌마는 5만 원이든 10만 원이든 그 옷을 누구에겐가 팔 것이었다. 회사에 있는 영양사 보조 아줌마들은 서로 파견 근무를 오려고 했다.

그런데 은영이 계집애가 그 자리에서는 아무 소리도 못하더니 다음 날 학교에 와 애들 다 있는 앞에서 사람 망신 주듯 그러는 것이었다.

"난 이제 너희하고 같이 안 다녀. 그동안 너희하고 같이 다닌 내가 얼마나 바보였는지도 알았고. 너희들 집에 돈 많은 거 알아. 몇 번 같이 다닐 때마다 너희들 하루에 몇십만 원씩 쓰는 것도 봤고 말을 안 해서 그렇지 그때도 좋게 보이지는 않았어. 그렇지만 친구니까 좋게 생각하려고 했어. 다른 애들이 너희들 돈 쓰는 거 보고 욕할 때에도 그랬고. 그래서 나까지 다른 애들한테 욕먹고 있었던 것도 알아. 나는 돈이 없고 너희는 돈이 있어도 처음 올라와 사귄 친구니까 같이 다녔던 거지 누가 느들이 사 주는 양식 먹고 주스 먹는 게 좋아서 다닌 줄 아니? 그런 건 같이 다녀도 안 먹을 때가 마음 편했어. 처음 와 아는 사람도 없을 때 은지, 니가 먼저 친하게 지내자고 하니까 사실 부담스러워도 같이 다녔던 거지 느들한테 그런 걸 얻어먹고 싶어 같이 다녔던 건 아니야. 그런데 어제 알았어. 돈 많은 사람들은 없는 사람들 앞에서 그렇게 막 해도 되는 거니? 그래, 나는 돈이 없어 블라우스 값을 깎아 달라고 했어. 그게 그렇게 너희들 얼굴 깎는 일이었니? 집에 돈이 있다고 너희들이 무슨 귀족 집 딸이니? 돈 있으면 있는 거지 없는 사람들 그렇게 무시해도 되고 가슴 아프게 해도 되는 거니?"

이미 은영이 계집애는 다른 애들한테도 전날 일을 다 얘기한 것 같았다. 그리고 한 술 더 떠서 느들이 친구한테까지 그러는데 바깥에 다른 돈 없는 사람들한테는 어떻게 하겠느냐고 잔뜩 독이 오른 얼굴로 대들듯이 말했다. 몇몇 계집애가 박수를 치자 다른 계집애들도 따라서 박수를 치며 그 계집애를 응원했다.

그러자 승미가 앞으로 나가 그 계집애에게 말했다.

"너 지금 무슨 양심선언하는 거니, 아니면 집에 돈이 없다는 거 자랑하는 거니?"

"어머, 쟤 좀 봐."

"웃기지도 않아 정말……."

몇몇 계집애가 뒤에서 그렇게 말했다. 그때 그녀가 교단 앞으로 나갔다. 정말 가만히 두고 볼 일이 아니었다.

"잘 들어. 내가 충고 하나 하겠는데, 너희들 부자를 너무 미워하지 말아. 너희들 부자들도 돈 벌려고 고생한 사람들이라는 걸 알아야 해. 다 가난하면 나라는 또 얼마나 가난할지 그런 건 안 생각해 봤니? 그래도 부자들이 있으니까 우리나라가 경제적으로 이만큼 튼튼하다는 걸 알아야지. 너희들은 자본주의가 뭔지도 모르니? 그런 것도 안 배우고 학교에 왔니? 열심히 일해 노력하면 부자가 되는 거고, 노력하지 않고 놀면 가난한 게 자본주의 아니니? 이래 가지고야 누가 부자가 되려고 노력하겠니? 부자가 무슨 죄니? 왜 이유 없이 미워하는 거니? 너희들……."

그러자 다시 어머, 쟤 말하는 것 좀 봐, 쟤 왜 저런대, 너 약 먹는 거 아니니, 하고 계집애들이 찧고 까불었다. 그 말에 은영이 계집애도 다시 힘을 얻은 듯했다.

"누가 이유 없이 부자를 미워한다고 했니? 부자면 부자고 돈 있으면 있는 거지 그것 가지고 다른 사람들 무시하지 말고 가슴 아프게 하지 말라고 그랬지."

"그런, 넌 뭐니? 넌 왜 사람들 앞에서 부자들 망신 주고 그러니? 그건 잘하는 일이니?"

"어제 너희들이 먼저 그랬잖아. 없는 사람들은 있는 사람들이 그래도 참고 있어야 하니?"

"그럼 부자들은 참아야 하니?"

그렇게 옥신각신할 때 과 계집애들은 일방적으로 그 계집애의 편을 들었다. 얘 얘, 얘기가 안 통한다 얘, 은영아, 니가 그만둬라, 쟤들하곤 얘기해 봐야 입만 아프다니까, 정말 어디 저런 것들이 들어왔는지 몰라, 교수님 들어오실 시간 됐다 얘, 은영아, 니가 참으래도…… 그러면서 계집애들은 그 계집애를 가방이 놓인 자리로 데리고 갔다. 정말 분해서 견딜 수 없었다. 과에 승미 집안 정도 되는 애가 열 명만 되었더라도 그렇게 일방적으로 당하지는 않았을 것이다. 그나마 몇 명 있는 계집애들도 오히려 그 계집애의 편을 드는 것 같았다. 그러나 그 계집애들도 그런 촌닭 같은 계집애와 함께 가 그런 일을 겪었다면 그것이 얼마나 견디기 어려운 쪽팔림인지 알았을 것이다.

"이건 충고도 아니야. 내 다시 확실하게 경고하는데, 너희들 정말 부자를 미워하지 말아. 그래 가지고야 내 돈 내 맘대로 쓰기라도 하겠니?"

그전부터 한 번쯤은 하고 싶었던 말이었지만 말을 하고 나서도 분을 다 삭일 수가 없었다. 그날 그녀는 그대로 강의실을 나왔다. 그리고 영준이 오빠가 있는 아파트로 전화를 했다. 그 오빠는 강의가 있지만 지금 그녀가 온다면 안 가고 기다리겠다고 했다.

이야기를 했을 때 그 오빠는 그런 일 정도는 아무것 아니라고 했다.

"원래 그래, 없는 것들은. 그렇게 말로라도 있는 사람들을 닦아세워야 직성이 풀리는 법이거든. 넌 아직 1학년이라 몰라서 그렇지. 나도 1, 2학년 때는 그렇게 많이 당했어."

"남자들도 그래?"

"말이야 그럴듯하지. 비비 돌려서 부의 편중 어쩌구저쩌구 하면서. 그렇지만 즈들 못나서 그런 걸 누가 책임지니? 내가 언제 즈들 보고 차를 사 달랬나 기름 값을 대 달랬나. 즈들 없어서 못 타고 다니면 그만이지 즈들 못 타고 다닌다고 괜히 그렇게 시비를 걸더라니까. 이 아파트만 해도 그렇고."

"난 그래도 그 촌닭 같은 계집애가 그럴 줄 몰랐어."

"그래서 사람은 끼리끼리 만나야 하는 거야. 그런 것들은 그런 것들대로 그렇게 놔두고 우리는 우리 방식대로 이렇게 사는 거고. 집에 돈 있다고 괜히 그것들 불쌍하게 봐주고 사정 봐줄 것 없다니까. 전부터 너한테 걔하고 다니지 말라고 얘기할까 하다가 그만뒀어. 니가 잘 알아서 하겠거니 하고……."

"정말 몰랐어. 그 계집애가 그럴지는……."

"거 봐. 있는 앞에서는 아무 소리도 못하다가 뒤에서 뒤통수를 치잖아. 이제 기분 풀어. 그런 애들은 원래 그렇거니 하고 자꾸 생각하면 우리만 손해라니까. 난 은지 너가 온다고 해서 얼마나 기분이 좋았었는데."

그러면서 영준이 오빠는 입을 맞추고 뒤에서 끌어안듯 옷 속으로 손을 넣어 가슴을 만지고 아래쪽의 맨살을 만졌다. 그러자 한결 기분이 좋아지며 그곳이 미끄러운 분비물로 젖어 드는 것 같았다. 오빠는 언제 봐도 〈사랑과 영혼〉에 나오는 패트릭 스웨이지 같았다.

"정말 내가 그 계집애한테 잘못한 거 없지?"

"없어. 없으니까 몸을 조금만 들어봐."

그날 오빠는 처음 때보다 부드럽게 사랑해 주는 것 같았다. 그녀도 그 오빠가 하자는 대로 부드럽게 그 오빠의 몸을 사랑해 주었다.

은영이 계집애가 다시 사람의 뒤통수를 친 건 여름방학을 하고 나서 아직 미국 여행을 떠나기 전의 일이었다. 어느 날 아빠가 무척 안 좋은 얼굴로 신문을 가지고 들어왔다. 없는 사람들 편이랍시고 늘 나쁘고 어두운 얘기만 골라 쓰는 그 신문에 양재동 빌라촌 얘기가 났었고 은영이 계집애가 한 말이 났었다.

처음부터 나쁜 쪽으로만 쓰겠다고 마음먹고 쓴 '르포 호화 빌라촌' 두 번째 이야기에 지방에서 고등학교를 졸업하고 올라온

정 아무개의 이야기부터 시작해 지난 3월 같은 학과 친구의 초대를 받았다는 것, 빌라 안의 폐쇄회로 텔레비전과 모자이크로 장식된 벽면, 가정부의 안내, 침실과 의상실이 나뉘어 있는 안방, 세 개의 유럽식 벽난로를 비롯한 집 안의 구조, 31인치짜리 소니 텔레비전과 전축, 월풀 냉장고, 교수 연구실 같은 친구의 방, 아빠의 벤츠 560 SEL, 엄마의 BMW 750i 등 모든 게 그대로 은영이 계집애가 말한 대로였고 그때 그 계집애가 왔을 때대로였다. 신문에 난 대로라면 거기 사는 사람들은 다 도둑놈들이었다. 아빠도 자기는 피땀 안 흘리며 남의 피땀을 빨아먹는 도둑놈이었고, 나라의 살림을 하는 정부 고관과 정치인, 거기 사는 판검사와 의사, 예능계 대학 교수들도 그랬다. 나쁘게 쓰자면 무엇인들 끝이 없었다. 그 사람들이 부자가 되기 위해 얼마나 노력했는가 하는 것은 한 줄도 없었다. 이 땅의 '식생활 문화 혁명'을 꿈꾸고 있는 아빠만 해도 그랬다. 그들은 많이 아는 것 같지만 모르는 게 더 많았다. 아니, 알아도 인정하지 않으려 하는 것 같았다. 미국은 부자들이 더 존경을 받는다고 했다. 부자를 존경하지 않는 한 이 땅의 가난뱅이들은 영원히 가난할 것이다. 가난이 무슨 무기고 벼슬이라도 되는 줄 아는 모양이었다.

신문을 보고 아빠와 엄마는 친구를 사귀어도 제대로 사귀라고 야단을 쳤다. 정말 그 계집애가 그렇게까지 나올 줄은 몰랐다. 다행이라면 아빠의 회사 이야기가 나오지 않아 바깥의 다른 사람들이 구체적으로 그게 누구 집인지 모른다는 것이었다. 만약 거기에 미국 내에서도 다섯 손가락 안에 드는 '패스트푸드'

이야기만 비쳤더라도 그걸로 사람들은 '전 민정당 정책위 의장 (3선)'이 누구며 '전 안기부장'이 누군지 감을 잡듯 이런저런 감을 잡았을 것이다. A사니 B사 하는 식으로 회사 이름을 대신할 영어 이니셜 하나만 넣었더라도.

"그러게 뭐랬니? 엄마가 처음부터 그런 거지 같은 애들 집 안에 끌고 들어오지 말라고 했지? 넌 걔한테 친구로서 잘 하려고 그랬지만, 걔는 뒤에 가선 널 그렇게 배신하잖니. 친구라는 것도 다 격이 맞고 수준이 맞아야 친구가 되는 거지."

아빠보다 엄마가 더 그 계집애한테 패씸해히 는 것 같았다. 그 계집애는 정말 〈사랑과 영혼〉에 나오는 패트릭 스웨이지의 나쁜 남자 친구 같은 계집애거나 〈위험한 정사〉에 나오는 지독하고도 끈질긴 가정 파괴범 여자 같았다. 그 계집애가 어떻게 그 신문사의 기자를 알아 그 이야기를 알려 주었던 것인지 모르겠다.

개학이 되어 학교에 갔을 때 먼저 온 승미도 그 이야기를 했다.

"은지야, 아까 애들 얘기하는 거 들으니까 방학 동안 느네 집이 신문에 난 모양이던데. 아니?"

"은영이 계집애가 말한 거 말이지?"

"아는구나. 난 또 네가 모르는가 하고……."

그럴 땐 그 계집애마저 사람을 외롭게 하는 것 같았다. 우리 집하고는 상관없는 일이잖아. 승미 계집애의 얼굴에 그런 기색이 보였다. 역시 나에게는 패트릭 스웨이지밖에 없다고 그녀는 생각했다. 그래서 며칠 전에도 아파트에 가 만나고 다시 전화를 해 그 오빠를 밖으로 나오라고 했다.

압구정동엔 비상구가 없다

"그 얘기는 왜 이제 해? 전에 만날 땐 아무 말도 없더니."

"그때 기분이 안 좋았는데, 그러곤 곧 잊어버렸어. 또 금방 미국에 여행 갔었고. 그건 얘기했지? 거지 같았다구⋯⋯."

"신문에 뭐라고 났는데?"

영준이 오빠는 그 신문을 보지 않은 모양이었다. 그래서 거기에 오빠네 얘기는 아닌데, 오빠처럼 아들이 대학에 들어갔다고 코란도 승용차를 사 주고 작은 아파트를 사 준 집 이야기도 나왔다고 말했다.

"그건 좀 심하다. 나는 2학년 때 집에서 학교까지가 머니까 그랬던 거지. 그리고 우리 집에서 나한테 아파트 사 준 게 어떻게 과소비니? 닳니, 집이? 다 사 두면 값 오르고 그러면 그게 소비가 아니라 오히려 투자인 거지. 지금도 처음 샀을 때보다 얼마나 올랐는데. 과소비가 뭔지나 알고서 과소비, 과소비 해야지, 이건 뭐 조금만 어떻게 하면 무조건 과소비래. 형편 되면 그렇게 할 수도 있는 거지 말이야."

"오빠는 경영학을 공부하니까 알지, 누가 오빠처럼 그걸 알어?"

"그리고 그 은영이라는 애 말이야, 너 개 조심해야겠다. 그런 애들은 누굴 한번 찍으면 물불 안 가리거든. 내 주변에도 보면 대개 그래, 없이 큰 것들은. 그러다 2, 3학년이 되면 운동권이나 되는 거고."

"그래서 전에도 그 계집애한테 분명하게 얘기해 줬어. 너희들 부자를 미워하지 말라고. 경고한다고⋯⋯."

"백날 얘기해 줘도 걔들은 못 알아들어. 처음부터 바탕이 그래서."

"그래서 난 오빠하고 얘기할 때가 제일 마음이 편해. 또 오빠하고 나하고는 서로 잘 통하는 거 같고……."

"너 지금 나하고 통한다고 했지? 그럼 내 아파트로 갈래, 지금?"

"안 돼, 오늘은. 저녁에 아빠 엄마하고 밖에서 식사하기로 했어."

"김샜다. 너 데려갈려고 나왔는데."

"대신 다음 주에 가면 되잖아. 다음 주에 엄마도 아빠하고 같이 두 주일쯤 미국에 갔다 올 거거든. 그러면 그때 오빠도 우리 집에 올 수 있고 나도 오빠 아파트에 마음대로 갈 수 있잖아. 그냥 오늘은 시간 될 때까지 여기 있다 나가고."

"그래도 집 지키는 다른 사람들은 있잖아."

"괜찮아. 아빠 기사 아저씨는 아빠가 출장 가면 회사로 출근할 거고, 가정 기사 아저씨하고 가정부 아줌마야 서로 엄마 아빠한테 얘기 안 하기로 하고 내가 휴가를 주면 되는 거지 뭐."

"그럼 그땐 정말 우리끼리 있는 거지?"

전엔 안 그랬는데 한번 몸을 갖고 나선 영준이 오빠는 낮이고 저녁이고 만나기만 하면 가슴을 만지고 아래쪽 맨살을 만지고 그것을 자기 몸으로 눌러 가지려고 했다. 커피숍에서도 오빠는 자기 바지춤으로 손을 이끌었다. 그러다 아빠 엄마와 약속한 시간이 되어 자리에서 일어나 나올 때 느낌이 이상해 뒤돌아보

　　　　　　　압구정동엔 비상구가 없다

자 대각선으로 뒤쪽 테이블에 앉아 있는, 키와 몸도 영준이 오빠보다 커 보이고 나이도 대여섯 살은 더 들어 보이는 어떤 남자가 너희들 하는 이야기를 다 들었다는 듯한 얼굴로 잡아먹을 듯 이쪽을 노려보고 있었다.

그리고 그렇게 아빠와 엄마가 미국으로 떠난 다음 영준이 오빠와 약속을 맞춘 보름간은 정말 신나고도 꿈 같은 시간들이었다. 가정 기사 아저씨와 가정부 아줌마에게 일주일간 휴가를 주어 내보내던 날, 영준이 오빠도 막상 집에 와 보고 나선 은영이 계집애처럼 놀라는 얼굴을 했다.

"느네 집에 비하면 우리 집은 말 그대로 초가삼간이다 야. 은영이 걔, 그런 말 하게도 생겼고."

"자꾸 그러지 마, 오빠. 부담스러우니까."

"사실이 그런데 뭘."

"그럼 우리도 이태 전엔 초가삼간에 살았다는 얘기잖아. 그때 우리 거기 살았는데."

"그런가, 얘기가……."

그 일주일 가운데 이틀만 학교에 가고 나머지 날들은 그대로 집에 있었다. 이쪽 저녁 시간에 맞춰 엄마가 이틀에 한 번꼴로 미국에서 전화를 했고, 그리고 첫날, 그 전화가 끝난 다음 영준이 오빠가 자기 집에 전화를 걸어 전화가 고장이 나 밖에서 공중전화를 하는 것이라고 거짓말했다. 그러다 고장이 아닌 줄 알면 어떻게 할 거냐고 묻자 오빠는 일부러 전화기를 고장내 놓고 왔다고 말했다.

"그러다 정말 와 보면?"

"책상에 날짜 안 쓴 편지 써놓고 왔어. 내일 토플 시험이 있어 오늘 학교 도서관에서 밤새 공부합니다, 하고."

"이게 공부하는 거야?"

"공부지, 그럼. 이다음 우리가 어른이 되는 공부…… 너 그거 아직 한 번도 못 봤지?"

"뭘?"

"그 공부하고 똑같은 테이프……."

"그런 게 있다는 얘기만 들었어, 승미한테. 오빠는?"

"난 전에 한번 집 앞 비디오 가게에서 빌려 봤어."

"오빠 혼자?"

"그럼 혼자 보지 누구하고 보니? 너도 없는데……."

"거짓말 아니지 오빠? 난 오빠 믿어."

"볼래? 우리 그거……."

"없잖아, 지금은. 여기는 비디오 가게도 멀리 나가야 있는데……."

"너 보여 줄려고 일부러 가방에 넣어 가지고 왔어."

아빠 엄마 침실에서 아빠 엄마가 쓰는 2천2백만 원짜리 서독산 침대에 누워 그 오빠와 함께 공부 테이프를 보았다. 전에 그 오빠와 함께 본 영화들은 아무것도 아니었다. 장면 장면마다 숨이 콱콱 막혀 오는 것 같았다. 그렇지만 그것을 보며 사랑하니까 더 감미로운 것 같았다. 그 오빠도 전에 오빠 아파트에서 사랑할 때보다 더 좋아하는 것 같아 더 기분이 좋았는지도 모른다. 한

압구정동엔 비상구가 없다

테이프를 보는 동안 두 번 오빠와 그런 사랑을 나누었다. 두 번째 사랑할 땐 비디오에서 나오는 것도 따라 해주었다. 오빠도 그렇게 해주었다.

그리고 가정 기사 아저씨와 가정부 아줌마가 돌아와 오빠 아파트에 가 잘 때나 저녁에 그것만 하고 돌아올 때에도 그 공부 테이프를 보았다. 어떤 것은 눈이 아플 만큼 화질이 아주 안 좋았는데, 영준이 오빠 말로 그것은 텔레비전의 화면 조정이 잘못됐기 때문이 아니라 친구가 복사한 걸 다시 복사했기 때문이라고 했다. 그래도 기분은 참 황홀하고도 감미로웠다.

지난 11월에 그 오빠를 밖에 커피숍에 앉혀 두고 혼자 병원에 갔다 온 것 말고는 그 오빠와의 사이에 있는 모든 일이 다 좋았다. 그땐 정말 처음엔 죽고 싶은 마음일 만큼 덜컥 겁이 나고 두려웠는데, 막상 병원에 가 그 수술을 받을 땐 보건학 시간에 교육용 비디오를 보며 들었던 것보다 수술도 간단하고 몸도 그렇게 아픈 것 같지 않아 오히려 담담한 기분이 들었다. 아마 그 보건학 테이프는 '보건'보다는 고리타분한 '도덕'에 더 비중을 두고 만들었던 것 같다. 그런 결로 몸이 상한다는 것도 다 거짓말일 것이었다. 그래도 눈물은 흘렸다. 병원에서 나와 영준이 오빠가 기다리는 커피숍으로 갔을 때 오빠의 얼굴을 보자 괜히 그렇게 눈물이 흐르던 것이었다. 그때에도 언젠가 다른 커피숍에서 보았던 한 남자가 대각선으로 뒤쪽 테이블에 앉아 이쪽을 노려보다 시선이 마주치자 얼굴을 돌리는 것이었다.

아마 이번 유럽 여행은 영준이 오빠와의 사이에 아름다운 추억거리가 생길 그런 여행이 될 것이다. 〈7일간의 사랑〉이라는 영화를 영준이 오빠하고 함께 보았다. 그건 미국의 대학 교수가 공부를 하러 유럽에 갔다가 그곳 여자와 7일간의 사랑을 하고 돌아온 다음 많은 세월이 흘러 그 아이가 미국으로 아빠를 찾아오는 줄거리의 영화였다. 그러나 영준이 오빠도 함께 가는 이번 유럽 여행은 그런 슬픈 이야기가 아닌 우리 청춘의 아름다운 '20일간의 사랑'이 될 것이다. 어제 아빠도 그것을 허락했다.

그녀는 응접실에서 전화를 걸까 하다 자기 방으로 들어와 영준이 오빠에게 전화를 걸었다. 오빠는 자기 아파트에 있지 않고 압구정동에 와 있었다. 오후 2시에 오빠가 '로데오 거리'에 있는 카페 '아리조나'로 나오라고 했다. 그 부근에 주차장이 있어 오빠는 늘 거기가 편하다고 했다.

12시쯤 엄마가 먼저 1억 5천만 원짜리 BMW 750i를 타고 외출을 했다. 그녀도 외출 준비를 했다. 나가면 아마 영준이 오빠는 또 자기 아파트로 가자고 할 것이었다. 좋은 소식을 가지고 나가는데, 서기 가서도 좋은 모습을 보여야 한다고 생각했다. 그녀는 비너스 조각을 한 1천4백만 원짜리 이태리산 대리석 욕조에 가볍게 이온 목욕을 한 다음 자기의 침실로 가 2천3백만 원짜리 이태리산 장롱을 열고 전에도 입었던, 입어도 그 속이 확연히 들여다보이는 그물형 스캉달 팬티와 그 팬티와 세트를 이룬 은은한 핑크색 브래지어를 하고 차이나형 꽃무늬가 수놓아진 캘빈클라인 스타킹을 신었다. 그리고 그 위에 40만 원짜리 소니아 리키엘 상표가 붙은 블라우스와 70만 원짜리 이바노브니 검

압구정동엔 비상구가 없다

정색 미니스커트를 입고 역시 검은 색상의 3백20만 원짜리 피에르발망 반코트 차림으로 거울 앞에 섰다. 이번 겨울 압구정동의 유행 색상은 검은색이었다. 전에도 영준이 오빠는 그 옷이 잘 어울린다고 했다. 그러나 그 옷뿐 아니라 오빠가 몰라서 그렇지 장롱 안에 있는 것은 어느 옷이든 다 잘 어울릴 것이었다. 헤어스타일까지 짧게 한 거울 속의 데미 무어는 활짝 웃고 있었다. 거기에 메고 나갈 핸드백은 엄마의 4백30만 원짜리 것만은 못하지만 자연산 무늬를 조금 갈색 나게 처리한 2백80만 원짜리 구찌 악어가죽 핸드백을 골랐다. 그 안엔 어제 쓰다 남은 20몇 만 원과 조금 전 엄마가 외출하기 전에 주고 간 외환은행권 10만 원짜리 수표 석 장, 언제 어떤 일이 생길지 모르니 급한 일이 생기면 쓰라고 그전에 아빠가 주었던 1백만 원짜리 상업은행권 수표한 장, 입학 선물로 받은 VIP카드, 얼마 전 갤러리아 명품관에서 12만 원을 주고 두 개를 사 하나는 영준이 오빠를 준 피에르가르뎅 손수건, 작은 용기에 담은 몇 가지 드봉 화장품, 그 화장품 판촉물로 받은 굵은 빗 한 자루, 핸드백용 강력 무스, 친구들 전화번호를 적은 1만4천 원짜리 프랑스산 양가죽 팬시 수첩, 양가죽 케이스 안의 스위스산 볼펜(수성)이 들어 있었고, 그 제일 밑바닥엔 현금 말고는 그 핸드백 안의 유일한 국산품인 이미 반쯤쓴 노원이 들어 있었다.

나오기 전 그녀는 다시 거울 앞으로가 14만 원짜리 피에르가르뎅 스카프를 헐렁하게 매듭을 지어 어깨에 걸치듯 목에 둘러보곤 도로 그것을 벗어 던지고 1백45만 원짜리 발리 구두를 신었다. 엄마에겐 서로 색상과 디자인이 다른 2백만 원짜리 발리 고급품 구두가 세 개나 되었다. 그 신발을 사기 전 그녀는 자기도 그런 발리 구두를 사 달라고 소르며 엄마에게 왜 엄마만 그런 거 신어, 엄마가 무슨 이멜다야, 했다. 엄마는 1백45만 원짜리 발리 구두를 사 주며 너처럼 학교에 다니는 애들한텐 이게 맞아, 엄마 거하고 같은 건 사치고, 했다. 엄마는 방의 가구든 옷이든 같은 회사 같은 상표의 것이라고 해도 꼭 엄마의 것과 딸의 것의 차이를 두려고 했다.

"우리 수준엔 그런 게 애들 가정교육이고 예절교육이에요. 그래야 이다음에도 어른 높은 줄 알고 무서운 줄 안다고요."

언젠가 아빠에게도 그렇게 말했다.

그녀는 폐쇄회로 텔레비전과 적외선 초단파 경보 시설이 설치된 20억 원짜리 궁전 같은 빌라를 나와 압구정동으로 왔다. 영준이 오빠하고 약속한 '아리조나'는 현대백화점과 갤러리아백화점 중간쯤에 있었다. 아직 시간이 있어 그녀는 별로 바쁘지 않은 걸음으로 그 르포 작가가 서 있는 쪽으로 걸어왔고, 그런 그녀를 르포 작가가 잡았다.

"바쁘지 않으면 몇 가지만 물어볼게요. 학생이에요?"

"예, 1학년이에요. 그런데, 왜요?"

"나는 글을 쓰는 사람인데, 그냥 학생한테 몇 가지 물어보고 싶은 게 있어서 그래요. 여기 압구정동 자주 나와요?"

"예, 뭐 가끔이요. 일주일에 한 세 번, 네 번? ……뭐 그래요.

그런데 아저씨 소설가예요?"

"소설은 아닌데, 그 비슷한 일을 해요. 입은 옷이 무척 좋아 보이는데, 그래서 불렀어요. 이거 다 여기서 산 거예요?"

"뭐 그런 것도 있고, 아닌 것도 있고요. 그런데 그런 건 왜 물어요?"

"지금 내가 쓰고 있는 글의 주인공이 학생처럼 이쁜 여학생인데, 자료를 좀 수집해야 되거든요. 지금 입고 있는 옷들을 다 합치면 얼마치쯤 될 것 같애요?"

"모르죠. 그거야…… 누가 옷 입을 때마다 그런 계산을 하는 것도 아니잖아요……."

"그래도 대략……."

"몰라요. 내가 산 것도 있고 아닌 것도 있는데……."

"한 달에 용돈은 얼마나 써요?"

"그것도 잘 모르겠어요. 그때그때 엄마한테 타다 쓰니까…… 그런데 왜 그런 건 물으세요? 저 약속이 있어 어디 빨리 가야 한단 말이에요."

"그럼 마지막으로 하나만 더 물을게요. 지금 학생이라니까 얼마 전에 뉴스위크지가 이대 학생들 사진을 찍어 게재해 문제가 됐던 건 알겠지요?"

"얘기 들었어요. 졸업 사진을 찍는 날이었는데, 그것 때문에 그 학교 애들이 데모했다는 얘기도 들었고요."

"만약 학생이 다니는 학교에 그런 일이 생겼다면 학생은 그런 게 아니다, 하고 자신 있게 데모에 참가할 수 있겠어요?"

"그럼요. 그건 학교 명예가 걸린 문제잖아요."

"아니, 학교 명예 이전에 학생 스스로가 생각하기에 나는 절대 그런 사치를 안 하는 사람이다. 하고 그 데모에 참가하는 네 어떤 마음의 거리낌은 없겠냐를 묻는 거예요."

"그럼요. 우리 학교 명예를 우리가 지키는 일인데……"

"의미 전달이 잘 안 되는 모양인데, 그럼 그때 뉴스위크지에서 어떤 발표를 했는지도 알고요?"

"몰라요. 그건……"

"가르쳐 줄게요. 자기 잡지의 보도는 적절한 것이었으며 한국 인들에게 하나의 자극이 되었으면 좋겠다고 했거든요. 혹시 그런 말을 듣는데, 그 학교 학생은 아니지만 학생의 책임은 없다고 생각해요?"

"제가 왜 그걸 책임져요? 남의 학교 일까지…… 이제 보니 정말 웃겨 이 아저씨…… 바쁜 사람 붙잡아 놓고……."

그녀는 그 르포 작가를 피해 '아리조나'가 있는 쪽으로 뛰어 갔다.

전에 구로공단 '태양전자' 전무실 한편에 책상을 놓고 앉아 전화를 받거나 찾아오는 손님들의 차 시중을 들던 바로 그 여자아이가 압구정동으로 나온 지 삼 주일이 지나던 금요일 오후의 일이었다.

그날 저녁 그 여자아이는 니트 의류를 생산하는 어느 중견 업체의 말도 안 통하는 일본 바이어를 따라 호텔에 들어가 반쯤은 대충 눈치로 감을 잡으며 그가 해주고 싶어 하는 대로 몸을 맡기기도 하고 그가 내맡기는 대로 그의 몸을 애무해 주기도 했다. 또 낮에 압구정동으로 나왔던 양재동 빌라의 그 여자아이는 남자친구의 아파트로 따라가 전에도 한 번 본 적이 있는 화질 나쁜 비디오를 보며 그 남자친구의 몸을 서툰 대로 열심히 사랑해 주었다.

그리고 밤이 깊어 그 일본인 바이어가 한쪽 팔을 그 여자아이의 고개 밑으로 넣어 어깨를 돌려 잡고 다른 한 손으로는 그 여자아이의 몸 아래쪽에 난 치모를 하나하나 세듯 쓰다듬고 있을 때, 양재동 빌라 단지 입구 조금 못 미치는 곳에 시동과 실내등을 끈 한 자동차 안에서 한 남자아이가 제 여자친구의 어깨를 돌려 잡고 스커트 밑으로 손을 넣어 조금씩 분비물이 흐르기 시작하는 그 여자아이의 아래쪽 맨살을 만지고 있었다.

그리고 바로 그 시간 압구정동에서 그리 멀지 않은 도산공원 안 후미진 곳에서 한 건장한 청년이 그곳 가까운 어느 나이트클럽에서 이제 막 자신의 그날 마지막 무대를 끝내고 따라온 한 무희의 목을 뒤에서 그 무희의 코트에서 잡아당겨 뽑은 벨트로 돌려 조르고 있었다.

"그냥 이대로 가거라. 슬프고도 불쌍한 인생…… 어느 곳 어느 부모 아래 다시 태어나든 그때엔 꼭 여자의 몸으로 태어나 이번 삶에 풀지 못한 한도 풀 것이며……."

무희는 별 저항 없이 맥없이 팔을 늘어뜨렸다. 그러나 그 무희조차 그 말을 듣지는 못했다.

V

6층에서 5층으로 가는 비상구

이유 없는 죽음들, 그리고……

　도산공원 무희 피살 사건이 있은 다음 날부터 강남경찰서는 강력계뿐 아니라 서^署 전체가 마치 벌집을 쑤셔 놓은 듯 술렁거렸다. 지금까지 크고 작은 사건이 없었던 것은 아니나, 관내에 이렇다 할 대학이 있는 것도 아니어서 시내의 다른 서들처럼 매년 봄이면 으레 한 차례씩 연중행사처럼 겪곤 하는 시국 사건의 불똥도 늘 강 건너 불 보듯 해 오던 터였다. 그 일로 서 전체가 전전긍긍하거나 따로 서장의 목이 왔다 갔다 할 일도 없었다.

　특별히 있다면 관내의 규모 큰 술집이나 유흥가의 이권을 둘러싸고 발생하는 조직 폭력배들 간의 집단 칼부림과 같은, 한번 터졌다 하면 다음 날 아침 신문의 1면 머리기사로 오르내리는 강력 사건이 이따금씩 터진다는 정도였다. 그러나 범행의 끔찍함과는 달리 그런 사건들일수록 의외로 해결이 빨랐다. 그들 대부분이 현장에서 체포되거나 도주한다 해도 3일 안이면 모두 체포되어 구속되곤 했다. 또 그런 사건들은 폭력 조직의 규모와 범행 방법의 끔찍함에 다소 차이가 있다뿐 다른 서들 관내에서도 늘 발생하는 사건이었다. 단지 신문 어느 면에 어느 크기로 실리냐의 차이뿐이었다.

같은 공갈 갈취 사건이더라도 신문들은 그 피해 규모가 수천만 원대라든가 억 단위가 넘는 대형 사건이 아니면 차라리 구속 사건 최저 금액의 범행으로 기록될 같은 또래의 중학생이거나 국민학생들 사이에 저질러지는 토큰 한 개 값의 170원짜리 갈취 사건이거나 절도 사건을 '내 아이 걱정 반 남의 아이 장래 걱정 반'하는 식의 사회면 박스 기삿거리로 요구했다. 부녀자 폭행 갈취와 같이 사건 자체에 어떤 선정성이 있다면 모를까 그렇지 않은 단순 공갈 사건이거나 신체상의 특별한 위해 없이 발생하는 노상강도 사건은 피해액이 일정 수준(?)에 달하지 않으면 크고 작은 다른 사건에 그냥 묻혀 버리게 마련이었다. 10만 원짜리 단순 노상강도나 절도는 피해자나 범인의 신분이 누구라거나 누구의 아들이다 하는 식으로 특별하지 않는 한 앞으로도 이 땅 어느 신문에도 실리지 않을 것이었다. 그것이 경찰이 보는 신문의 시각이었다.

그러나 이번 사건은 달랐다. 늘 시민이 드나드는 공원에서 발생한 사건이라는 점도 그랬지만, 무엇보다 피살자가 밤업소의 무희라는 점과 그 무희가 성전환 수술까지 받은 트랜스젠더라는 점에서 그것은 세간의 이목을 집중시키기에 충분했다. 아니, 그 이상 선정적이고 엽기적인 요소를 갖춘 사건도 느물 것이다.

피살자의 사체가 발견된 건 아침 7시경의 일로 공원 관리소의 직원이 처음 경찰서로 전화를 해 온 것이었다. 그 관리소 직원은 자신이 그곳 사무실에서 숙직을 했으며, 아침 일찍 공원 안을 둘러보던 중 피살자의 사체를 발견했다고 말했다.

"고…… 공원에 여…… 여자 시체가 있습니다. 조금 전에 제가 공원을 둘러보는데 우…… 우리 공원에 어떤 여…… 여자가 죽어 있었습니다……."

"자세히 말씀해 보세요. 어느 공원 말씀인지……."

"도…… 도산공원입니다. 지금 빨리 나와 보십시오. 여…… 여자가……."

"알았습니다. 금방 나갈 테니 공원 안에 사람들 출입시키지 마세요. 그리고 안에 근무하는 사람들도 현장 가까이 가지 말고……."

그날 강력계 당직이었던 최정규 형사는 잔뜩 겁먹은 목소리로 전화를 건 공원 관리자의 연락을 받곤 다른 순경 두 사람과 함께 급히 도산공원으로 나갔다. 사건 발생 장소는 입구에서 왼쪽 편으로 한참 들어가 있는 공원 후미진 곳이었다. 반장한테 하는 연락까지 다른 사람에게 부탁하고 나갔는데도 현장엔 공원 관리소의 다른 직원과 또 그 공원의 관리 책임을 맡고 있는 구청에서 사람이 나와 있었다.

압구정동엔 비상구가 없다

"비켜요. 멀찍이 떨어져 접근하지 말고요."

여자는 자신의 바바리코트 벨트에 목이 졸린 채 숨져 있었다. 첫눈에 봐도 대단한 미인이었다. 반쯤 걷어져 올라간 코트 자락 밖으로 여자의 흰 허벅지가 그대로 드러나 보였다. 그는 가까이 가 찬찬히 사체를 들여다보았다. 턱밑에 조금 긁힌 자국이 없는 것은 아니었지만 마치 목을 매 자살한 여자를 내려놓은 것처럼 그것 말고는 얼굴 부위도 그렇고 손이며 허벅지 등 옷 바깥으로 드러나 보이는 몸 어느 곳에도 이렇다 할 외상外傷은 보이지 않았다. 살해당할 때 어떤 반항도 하지 못했다는 뜻이었다. 목이 졸리면 자연 그곳에 손이 따라 올라가 제 손으로도 상처를 내게 마련이었다. 빨간색 매니큐어를 칠한 손톱도 어디 한 군데 부서지거나 상한 데가 없었다.

(그렇다면 여러 사람이?)

최 형사는 습관적으로 공원 인근 불량배들의 집단 성폭행을 떠올렸다. 여자를 폭행한 후 여러 사람이 일시에 달려들어 살해했을 수도 있는 일이었다. 또 그렇게라면 여자도 미처 반항할 틈이 없었을 것이다. 이제 겨울이 시작되고 늦은 밤 공원 안에 들어온 사람도 없었을 것이다. 여자는 겁에 질린 채 불량배들의 협박에 끌려와 체념한 채로 성폭행을 당했을 것이다. 그리고 그 불량배들은 폭행을 끝낸 여자를 살해하고 코트를 입혔을 것이다. 아니면 코트만 입게 한 다음 여자를 살해했거나. 그런저런 생각이 최 형사 머릿속에 빠르게 돌아갔다.

그는 멀찍이 뒤쪽에 떨어져 있는 사람들을 힐끗 뒤돌아보고 나서는 사체의 코트 자락을 조금 더 위로 걷어 올려 보았다. 밖에 내널린 것은 없지만 어쩌면 여자는 속옷조차 안 입고 있을지 모른다고 생각했던 것이었다. 대부분의 강간 살인이 그랬다. 아예 옷을 입히지 않거나 입힌다 해도 겨우 겉옷 정도였다. 그러나 여자는 안에 속옷을 입고 있었다. 하지만 그 속옷도 흔히 보는 여자의 속옷이 아닌, 무지갯빛 스팽글로 장식된 손바닥 반만 한 천 조각 양 옆으로 겨우 끈만 연결된 밤업소 무희들이 입는 쇼 무대복 같았다. 이미 죽은 여자이긴 하지만 몸을 가린 부분도 매우 아슬아슬해 보였다. 그는 여자가 인근 밤업소에 출연하는 무희일지도 모른다는 생각을 했다.

그는 얼른 코트 자락을 내리고 이번엔 그 옆에 떨어져 있는 여자의 소지품인 듯싶은 가방을 조심스럽게 열어 보았다. 그 가방 안엔 여자의 몸에서 벗긴, 아니면 처음부터 여자가 벗어 그곳에 넣고 다니는 몇 가지 옷들과 처음 무대에 오를 때 그 스팽글 무희복 위에 걸치는 잠자리 날개 같은 훤히 속이 비쳐 보이는 흰색 가운이 들어 있었다. 전에도 그는 밤업소 무희들이 업소에서 업소로 이동할 땐 무희복 바깥에 코트만 걸칠 뿐 일이 완전히 끝난 다음 입을 옷은 그렇게 가방에 넣어 들고 다니는 것을 보았다. 어쩌면 여자는 한 업소의 일을 끝내고 다음 업소로 가던 중 그렇게 끌려와 변을 당한 것인지도 모를 일이었다. 그러나 소지품 가운데 그 여자가 누구인가를 증명할 주민등록증이라든가 수첩 같은 것은 나오지 않았다. 그래도 그는 사건이 쉽게 해결될 것이라고 생각했다. 처음부터 그는 사건을 우발적이든 계획적이

압구정동엔 비상구가 없다

든 집단 강간 살인으로 보고 있었다. 단독 범행이라면 여자의 몸에 전혀 외상이 없을 수 없었다. 그리고 살해한 다음 옷을 입힌 것이 아니라 옷을 입게 한 다음 살해했을 것이다. 그렇지 않으면 한 사람이 목을 조르는 동안 다른 한 사람이거나 두 사람이 붙잡고 있는 팔에라도 그런 흔적이 나타나야 했다. 어쩌면 세 사람 정도의 범행일지도 몰랐다. 인근 밤업소 몇 군데만 조사해도 여자의 신원은 금방 밝혀질 것이었다.

그는 다시 여자의 바바리코트 주머니를 뒤져 보았다. 각기 한 장씩 구기듯 접은 1만 원권 현금 여남은 장이 그 안에서 나왔다. 아직 제대로 간추리지 못한 팁일 것이었다. 어쨌거나 주머니 안의 돈이 그대로 있다면, 그렇다면 돈 때문에 저지른 강도 사건도 아니었다. 가방을 뒤져 그 안의 지갑을 꺼냈다 하더라도 강간 사건이라면 가방을 뒤지기 앞서 누구나 겉옷의 주머니부터 뒤져 보게 마련이었다.

그는 그런 자신의 생각이 틀림없을 것이라고 생각했다. 여자는 인근 밤업소의 무희가 틀림없을 것이며, 옷을 갈아입지 않은 것으로 보아 이동 중에 있었으며, 그렇게 끌려와 살해당한 것이 분명했다.

한 가지 자신 없는 것은 성폭행 부분이었다. 그는 다시 조금 전에 했던 대로 코트 자락을 올려 보았다. 단독 범행이든 집단 범행이든 팬티가 입혀져 있는 흔적으로 보아선, 어쩌면 폭행하지 않았을 수도 있다는 생각이 들었다. 강간이라면 그 팬티는 십중팔구 끈이 떨어지거나 찢어졌을지 모를 일이었다.

(그렇다면 무언가 흉기로 위협하여 여자 스스로 벗게 하고 여자 스스로 입게 했다? 그리고 코트를 입을 때 반항하지 못하도록 양옆에서 팔을 붙잡고 뒤에서 벨트로 목을 졸랐다?)

그랬을지도 모를 일이었다. 어차피 그건 의사의 검시가 끝나야 밝혀질 일이긴 하지만, 주머니의 돈을 꺼내 간 것도 아니고 또 폭행한 것도 아니라면 처음부터 여자를 공원까지 끌고 올 일도 없었을 것이며 살해할 이유도 없는 것이었다.

그가 이런저런 생각을 하고 있을 때 출동 직전 전화를 부탁했던 반장이 나왔고, 어떻게 냄새를 맡고 왔는지 일간지의 사회부 기자 둘이 현장으로 나와 관리소 직원에게 이것저것 말을 시키고 있었다. 기자들은 사체 발견 당시의 정황에 대해 물었고, 관리소 직원은 자기는 단지 처음 그것을 발견하기만 했을 뿐 그런 일이 발생한 것과는 무관하다는 것을 필요 이상으로 강조해 말했다.

"어때? 뭐 있어?"

반장이 그에게 물었다.

"인근 밤업소의 무희 같은데, 신원은 아직 알 수 없습니다."

"골치 아프군. 다른 데도 아닌 공원에서…… 대체 이 사람들은 공원 관리를 어떻게 하는 거야? 뭐 감 잡히는 건 없고?"

그는 반장에게 지금까지 자신이 살펴본 정황에 대해 이야기했다. 반장도 같은 뜻이라고 했다.

"자, 그럼 샅샅이 찾아보자구. 김 순경은 본서에 연락해 사람들 더 나오라고 그러구. 병원에도 연락해."

그러나 찾아도 더 이상 증거가 될 만한 것은 발견되지 않았다. 사체는 바로 병원으로 옮겨졌다. 그런데도 서의 사람들은 사건이 쉽게 해결될 것이라고 생각했다. 여자를 끌고 오자면 가방을 빼앗았을 테고, 거기 어디엔가 범인의 지문이 묻어 있을 것이었다. 그리고 여자의 사체에도 범인(들)의 정액이 있을 것이라고 생각했다.

그러나 의사의 검시 소견은 그것이 아니었다. 피살자는 여자가 아닌 트랜스젠더이며, 음부 역시 수술하여 만든 것으로 질의 깊이가 3센티미터밖에 되지 않아 강간이든 화간이든 성관계가 이루어질 수 없다는 것이었다. 그렇다고 수술한 음부에 범인이 성관계를 시도해 본 흔적도 발견되지 않았으며, 사체의 항문이나 구강에도 그런 흔적이 없었다고 했다. 거기에 피살자의 목을 조른 벨트의 쇠로 된 고리 부분과 옷을 넣은 가방, 아래쪽 무희복에 장식한 스팽글 어느 반짝이 조각에도 피살자의 것이 아닌 지문은 나타나지 않았다고 했다.

밝혀진 것은 피살자의 신원과 사망 추정 시간뿐이었다.

이름 강혜리(가명). 나이 24세. 성인 나이트클럽 '아마존'과 '와이키키', '에버그린' 출연 무희.

피살자 강혜리가 그곳 밤업소에 출연하는 시간은 밤 8시 30분부터 시작해 10시까지 1차 코스로 세 업소를 돌며 각 업소당 20분씩 스트립 쇼를 하고, 10시부터 11시 30분까지 다시 2차 코스로 세 업소를 돌며 남자 파트너와 함께 아다조 쇼를 한다는 것이었다. 그러니까 남자 무용수 1명에 여자 무용수 2명이 한 조가 되는 셈인데, 1차 코스 때 남자 무용수와 아다조를 했던 사람이 2차 코스엔 스트립을 하고, 1차 코스에 스트립을 했던 사람이 2차 코스엔 남자 무용수와 함께 이다조를 하는 것이라고 했다. 더구나 전날 강혜리는 업소를 이동하는 중에 공원으로 끌려간 것이 아니라 11시 30분에 끝나는 '아마존'의 아다조 쇼까지 마치고 밖으로 나갔다는 것이었다. 그것까지 밝혀졌을 땐 이미 그날 석간신문들의 마감 시간이 지난 다음이어서 그날 오후 대부분의 신문들은 사회면 1단 아니면 2단으로 "강남 밤 업소 여자 무용수 도산공원에서 피살"로 제목을 달고 나갔다. 서가 다시 붐비기 시작한 것은 검시 결과가 나온 다음으로 그 무희가 '여자 무용수' 아닌 '트랜스젠더'라는 것이 밝혀진 다음이었다.

다음 날 조간신문은 그 사건의 기사 제목부터 볼만했다. "강남 밤업소 출연 트랜스젠더 피살", "강남 나이트클럽 무용수 트랜스젠더 피살", "나는 여자로 살고 싶었다……", "강혜리의 피살로 살펴보는 트랜스젠더의 세계", "여자인가 남자인가 트랜스젠더의 모든 것", "그녀(?)는 어떻게 살아왔나", "이태원에서 압구정동까지" ……그런 제목의 사건 기사와 해설 기사들이 신문 사회면마다 넘치고 있었다. 사건 해설 기사도 일차로 반장이 기자들에게 설명한 대로였다. 그러나 그 기사는 다른 선정적이고도 엽기적인 기사들에 파묻혀 어느 구석에 박혀 있는지도 모를 정도였다. 통제를 했는데도 강혜리의 아파트에서 어떻게 빼갔는지 생전에 강혜리가 무대에서 찍었던 사진들을 신문사마다 서로 자기 신문에 실은 사진이 보다 여자답다는 것을 경쟁하듯 싣고 있

압구정동엔 비상구가 없다

었다. 아마 다음 달 여성지도 어김없이 그런 제목의 기사로 한 달 장사를 하려들 것이었다.

"난리군…… 이래저래 우리만 어렵게 돼 가는 거야. 다투듯 신문들이 사건을 키우고 있으니……."

반장이 말했다. 그날로 강남서엔 '도산공원 무희 피살 수사본부'가 설치되었다. 시민들이 이용하는 공원에서 살인 사건이라니, 시경에선 무슨 일이 있어도 일주일 안에 사건을 해결하라고 지시했다. 그러나 드러나 있는 건 피살자의 신원뿐이었다. 증거라곤 아무것도 없었다. 믿었던 지문도 성폭행 흔적도 그랬다. 거기다 신문에 난 그 사건의 보도로 이태원의 모든 트랜스젠더 바들은 그날로 문을 닫아 버렸고, 그곳과 강남 일대의 밤업소를 출연하는 무용수 트랜스젠더들도 모두 잠적해 버려 수사에 도움말을 들을 수도 없는 처지였다. 이쪽에서 다시 한 사람 한 사람 추적해 나가는 방법밖에 없었다.

신문 보도가 나간 다음 뒤늦게 나타난 강혜리의 어머니도 피살자의 본명이 '강혁주'라는 것을 알려 준 것 말고는 신문 기자나 여성지 기자들에게나 도움될 만했지 수사에 도움될 만한 이야기는 하지 않았다. 그에 대해 모르긴 어머니도 마찬가지였다.

"지난번 노파 살해 사건은 어떻게 돼 가나? 뭐 좀 가닥이 잡혀?"

"……아뇨, 아직은……."

"이거야 완전히 엎치는 데 덮치는군. 일주일 사이로 사건이 두 개야. 그것도 지저분한 걸로……."

가닥이 잡히지 않는 건 앞서 주택가 공터에서 발생한 노파 살해 사건도 마찬가지였다. 처음엔 그 사건도 쉽게 풀릴 것이라고 생각했다. 노인의 신원을 밝힐 만한 물건은 나오지 않았지만 사건 현장에 비디오 테이프가 든 비닐 팩이 떨어져 있었다. 〈후레쉬맨 5탄〉. '태양 비디오'. 그 비디오 가게의 전화번호도 거기에 적혀 있었다. 만화 영화이긴 했지만 현장으로 나갔던 서 사람들 모두 범인이 떨어뜨리고 간 것으로 생각했다. 노인과 만화는 어울리지 않았다. 팩과 테이프의 지문 채취를 의뢰하고, 거기에 적힌 '태양 비디오'를 찾아 갔을 때 처음에 주인은 그것을 완강하게 부인했다.

　그러나 살인 사건이라고 했을 때, 그 40대의 남자는 그 비디오는 노인이 빌려 간 것이며, 내용도 만화가 아닌 성인용 포르노 테이프라고 했다. 테이프와 비닐 팩에 나타난 지문도 노인과 비디오 가게 주인, 노인보다 먼저 그 테이프를 빌려 갔던 이웃 아파트의 고등학교 학생이었다.

　밝혀진 것은 그 노인의 아들이 정부 어느 부처의 관리라는 것과, 지난 연초 노인이 6개월간 미국에 다녀왔다는 것. 그리고 그 노인이 거기서 그런 테이프를 보다 성도착증(아들은 그것도 속이고 속이던 끝에 언론 보도를 최대한 막는 조건에서 얘기했다)에 걸렸다는 것. 그곳에서도 한 번 몸을 상해 병원에 갔으며 여기 와서도 한 번 병원에 가 그런 진단을 받았다는 것. 그래서 아마 그날도 그것을 빌려 오다 변을 당한 것 같다는 정도였다. 그러나 범인의 흔적은 어디에도 없었다. 그때 그 노인의 손톱도 깨끗했다. 주머니에 있던 돈도 그대로 있었다. 애꿎게 그 주택가 부근의 청년만 경찰에 불려 다니며 고생하고 있었다. 목격자도 없는 일이었다. 돈을 목적으로 한 단순 노상강도는 아니었다. 노인의 반코트 주머니엔 적지 않은 돈이 들어 있었다. 다행히 비디오의 내용에 대한 이야기는 외부에 알려지지 않아 "압구정동 주택가 한밤 노인 피살" 하는 1단 기사만 몇몇 신문 사회면 한구석에 실려 나갔다.

"생각해 봐. 뭐 비슷한 것 없어?"

"비슷한 거라뇨?"

반장이 묻고 최 형사가 대답했다.

"노인 피살 사건하고 이번 트랜스젠더 사건하고 말이야. 내 생각은 연관이 전혀 없지도 않다는 거야."

"아무리 그래도 두 사람 나이와 사건 정황이 다른데……."

"아냐. 그렇게만 볼 게 아니라구. 생각해 봐. 범행 방법부터 말이지. 둘 다 목이 졸려 죽었어. 하나는 장갑을 낀 손이었고, 하나는 피살자의 벨트로 말이지. 그리고 두 사람 다 반항하지 못했고. 돈을 털 목적으로 저지른 범행도 아니었고. 살해한 것 말고는 사체를 훼손한 흔적도 없어. 이번 강혜리 건 말이야. 단순히 성폭행을 목적으로 한 것이었다면 그런 시도라도 했을 거 아니야? 속옷이 찢기든가 하체 어디에 상처가 나든가 말이지. 그런데 성폭행은커녕 그걸 시도한 흔적 같은 것도 없잖아. 일 끝내고 돌아가는 여자. 그래 여자지, 범인 눈에는 그렇게 보였을 테니까. 여자를 공원으로 끌고 갈 때는 뭔가 목적이 있었을 텐데 지금으로 봐선 죽이겠다는 목적 말고는 아무것도 없다구. 그런 점에서 면식범일지도 모르는 일이구. 노파도 그래. 누가 재미로 죽이지는 않았을 거라구. 목을 조른 것 말고는 사체도 깨끗했고……."

"그렇지만 동일 범행은 아닐 겁니다. 그 노인 성도착증 환자라고 하지 않았습니까? 미국에서도 한번 그렇게 몸을 상했고 여기 와서도 이삼 일에 한 번씩 그런 테이프를 빌리러 다녔어요. 윤락 여성 몇 데리고 있는 것처럼 하면서. 그 집 며느리의 말대로 그걸 빌려 오다 우연히 그 공터에서 누구를 만났다, 아니면 골목에서 만난 어떤 사람을 노인이 공터로 데려갔다, 그렇게 볼 수도 있잖습니까? 아니, 노인이 그랬다면 뒤쪽이겠죠. 그 공터는 그 비디오 가게에서 아파트로 가는 길이 아니니까. 또 반대로 노파가 그런 청을 하자 범인이 그곳으로 데리고 갔는지도 모르고요. 성도착증 걸린 사람이 누구에게 어떤 청인들 못하겠어요. 그런데 범인이 보기에 노인이 너무 짐승 같다 이거지요. 나이 먹은 노인이 그런 청을 하고 보니까. 그 사건은 우발적인 사건일 가능성이 더 크다 이겁니다. 처음부터 강도질할 생각이 없었으니까 돈은 안 꺼내 간 거고요. 아니, 그럴 정신이 없었던 건지도 모르지요. 일단 사람을 죽여 놨으니까. 그리고 거기에 비해 이번 트랜스젠더 피살 사건은 처음부터 계획적이다 이겁니다. 반장님 말씀대로 폭행을 시도한 흔적도 없고…… 저도 처음엔 그쪽으로만 생각했는데, 지금까지 정황을 미루어 보면 오히려 트랜스젠더 사건은 면식범의 범행일 가능성이 큽니다. 범인이 피살자를 끌고 갔다기보다는 피살자가 범인을 따라갔던 게 아닌가 말이죠……."

압구정동엔 비상구가 없다

"따라가?"

"꼭 그렇다는 건 아니고 그럴 가능성도 있다는 거지요. 피살자가 입고 있었던 옷 말입니다. 처음엔 그것 때문에 혼란이 있었는데, 그날 마지막 무대가 끝나고 피살자는 대기실로 돌아와 옷을 갈아입지 않고 나갔다 이겁니다. 보통은 거기서 갈아입거든요. 함께 쇼를 했던 남자 무용수 얘기로 강혜리도 늘 그렇게 해 왔고요."

"그래서?"

"그러니까 늘 갈아입던 옷을 갈아입지 않고 나갔다는 건 일이 끝나자마자 빨리 밖으로 나가야 할 일이 있었다는 거지요. 누가 밖에서 기다리며 빨리 나오라고 했던가…… 그러니까 일이 끝나는 시간이 행진(무대 위의 쇼를 끝내고 좌석마다 돌아다니는 일)까지 포함해 11시 30분인데, 30분까지 나오라고 했던가 말이죠. 그날 날도 별로 춥지 않으니까 여자는 그냥 그렇게 나갔을 수도 있고요."

"그러니까 최 형사 얘기는 둘 다 단순 강도 사건은 아니다. 그런데 하나는 우발적 범행이고 하나는 계획된 범행이다, 이거지?"

"예, 제 생각은……."

"그럼 단독 범행이라는 얘긴데, 그런데도 그렇게 전혀 반항할 수 없었을까? 더구나 그 트랜스젠더는 그래도 어느 정도 힘은 남자 힘을 가지고 있었을 텐데……."

"저도 그 점이 의문이긴 합니다만, 공범이 먼저 공원으로 와 있지 않았을까, 하는 식으로 자꾸 꼬리를 달면 한이 없어지는 거구요."

"좌우지간 이것저것 알아볼 건 다 알아보라구…… 업소 주변도 그렇고 '언더그라운드'라는 데도 탐문해 보고…… 그럴 리야 없겠지만 이게 만약 동일범의 소행이라면 그땐 정말 큰일이라구. 성폭행과 사체 훼손을 하지 않은 것만 다르다 뿐이지 몇 년 전 화성 연쇄살인 사건을 그대로 강남에 옮겨 놓는 꼴이 되니까……."

"설마, 그렇기야 하겠습니까?"

"아니야, 설마가 늘 사람을 잡는 거라구. 화성 사건도 첫 피살자는 노인이었어. 일흔두 살 먹은…… 그거하곤 다르지만 이것도 두 사건 간에 비슷한 건 많아. 사건이 발생한 시간이 금요일 저녁이거나 밤인 것도 그렇고……."

"그렇게 생각하면 끝이 없는 거죠. 전 나가 보겠습니다. '아마존' 주변부터 다시 살펴봐야겠어요."

"그래, 나가 보라구. 만날 사람들도 만나 보고……."

며칠 동안 수사는 제자리걸음을 하고 있어도 신문은 늘 새로운 이야기로 그 사건과 강혜리에 얽힌 이야기를 써대고 있었다. 고등학교 때 강혜리와 같은 반이었던 '김 모 씨(24·K대 무역과 3년 복학)'의 입을 빌린 고등학교 때의 색시 이야기도 나왔고, '언더그라운드'의 '박 모 씨(26·무희·성전환 남성)'의 입을 빌린 이태원 시절의 이야기도 나왔다. 어떤 신문은 부제조차 "영화배우가 되고 싶었어요……"를 달고 있었다. 그래도 점잖은 것이 "강남 밤길이 무섭다"였다.

그 기사는 앞서 있는 노파 살해 사건과 그 앞뒤로 발생한 두 건의 10대 고등학생들의 패싸움과 또 한 건의 노상강도, 그리고 강혜리 피살 사건을 한데 묶어 강남 유흥가 일대의 밤이 얼마나 무시무시한가를 연재 번호까지 붙여 기획 기사로 내고 있었다. "밤의 환락가", "욕망의 탈출구", "프리섹스", "물신주의", 그런 표현도 어김없이 나왔다.

그 기사를 읽으며 최 형사는 자신이 어떤 미궁 속에 빠져든 기분이었다. 며칠을 쫓아다니며 이것저것 탐문수사를 벌였지만 자신이 알아낸 건 고작 신문에 난 것의 채 반도 안 되는 내용으로 얻어들은 강혜리가 살아온 지난날의 이야기들이었다. 그나마 한 가지 수확이 있었다면 얼마 전 강혜리를 취재한 한 잡지가 있다는 것이었다. 그러나 '언더그라운드'의 트랜스젠더도 그것이 어느 잡지인지는 모르고 있었다. 그는 어느 여성지인지는 모르지만, 그 여성지가 다음 달 때맞춰 한판 제대로 장사를 잘할 것이라고 생각했다. "강혜리가 죽기 전에 남긴 말"이라든가 "강혜리 죽기 전 인터뷰했었다" 등의 제목을 뽑고서……

그러나 여기저기 전화를 걸어도 강혜리와 인터뷰를 한 여성지는 나타나지 않았다.

"아마, 헛소문일 겁니다. 사건이 터지고 나니까 그런저런 얘기가 나오는 거지……."

그리고 또 다른 한 잡지사의 편집부 기자는 이렇게 말했다.

"그럴 줄 알았다면 우리가 먼저 인터뷰를 했지요. 제가 알기로 그걸 한 데는 없어요. 얘기를 들으니까 어디 한 군데서 큰 걸 준비하고 있다는 얘기는 들었는데, 그건 아닐 겁니다. 사건이 마감이 끝난 다음에 터졌는데, 급하게 기사를 만들어 넣으면 모를까……."

"사건이 마감에 임박해 터지다니 그건 또 무슨 얘깁니까?"

"다음 달 잡지 마감이 끝난 다음 사건이 터졌다는 얘기지요. 이제 낼모레면 책이 나오는데 만들어 넣는다 해도 언제 그걸 만들어 넣을 수 있겠어요? 아마 다다음 달에 요란할 겁니다. 취재를 했다는 소문이 정말이라 해도 사건이 난 다음 그 여자가 아닌 다른 여자를 취재한 건 거고요. 참, 여자도 아니죠, 트랜스젠더니까……."

그러나 그는 그걸 취재한 잡지가 분명 있을 거라고 생각했다. 그는 다시 어제 찾아갔던 '언더그라운드'의 트랜스젠더를 찾아갔다. 그 트랜스젠더는 어제와 마찬가지로 그때 들었는데도 금방 잊어버려 잡지의 이름은 모르지만 분명 어느 잡지에선가 그것 때문에 며칠을 두고 강혜리에게 전화를 했으며, 강혜리도 나중엔 그 취재에 응했다고 했다.

"정말이에요. 이건. 제가 왜 경찰 아저씨한테 없는 말 지어 하겠어요. 혜리한테 인터뷰 뒤의 얘기도 들었는걸요. 멋있는 남자였다고. 취재를 하며 술도 같이 마셨대요. 그때…… 혜리 아파트에서……."

"인터뷰 내용에 대해선 말 안 해요?"

"그건 어제 말씀드린 대로예요. 저도 아저씨한테 혜리한테 들은 얘기를 그대로 전한 거라구요…… 그런데, 그 기자는 왜요?

그 사람이 혜리를 죽였나요?"

"이게 어디서 쓸데없는 소리 하고 있어! 절대 그래서 그러는 게 아니니까 너 어디 가서 그런 소리 하면 알지? 만약 그런 말 나오면 그냥 그대로 잡아넣어 버릴 테니까. 알았어?"

"아…… 알았어요. 안 할게요……."

"그냥 우리가 알고 싶어서 그러는 거뿐이니까 절대로 소문내지 말라구. 수사에 도움될 얘기가 있는가 해서 그러는 거니까. 다시 한번 얘기하지만 쓸데없는 소문 퍼뜨리면 그땐 너희 '복알'들 가만 안 두겠어."

"아, 안 해요. 안 한다니까요……."

그는 아파트로 찾아간 '언더그라운드'의 트랜스젠더에게 두 번 세 번 단단히 그렇게 겁을 주곤 밖으로 나왔다.

뭔가 그 잡지사의 기자를 만나 이야기를 하면 사건의 가닥을 잡는 데 도움을 얻을 수 있을 것 같다는 생각이 들었다. 어쩌면 강혜리는 지금까지 밝혀지지 않은 자신의 신상에 관해 그 기자에겐 이야기했을지도 모르는 일이었다. 취재를 하는 동안 두 사람은 술을 마셨다고 했다. 그렇다면 취재가 아닌 다른 이야기도 나누었을 것이다. 최근 자기가 만나고 있는 사람에 대한 이야기도 어떤 자랑처럼 충분히 할 수 있는 일이었다. 또 취재 중에 기자도 틀림없이 그것을 물어보았을 것이다. 그때 강혜리가 기자에게 말한 사람이 호모든 아니든 그(형사)에게 그것은 크게 상관없는 일이었다. 맨발로 나가 손님을 맞듯 강혜리가 무대복을 갈아입을 사이도 없이 뛰어나가 만나야 했던 사람, 그는 지금 강혜리 곁의 그런 사람을 찾고 있는 중이었다. 단지 그가 정상적인 사람일 거라는 것보다는 호모일 거라는 쪽에 더 심증을 두고 있는 것뿐이었다. 정상적인 사람과 트랜스젠더와의 연애, 왠지 그 것은 번지수가 맞아 보이지 않았다. 사건 후 자신이 트랜스젠더 들을 찾아다니는 동안 느낀 감정도 그런 것이었다. 그런 트랜스 젠더를, 더구나 그가 성전환 수술을 한 트랜스젠더라는 것을 알 고도─면식범이라면 당연히─ 그 시간 업소 밖에서 기다리고 있 던 사람, 아니 강혜리를 그렇게 밖으로 나오게 할 수 있는 사람, 마지막 살해를 결심했을 때엔 아니더라도 그것은 평소 두 사람 사이에 어떤 연애 감정 같은 것을 가지고 있었다는 뜻일 것이다.

그러나 그동안 강혜리와 성관계를 나누었던 호모들을 찾는 일은 처음부터 불가능했다. 사건 후 여기저기 숨어 박힌 '언더 그라운드'의 트랜스젠더를 쫓아다니며 그가 새롭게 굳힌 심증은 아직 그게 누군지는 모르지만 분명 면식범의 범행일 거라는 것, 그렇다면 그 범인은 십중팔구 '언더그라운드' 주변의 호모로 그 와 여러 차례 그런 관계를 맺어 서로 낯이 익거나 그가 따로 마 음을 주고 있는 보다 특별한 관계의 남자일 거라는 것이었다. 그 렇지 않고서야 그날 마지막 쇼까지 끝났는데도 옷을 갈아입을 사이도 없이 그냥 그 위에 코트만 걸치고 밖으로 나갔을 리가 만무했다.

그러나 아무리 찾아다니며 물어도 최근 강혜리가 어떤 남자 와 집중적으로 만나고 있었는지에 대해 아는 트랜스젠더들은 없었다.

"혜리도 그런 얘기 안 했어요. 있으면 있다고 그럴 텐데……"

다시 찾아간 트랜스젠더도 그렇게 말했다.

"걔는 지난봄부터 우리와 영업을 안 했거든요. 그냥 낮에 심심하니까 놀러만 왔지……. 그러니까 우리도 걔 사생활 잘 알 수 없는 거구요. 같이 영업할 땐 서로 어떤 남자와 만나는지 금방 알 수 있지만요. 또 걔는 평소에도 자기가 만난 사람들에 대해 잘 이야기하지 않았고요"

그러곤 더 이상 강혜리에 대해 어떤 이야기든 해줄 수 있는 '언더그라운드' 소속의 트랜스젠더를 찾아내는 일조차 힘들었다. 사건 후 다른 가게들과 마찬가지로 '언더그라운드'의 트랜스젠더들도 열에 아홉은 숨어 버렸고, 그들과 어울리던 호모들은 트랜스젠더들보다 더 깊숙이 그들의 일상 속으로 숨어 버렸다.

"원래 그래요, 이 바닥은…… 단속이라든가 무슨 일이 터지면 서로 연락도 없이 숨어 버려요. 그러다 잠잠해지면 다시 하나 둘 얼굴 보이는 거구요. 그래서 워낙 친하지 않고선 서로 집 전화도 모르고 살아요. 여기만 나오면 서로 얼굴 보고 하니까……"

이제 얼마 안 있으면 12월이었다. 그러면 그를 취재했던 잡지가 서점에 깔릴 것이고, 사람들은 다시 그 이야기 속에 휩싸일 것이었다. 아니, 잡지는 전달 마지막 주쯤에 이미 다음 달치를 내놓고 있었다. 그렇다면 벌써 그 인터뷰 기사가 나왔는지도 모를 일이었다.

그는 서둘러 가까운 서점으로 들어갔다. 아직 12월호 잡지는 깔려 있지 않았다.

"아마 내일이나 모레쯤이면 여성지들이 나올 거예요. 원래 여성지가 먼저 나오고 다른 잡지가 나오고 하니까……."

그는 그전에 기자를 만나아 한다고 생각했다. 그러다 그는 다시 자신이 미궁 속을 헤매고 있다고 생각했다. 먼저 죽은 노인도 그렇고 강혜리도 그렇고 현재로선 도대체 알 수 없는 죽음들이었다. 아니, 우발적으로 발생한 강도 사건이 아니라면 그렇게 죽을 이유가 없는 목숨들이었다. 그는 어떤 일이 있어도 기사가 나오기 전 기자를 만나야 한다고 생각했다. 범인을 찾는 일보다 어쩌면 그를 찾는 일이 더 중요하다고 생각했는지도 모른다.

전에 구로공단 '태양전자' 전무실 한편에 책상을 놓고 앉아 전화를 받거나 찾아오는 손님들의 차 시중을 들던 그 여자아이가 압구정동으로 나온 지 넷째 주가 지난 수요일 오후의 일이었다. 그날 그 여자아이는 전에 '태양전자' 전무가 준 돈으로 얻은 대림동의 방을 빼 반포동으로 이사를 했다. 아직 크게 번 돈이 없어 보증금 5백만 원에 월세 50만 원에 얻은 17평짜리 아파트였다.

VI

5층에서 4층으로 가는 비상구

땅은 사람을 속이지 않는다

여자는 11시쯤 전화를 받았다. 그때 여자는 한참 손톱 손질을 하던 중이었다. 여자는 무선전화기의 통화 스위치를 켜선 어깨와 턱 사이에 끼웠다.

"여보세요. 현대아파트예요."

전화를 건 여자는 앳된 소리로 '덕진공영'이라며, 사모님이 계시냐고 물었다.

"내가 긴데요."

여자는 쌀쌀맞은 목소리로 그렇게 말하며 하던 손톱 손질을 계속 했다.

"어머, 사모님이세요, 잠깐만 기다리세요. 저희 사장님 바꿔드

릴게요."

그제야 여자는 손톱을 갈던 줄을 내려놓고 전화를 고쳐 잡았다. 저쪽의 남자 목소리는 늘 무슨 일이든 목 밑에 마이크라도 단 듯 덜렁대기부터 했다. 고덕동에 쓸 만한 땅이 하나 났다는 것이었다.

"위치가 괜찮아요. 한 7백 평쯤 되는데 한번 나와 보시지 않겠어요?"

"나야 뭐 그럴 만한 돈이 있나요. 평수가 7백이면 그것만 해도 머릿수가 적지 않을 텐데…… 좋은 거면 그냥 사장님이 잡고 계시지 왜……."

"잡는 거야 누가 잡든 그래도 사모님한테 신고는 해야지요. 사모님께서 마다하면 다른 쪽에 알아보더라도 말이죠. 안 그렇습니까? 일의 순서가……."

그 '덕진공영' 사장과의 이야기는 늘 그런 식이었다. 그쪽에선 어떤 물건이 나든 늘 좋은 물건이 났다고 했고, 이쪽은 나중에 그것을 잡을 값이더라도 우선은 나야 뭐 그럴 돈이 있나요, 하고 미적지근하게 내치며 무슨 선심 쓰듯 그렇게 좋은 거라면 그냥 그쪽에서 잡으라는 식으로 튕겨 보는 것이었다. 아까 남자도 말했지만 일의 순서가 그랬다. 그러곤 다시 몇 차례 전화가 오면 그때에서나 못 이기는 척 그쪽 사무실로 나갔다. 그러니까 오늘 전화는 이쪽이나 저쪽이나 이제 며칠 전화 좀 합시다, 하는 신호나 마찬가지인 셈이었다.

"요즘엔 뭐 땅이 재밌나요? 이런저런 규제 묶이지, 값 내리지,

본전치기도 어렵다는데 그럴 돈이 있으면 그런 골머리 안 썩이고 그냥 편하게 이자나 따먹는 편이 낫지. 뭐 얼마나 떼돈을 번다고……."

"그래도 이번 건 괜찮은 거예요. 급매로 내놓은 거라서 가격만 맞으면 다른 사람 손에 바로 넘어갈지도 모르는 일이고 말이죠."

"급매로 내놓은 거라면 더 말할 것도 없는 거죠 뭐. 남의 사정 봐주자고 마음에도 없는 물건 잡을 수도 없는 일이잖아요. 안 그래요? 사장님 생각하시기에도……."

"아, 예, 그거야 그렇죠. 전 또 나중에라도 사모님께서 알려 주지 않았다고 섭섭해하실까 봐…… 그럼 또 연락하겠습니다."

"아뇨, 나 지금 어디 나가야 돼요. 가게랍시고 벌여놓은 일도 있고 해서…… 내일도 집에 있을지 말지 하고요."

여자는 일부러 관심 없음을 과장하며 전화기를 내려놓았다. 그러고는 생각난 김에 다시 전화를 들곤 번호를 꾹꾹 눌러댔다. 좀 이르긴 하지만 외출 전에 먼저 챙길 사업들이 있었다.

"응, 나야. 지배인 바꿔."

그는 먼저 역삼동의 룸살롱으로 전화를 걸었다. 지난해 가을 이것저것 15억 원을 들여 마련한, 그 동네에서도 그리 빠지지 않는 룸살롱이었다.

"응, 지배인? 나야. 그래, 어제는 어땠어? 하여간 큰일이다, 큰일. 연말인데 그렇게 장사했다간…… 그래, 애들이 왜? 뭐, 미스 조가 나갔다구? 아니, 걔 물건 만드느라고 고생한 걸 몰라서 그래? 이봐, 어디 애들이 데리고 갔어? 그러니까 애들 단속 잘하라고 했잖아. 그러자고 지배인 두는 거지 안 그래? 그래. 뭐 데리고 간 데가 거기라면 붙어 봐야 좋을 것도 없겠지. 하여간 나간 년이야 별수 없다 하더라도 있는 애들이나 잘 단속하고. 지배인도 알잖아. 미스 홍하고 미스 채하고 걔들 돈 많이 든 애들이라는 거. 그래. 알았어. 오후든 저녁이든 시간 나면 내 나갈 테니. 그렇다고 애들 너무 휘달구지는 말고. 요즘엔 그런 것들도 천세가 나난리니까. 그래. 그럼 일봐."

여자는 그런 식으로 다시 신사동 모텔로 전화했다. 거기는 늘 여전한 모양이었다. 10시면 벌써 방이 찬다고 했다. 나가 보면 내실의 장부엔 방 하나에 한 손님이거나 두 손님이 밤새도록 든 걸로 되어 있지만, 아마 열에 두세 개의 방은 낮 손님이 들거나 저녁 손님이 들 것이었다. 그런데도 장부에 쓰여 있는 것은 그런 방이 열에 하나 꼴도 안 되게 적혀 있었다. 자주 안 나가 본다고 다 모르는 것은 아니었다. 어느 택시든 그 택시가 벌어들이는 실제 하루 수익금의 총액은 그 택시 미터기에 찍혀 나오는 수익금 총액보다 늘 많게 마련이었다. 그런 택시의 합승과도 같이 모텔 방도 시간별로 하루 두 팀의 손님을 받을 수 있는 일이었다. 그러나 거기에서 일하는 사람들은 그걸 장부에 올리지 않았다. 그건 낮이나 저녁에 일부러 사람을 들게 해보고 나서 장부를 보면 금방 알 수 있는 일이었다.

전에도 여자는 모텔에 나가 그것을 다 안다는 식으로 말했다.

"낮거리고 저녁거리고 들어오는 대로 다 올리라는 건 아니야. 여기 있는 사람들도 또 그렇게 먹고살아야 하잖아? 내 얘기는 낮 손님이든 저녁 손님이든 반은 장부에 올리고 반만 여기 있는 사람들이 나눠 쓰라는 거지. 무슨 말인지 알겠지."

늘 사람이 붙어 있을 게 아니라면 차라리 그렇게 선심 쓰듯 반이라도 챙기는 게 나았다. 그걸 한 푼이라도 더 챙기겠다고 몰아치면 붙어 있을 사람이 없었다. 주인이 직접 관리하지 않는 모텔은 어느 곳이든 그랬다. 여자는 종업원들한테도 종종 그렇게 말하곤 했다.

"알어, 안다구. 손님 하나라도 더 받으면 너희들 일 많아진다는 거. 그러니까 한두 시간씩 잠시 쉬어가는 그런 손님들 방세 반은 너희들 먹으라 이거야. 그리고 나도 흙 퍼서 장사하는 게 아닌데 반을 먹어야 하잖아."

웬만한 호텔 시설에 빠지지 않는 그 장급 모텔의 운영도 햇수로는 벌써 3년째가 다 차 이제 얼마 안 있으면 4년째가 되는 것이었다.

처녀 때 여자는 남녀공학의 실업종고를 졸업한 다음 그때 한창 일본이며 미국으로 헐값에 걸레(의류)를 실어 내던 어느 봉제 회사의 사무직 여직원으로 들어갔었다. 그리고 거기서 한 7년 회계와 경리를 보던 끝에 거래 은행의 고졸 출신 신임 대리와 결혼했다. 그때 이미 은행원들의 좋은 시절이 갔다는 이야기를 들었지만 여자는 그의 늘 단정한 와이셔츠와 넥타이, 양복을 신뢰했다. 여자에게 그것들은 적어도 평균치 훨씬 이상의 삶에 대한 어떤 상징처럼 느껴졌다. 그리고 그런 직장의 남자와 결혼하면 자기 인생도 그런 변화를 맞을 것이라고 생각했다. 여자는 직장을 그만두고 그때부터 집에 들어앉았다. 그것이 15년 전의 일이었다. 물론 처녀 때 돈도 벌었다. 꼬박꼬박 모아 두었다면 그것도 적은 돈은 아니었을 것이다. 입사 1년이 지난 다음부터는 거의 매달 월급보다 많은 돈을 집으로 보내곤 했다. 경리를 보는 사람들에겐 저 똑똑하면 얼마든지 가능한 일이었다. 그리고 아이 하나를 낳고 또 두 살 터울로 아이 하나를 더 낳았다. 위가 여자아이였고, 아래가 남자아이였다.

5년 전, 그 아이들이 국민학교 3학년과 새로 1학년에 입학하던 해 어느 날 여자는 나는 어떻게 살고 있는가를 생각했다. 이제 아이들은 클 만큼 컸다. 결혼할 때 대리였던 남편은 그리고 10년이 지난 후 고작 올라간 것이 과장이었다. 금융기관의 인사 적체가 심하다는 것은 결혼 초기부터 안 일이었지만, 정말 비전 없는 나날이었다. 늘 남편은 흰 와이셔츠에 단정하게 넥타이를 매고 다른 사람들 눈엔 가난과는 거리가 먼 듯싶게 보이는 직장으로 나가 하루 종일 남의 돈이나 맡아 셈해 주곤 했다. 여자는 자기가 남자라면 그렇게 하지 않았을 것이라고 생각했다. 종암동 산 중턱께의 23평짜리 아파트 하나. 네 가족 앞에 있는 것이라고는 아직 은행 융자금도 다 까 나가지 못한 그것이 전부였다. 어느 직장을 다니든 같은 아파트 안의 다른 집 남자들은 월급 말고도 이런저런 눈먼 돈들을 잘도 챙겨다 주는 모양이었지만 남편은 사람이 용렬해 그러지도 못했다. 애들도 크는데 정말 언제까지 그렇게 살 수는 없는 일이었다. 남편보다 몇 살씩 어린 같은 직장의 과장들도 그렇게 사는 사람들은 거의 없었다. 여

압구정동엔 비상구가 없다

자는 자기가 사람을 잘못 본 것이라고 생각했다. 그저 굶지 않고 사는 것, 그녀가 원했던 삶은 그런 것이 아니었다. 언제나 넘치도록 풍족한 것…… 써도 써도 모자라지 않는 것…… 아니, 쓰면 쓸수록 그보다 더 많은 것이 쓴 것보다 먼저 채워져 있는 것…… 그것이 그녀가 늘 원하고 꿈꾸어 왔던 삶이었다.

없이 자란 설움이야 시골에서 나 국민학교를 졸업하고 중학교를 졸업하고 고등학교를 졸업할 때까지 몸서리나도록 겪은 일이었다. 국민학교를 졸업하던 해 담임선생까지 며칠을 찾아다니던 끝에 간신히 아버지를 설득해 읍내 중학교에 들어갔다. 3년 동안 아직 다 야물지도 못한 몸으로 하루 왕복 30리 길의 보도 통학을 하면서도 반에서나 학교에서나 1등 한 번 놓쳐 본 적이 없었다. 그런데도 고등학교는 인문계 여고가 아닌 남녀공학의 실업 종고 상과商科를 가야 했다. 아마 읍내에 고등학교가 생긴 이래 처음으로 실고實高 합격자의 최고 점수가 인문계 남고와 인문계 여고의 최고 점수를 눌렀을 것이다. 그 기록은 아마도 영원히 깨어지지 않을 것이다.

그러나 3학년 2학기 중간쯤에 내려온 어느 금융기관의 추천서 두 장은 엉뚱한 아이들이 가져가 버렸다. 한 장은 그 아이 중 한 아이의 아버지가 이런저런 줄을 통해 빼온 것이라고 했고, 또 한 장은 교장이 힘을 써 빼온 것으로 학교 기성회장의 딸이 가져갔다. 그때 여자는 주산도 3단이었고 부기도 상과 전체를 통틀어 둘밖에 안 되는 2급 자격증을 가지고 있었다. 그나마 학교장의 추천으로 '대한섬유'의 사무직 여직원으로 입사하게 된 것

도 앞서 온 은행 추천서의 일로 한바탕 그렇게 교무실이 떠나가
도록 소란을 피웠던 때문인지도 몰랐다.

"남자로 태어났더라면 저 애 아마 세상 크게 흔들 거야."

"또 압니까, 여걸로 언제 세상 떠들썩하게 만들지……."

교장 앞에 바짝 턱을 치켜들고 한바탕 소란을 피우고 나오는
뒤에서 교무주임과 취업 담당 교사가 말했다. 그나마 일주일 후,
은행 것을 뺀 나머지 것들 중 기중 낫게 얻은 것이 '대한섬유'의
사무직 여사원 자리였다.

그때 은행으로 갔다면 보다 나은 자리로 시집을 갔을 것이다.
십중팔구 은행원과는 결혼하지 않았을 것이며, 했다 해도 남편
과 같은 좀생이하고는 하지 않았을 것이다. 은행원보다는, 그 앞
에 늘 굽신거리긴 하지만 탄탄한 중견 기업들의 경리과장이 낫
다는 것도 결혼한 다음에야 알았다. 돈 많을 것처럼 보이는 직
장이라고 해서 거기에 다니는 사람들까지 저절로 다 돈이 많아
지는 것은 아니었다. 결혼할 때 남편보다 한 살 더 많은 '대한섬
유'의 경리과장도 소문으로는 이미 그때 집이 두 채라고 했다. 그
때 그 과장은 작은 집에서 살고 있었다. 남편은 그보다 더 빨리
많이 벌 것이라고 생각했다. 아니, 어쩌다 그가 회사로 나왔다가
돌아간 다음 경리과장이 그를 융통성 없는 사람이라고 욕할 때
에도, 최소한 그가 경리과장보다는 낫기 때문에 그럴 것이라고
생각했던 것이었다. 남자에게 꼬리 쳐 자청하듯 몸을 허락하고
그것으로 그를 옭아맸다. 그러나 결과는 철저하게 아니었다.

아이 둘을 어느 정도 키워 내고, 이제는 조금 한가하게 거울

압구정동엔 비상구가 없다

앞에 앉아 살아온 날들을 곱아 볼 여유가 생겼을 때, 어느덧 여자는 서른여섯이었고, 여자 보다 여섯 살이나 더 나이 먹은 남편은 지난해에야 입행 후배들까지 다 앞세운 다음 과장으로 승진했다. 그건 그녀가 원해 온 삶이 아니었다.

아마 아시안게임이 막 시작될 무렵이었을 것이다. 같은 아파트 안에 친하게 지내던 한 여자가 자기 친정 강릉 부근 옥계라는 곳에 땅이 하나 났는데, 잡아 두면 큰 재미를 볼 거라고 했다. 그 여자네도 그렇게 땅 재미를 보는 모양이었다.

"아니 그래 은행 과장이 그깟 5천 마련 못해? 잡아만 두면 반년 안에 두 배는 거저먹기로 뛴다니까. 지금이야 잠잠하지만 앞으로 거기가 금싸라기 땅이 될 거라니까. 이미 제주도는 개발할 만큼 개발했지, 그러니 땅값도 오를 만큼 올랐지. 그러면 이제 우리나라에서 어디야? 동해안밖에 없는 거라구. 망해 자빠지긴 했지만 '명성그룹'이 그쪽 강원도에 가 올려놓은 땅값이 얼만데."

여자는 남편에게 그 이야기를 했다. 그리고 순순히 들을 남편이 아니라는 건 진작부터 알고 있던 일이었다. 여자는 이웃 여자가 했던 말 그대로 멍텅구리가 따로 없지, 그래 은행 과장이 어디서 돈 2천 마련 못해? 하고 오금을 질렀다. 나머지 3천만 원은 자기가 마련할 생각이었다.

여자는 며칠을 두고 남편한테 이혼 협박까지 해 가며 집을 담보로 은행에서 1천5백만 원을 뽑았고, 거기에 남편이 여기저기서 빚으로 긁어 들인 1천5백만 원에, 결혼 전 거의 자기가 벌어 가르치다시피 한 친정 동생한테 빌려 온 1천만 원과 또 자기가 여기저기서 긁어 들인 1천만 원의 빚으로 평당 5백 원짜리의 그 땅 10만 평을 잡았다.

아마 사람들은 그때의 심정을 모를 것이다. 사 둔 땅이 어디가기야 할까마는 오르지 않고 나중에라도 제대로 임자가 나서지 않는다면 매달 물어내야 하는 이자만으로도 피가 바싹바싹 마르는 것 같았다. 남편이 얻어 온 건 월 2부 이자였지만 그녀가 얻어 온 건 거의 다 3부거나 3부5리였다. 그럴 때 남편이라도 마음 듬직하게 먹고 여자를 다독여 나가도 피가 마를 것 같은 심정인데, 이건 어찌 된 사내가 오히려 마를 대로 피가 마르는 여자가 남편을 다독이게 했다.

"정 안 되면 이 집 거덜 내고 새로 시작한다고 생각하세요. 마음을 편하게 먹으란 말이에요. 이 집 말고는 더 망하자고 해도 망할 것도 없는 처지 아니냐구요."

이쪽에선 편하게 생각하자고 해서 한 말인데, 남편은 이미 반은 집안이 거덜 나기라도 한 듯 얼굴까지 창백해지는 것이었다. 지금도 여자는 그때 자기가 이중으로 피가 말랐다고 생각하고 있었다.

그러다 정확하게 3개월 되었을 때 어쩌면 운이 좋았는지 모른다. 아시안게임이 끝나고, 말끝마다 따라붙던 88올림픽이 6백여 일 정도로 카운트다운되던 그 시점에 정부는 동서고속전철을 흘렸고, 그곳은 새로운 레저 관광 시대의 꿈의 동산처럼 그려지기 시작했다. 평당 5백 원짜리 땅은 정확하게 4개월 후 2천 원으로 뛰었다. 아마 더 가지고 있었다면 나중에 이곳저곳 쫓아다니지 않고도 그 돈을 벌었을 것이다. 땅값이 올라도 남편은 처음이나 그때나 여전히 불안해했다. 물론 여자도 불안하지 않은 건 아니었다.

여자는 강남의 부동산 소개소를 통해 땅을 팔았다. 정확하게 2억 원을 손에 쥐었다. 아니, 갚을 것 갚고 1억 5천만 원이었다. 그것으로 여자는 본격적으로 땅을 보러 다녔다. 그때 돈으로 월 1백만 원 될까 말까 한 남편의 월급 같은 건 이제 눈에 차지 않았다. 막 해가 바뀐 그해 겨울부터 가을까지 묵호 바로 위의 옥계에서부터 간성까지 여자는 다녀 보지 않은 곳이 없었다. 여자는 정확하게 집어내고 단시일에 치고 빠지는 작전으로 나갔다. 뭉텅뭉텅 겁 없이 끌어들이는 돈의 액수도 늘어났고, 그렇게 끌어들인 돈이 벌어들이는 액수는 그것의 몇 배로 늘어났다. 꿈에도 그리던 강남 압구정동 현대아파트로 이사도 했다. 살던 집도 넓혔지만, 그것도 사만 두면 다 돈이 되는 일이었다. 직장에서도 남편을 무시하지 못했다. 지점장 말고는 강남에 그 정도 되는 아파트에 사는 사람도 없었고, 또 남편만큼 개인별 수신고를 올리고 있는 사람도 없었다.

정말 정신없이 보낸 87년과 88년이었다. 서산, 당진, 거기 복덕방들도 '까만 가죽치마' 하면 알아 줄 정도였다. 여자는 그랜저 6기통으로 차를 바꾸었고 따로 운전기사를 두었다. 또 올림픽이 시작되기 직전 여자는 신사동에 5층 건물에 객실 60개짜리의 '서해장' 모텔을 구입했다. 그리고 이듬해 강남 역삼동에 '여정'이라는 룸살롱을 개업했다. 70만 원을 들여 작명가에 부탁해 지은 그 룸살롱의 이름 '여정'은 계집 녀의 '여'와 계집 녀女변에 우물 정井자를 붙여 쓰는 여자몸우물(작명가는 그렇게 말했다) '정' 자를 썼다. 어쩌면 거기가 부근의 다른 룸살롱들보다 더 쉽게 기억되고 장사가 잘되는 것도 작명가의 덕택인지 몰랐다. '妍'이라고 크게 한자로 써 붙인 그 술집을 남자들은 그 이름에서부터 '여자몸우물'에 대한 향수(?)를 느끼는 모양이었다.

땅도 그렇고 사업도 그렇고 여자는 누구보다 계산이 빠르다고 자신했다. 처녀 때 7년간 과장을 도와 한 중견 기업의 경리를 보던 계산이었다. 그때의 경험도 땅을 사고파는 일이나 사업을 운영하는 일에 많은 도움이 되었을 것이다. 처음 손에 쥔 1억 5천만 원은 금방 5억 원이 되고 10억 원이 되었다. 그리고 그렇게 만들어진 10억 원 역시 같은 방법으로 금방 20억 원이 되고 30억 원이 되고 50억 원이 되었다. 지금은 그렇게 계산이 빠른 여자도 자기가 가지고 있는 돈이 정확하게 얼마인지 모른다. 그녀를 아는 주변의 어떤 사람들은 1백억 원이라고도 했고 또 어떤 사람들은 그보다 많을 것이라고 했다. 그녀도 단지 얼마쯤일 거라고 그것의 큰머릿수만 짐작하고 있을 뿐이다. 이제 여자는 어느 땅이든 오래 가지고 있지 않는다. 시내 몇 군데 사우나나 한정식집 등 앞으로 자기가 사업할 땅 말고는 자기 이름의 땅을 만들지 않는다. 계산 빠른 여자는 이제 땅에 관한 한 전문가가 되었다. 얼마 전 크게 일을 저질러 남의 입방아에 오르내리던 '빨간 바지의 여자'나 '빨간 치마의 여자'들처럼 허황된 꿈을 꾸다 그 꿈에 자기가 치이지도 않는다. 주택조합 같은 것, 한판 잘하면 큰돈 생

　　　　　　　압구정동엔 비상구가 없다

기는 줄 알지만 잘못하면, 아니 재수 없으면 아주 거덜 나 버린다는 걸 여자는 잘 알고 있었다.

충남 서산에서 한판 재미를 보고 난 다음 여자는 어느 땅이든 계약금만 걸고 그걸 다른 사람에게 미등기 전매해 단기 차익을 챙기거나, 미개발지의 땅을 자기 이름으로 사더라도 양도 거래 방식보다는 실제 가격의 10분의 1도 안 될 만큼 낮게 책정된 토지 과표 특히 '미개발지'의 비현실화를 이용해 위장 증여로 더 큰 수익을 올리는 방법을 쓴다. 그것은 물어야 할 세금 제대로 무는 것이어서 나중에라도 뒤탈이라는 게 있을 수 없었다. 올해 국민학교 6학년인 여자의 아들도 방배동에 20억 원짜리 땅을 가지고 있다. 물론 나라에서 내라는 세금 다 내고 그 아이 앞으로 이름을 돌려준 땅이었다.

치고 빠지는 재주뿐 아니라 여자도 나라 경제 규모와 토지 자본 이득과의 상관관계에 대해 알 건 다 알고 있다. 여자도 89년 기준으로 이 나라의 땅 가진 사람들이 지가 상승으로 얻은 자본 이득이 그해 1백10조 원 되는 국민총생산GNP의 77%인 85조원에 이른다는 것과, 그런 전체 토지의 자본 이득 말고도 실제 토지 매매를 통해 얻게 되는 매매 자본 이득만도 그 GNP의 40% 가까이 된다는 것을 누구보다 잘 알고 있다. 그리고 그런 바탕 위에 '까만 가죽치마'가 있고, 그 가죽치마가 운영하는 '서해장'과 '여정'이 있다는 것도 잘 알고 있다.

후에도 물론 끊임없이 잔재미를 보았지만 여자가 거의 마지막으로 크게 재미를 본 건 일산 신도시 개발에서였다. 다른 땅에 가둬 두지 않고 가지고 있던 돈과 금방 끌어들일 수 있는 돈 20억 원으로 90년 초 그곳과 그곳 주변 원당 지구에 계약금만 걸고 사들인 땅 6만 평을 이름만 대면 금방 알 수 있는 어느 건설회사에 미등기 전매로 넘기고, 계약금으로 걸었던 20억 원의 두 배에서 조금 빠지는 35억 원을 단기 프리미엄 차익으로 챙겼다. 그건 땅을 관리하는 일과 관련한 이 나라 어느 기관의 어느 기록 어느 자료에도 나오지 않는 수익이었다. 돈이 돈을 벌고 땅이 돈을 벌었다. 땅은 거짓말을 하지 않는다. 속았다면 그것은 땅에 속은 것이 아니라 그 땅을 소개한 사람에게 속거나 정책에 속은 것이다. 서산이나 당진, 일산, 고양, 동해, 연곡, 고성의 부동산 업자들은 서울 강남에서 뜨는 '까만 가죽치마'를 알아도 그걸 단속하고 세금 물리는 사람들은 '까만 가죽치마'에 대해 그 치마 색깔만큼이나 캄캄하다.

많은 '작은 손'들이 지난 90년 4월 국세청의 일제 단속 때 걸려들어 신문에 이름을 팔았지만, 다른 큰손들과 함께 그때 이미 치고 빠진 '까만 가죽치마'는 아무 끄떡이 없었다.

오히려 구설수에 올랐다면 다른 일 때문이었다.

여자가 한창 서산과 당진을 오르내리던, 그러니까 올림픽이 끝난 다음 해 가을의 일이었다. 그때도 요즘처럼 신문이며 텔레비전이 눈만 뜨면 과소비 추방을 떠들던 무렵의 일이었는데, 국민학교 4학년이던 아들이 장난감을 사달라고 했다. 무슨 장난감이냐고 묻자 아이는 백화점 장난감 코너에 가면 모터가 달려 있어 자기들이 정말 탈 수 있는, 미국에서 들어온 장난감 자동차가 있다고 했다.

"얼만데 그게?"

"좀 안 좋은 건 30몇 만 원이고 좋은 건 46만 원이야."

에미가 없는 동안 아이는 몇 번 길 건너 백화점으로 가 그것을 보고 온 모양이었다. 아이는 아파트의 다른 아이들도 많이 탄다며 그걸 사 내놓으라고 했다. 며칠째 여기저기 돌아다니던 끝이어서 여자는 여자대로 여간 피곤하지 않았다. 하루쯤 아무 생각 없이 쉬고 싶은데 아이는 당장 그걸 사러 백화점으로 가자고 했다. 만약 그렇게 피곤하지 않았다면 아이하고 함께 갔을 것이다. 그랬다면 정말 그런 '더러운' 일이 생길 건덕지도 없었을 것이다. 일이 안 되려면 뒤로 넘어져도 코가 깨지는 법이었다.

"너 혼자 가서 사 오면 안 되니?"

"그럼 돈 줘."

그래서 지갑을 열고 집히는 대로 1백만 원짜리 수표를 꺼내주었다.

"뒤에 어떻게 써야 한다는 건 알지?"

"알아. 주소하고 이름하고 전화번호하고 쓰면 돼."

전에도 아이는 몇 번 10만 원권짜리 수표를 써보았다. 종암동에 살 때는 몰랐는데 와서 보니 같은 아파트의 아이들이 가지고 노는 장난감들의 값이 보통 그 정도 되었다. 아이들이 뜯어 맞추는 해적선 블록도 그랬고 움직이는 모형의 덩치 큰 88열차 장난감도 그랬다. 그때에도 아이는 수표를 들고 나가 저 혼자 그것을 사 왔다.

"그럼 거스름돈 잘 거슬러 와야 돼."

그렇게 아이를 보낸 지 20분쯤 지났을 때 백화점에서 전화가 왔다.

"여기 무슨 백화점인데, 죄송합니다만 거기 김정우 어린이 집 맞습니까?"

처음엔 아이에게 무슨 일이 생겼는가 싶어 가슴이 철렁했다.

"예, 제가 정우 엄만데 무슨 일이죠?"

"예, 댁의 아드님이 1백만 원짜리 수표를 가져왔는데 맞는가 아닌가 확인해 보려고 전화 드렸습니다."

"아니, 수표 확인이에요. 아이 확인이에요?"

여자는 짜증 내 물었다.

"예, 수표는 맞는데요. 아이한테 정말 수표를 줘서 보냈는가 하고 말이죠. 애들이 들고 다니기엔 워낙 큰돈이라서……."

"이봐요. 그게 큰돈이든 아니든, 아니, 당신은 말이야, 점원 주제에 물건이나 팔면 그만이지, 남이야 아이한테 백만 원짜리 수표를 줘 보내든 천만 원짜리 수표를 줘 보내든 무슨 상관이라고 그러는 거야? 그래, 우리 아이가 그까짓 백만 원짜리 수표 한 장 처리 못할까 봐 그러는 거야 뭐야? 점원 주제에 꼬라지를 알아야지 별 쓸데없는 걸 가지고 다 전화를 하고 난리야. 끊어요, 그만. 애한테 물건이나 줘 보내고."

그러고는 전화를 끊었는데, 며칠 후 〈과소비, 이대로 좋습니까〉 하는 캠페인 프로에 그게 그대로 나오는 것이었다. 카메라가 숨어 그걸 그대로 촬영하고 녹음을 한 건 아니지만 그걸 바탕으로 꾸민 콩트에 아들의 역을 맡은 아역 배우가 백화점으로 와 그 장난감 자동차 앞에서 정가표의 동그라미를 세는 것이었다.

"일, 십, 백, 천, 만, 십만, 으응, 46만 원이구나, 그거밖에 안 된 단 말이지, 나 이 자동차 줘요."

그러면서 그 아역 배우는 점원 역을 맡은 여자에게 1백만 원 짜리 수표를 내놓는 것이었다. 그러자 점원도 과장된 몸짓으로 수표의 동그라미를 세는 것이었다.

"일, 십, 백, 천, 만, 십만, 백만, 어머, 백만 원짜리 수표네. 너 이거 어디서 났니? 어른이 줘서 가지고 왔니?"

"그럼요. 우리 엄마가요. 뒤에 주소하고 전화번호 적었잖아요."

"그래, 그럼 잠깐만."

점원은 며칠 전 집에 왔던 전화처럼 그렇게 아이의 집에 전화 를 걸자 아이 엄마 역을 맡은 생긴 것도 여우처럼 생긴 여자가 나와 그때 여자가 퍼부었던 말들을 그대로 점원에게 퍼붓는 것 이었다. 그리고 아나운서의 코멘트가 있었다.

"이것은 이틀 전 강남 모 백화점에서 실제 있었던 상황입니다. 여러분, 지금 이걸 본 여러분의 심정은 어떻습니까?"

여자는 그것이 다시 꾸민 콩트가 아니라 어떤 텔레비전에 나 오는 '몰래카메라'처럼 아이의 얼굴을 그렇게 찍고 자기의 목소 리를 그대로 녹음해 방송했더라면 어떻게 되었을까 순간 가슴 이 철렁했다. 나쁜 놈들이었다. 그 장난감 차를 산 게 내 아이만 도 아닐 텐데 그렇게 되면 꼼짝없이 앞뒤야 어찌됐건 이 땅의 모 든 과소비 누명은 여자 혼자 다 뒤집어쓰고 마는 꼴이었다. 그렇게 되면 그것은 차라리 신문에 난 부동산 투기자 명단에 이름이 끼는 것만도 못했다. 또 그 구설수는 어떻게 감당해 낼 것인가. 자기 아이를 데리고 가 그것을 사 준 다른 '과소비' 부모들까지도 여자를 손가락질할지 모를 일이었다. 무슨 여자가 그래 애한테 그런 수표를 줘 보내? 하면서 앞장서 손가락질하는 것으로 같은 소비에 대한 자신들의 어떤 면죄부를 얻으려 들지도 몰랐다. 만약 그랬다고 하면 거기가 거긴 이 아파트에서 이래저래 흙탕물을 뒤집어쓰는 건 '몇 동 몇 호에 사는 까만 가죽치마' 한 여자뿐이었다.

"하여간 저런 여자는 다 쓸어내 버려야 해."

그 잘난 남편까지도 그런 소리를 했다. 정말 아이하고 같이 그 텔레비전을 보지 않은 게 천만다행이었다. 어, 저거 나하고 엄마잖아. 함께 보았다면 아이는 분명 그렇게 말했을 것이다.

그리고 여자는 이틀 후 어느 신문에 실린 한 젊은 소설가 나부랭이의 이런 글을 읽었다.

그날 여섯 살짜리인 자기 아이가 큰 잘못을 저질렀다는 것, 전날 시골에서 형님 내외가 올라와 하루 쉬고 가면서 아이에게 1천 원짜리 돈을 주었다는 것, 여섯 살짜리 아이에게 그것은 대단히 큰돈이었다는 것, 그래서 아이의 엄마가 아이에게 그 돈은 내일 유치원에 가서 저금을 해야 한다고 말했다는 것.

"내가 쓰면 안 돼요?"

하고 아이가 물었고,

"안 돼. 그건 큰돈이고 너는 매일 엄마가 따로 백 원씩 주잖니."

하고 아이 엄마가 말했다는 것.

"나도 사고 싶은 게 많은데……"

하며 아이는 팽이, 비눗방울, 바람개비, 삐삐로, 새콤이……를 하나하나 꼽았다는 것. 그래서 아이 엄마가 다시 아이에게,

"그 돈 가방에 단단히 넣어 두었다가 내일 유치원에 가서 선생님께 꼭 드려야 해."

하고 다짐을 주었고, 아이도 알았다고 분명 대답했다는 것. 그런데 잠자리에 들 시간 옷을 갈아입을 때 아이의 주머니에서 단추 모양으로 생긴 플라스틱 팽이와 망가진 바람개비, 제대로 조립하지 못한, 아니 제대로 조립할 수 없게 만들어진 조잡하기 그지없는 2백 원짜리(과자 값 포함, 자기는 과자 속에 그런 것을 넣어 파는 대기업 제과 회사의 그런 흡혈적 상술을 끔찍이 경멸한다는 것) 장난감이 나왔다는 것. 그래서 아이 엄마가 아이에게 네가 그 돈을 함부로 써서는 안 되는 이유를 조목조목 설명하고, 종아리를 때리고, 무릎을 꿇고 무엇을 잘못했는지 곰곰이 생각해 보라고 벌을 세웠다는 것.

"네가 그 돈을 쓸 때 옆에서 그걸 구경하는 영신이 형아도 생각을 해야지."

하고 아이 엄마가 말한 그 '영신이 형아'는 엄마 아빠 없이 할머니와 단둘이 사는 이웃의 국민학교 2학년 아이라는 것. 그리고 그때 텔레비전에서 〈과소비 이대로 좋은가〉 하는 캠페인이 나왔다는 것…… 그 소설가는 자기의 글 말미를 이렇게 적고 있었다.

그것을 보는 순간 내 가슴 한가운데 구멍이 뻥 뚫리는 심정이었습니다. 더구나 조금 전 우리 부부는 아이에게 천 원짜리를 제 마음대로 썼다고 야단을 치고 벌을 주고 있는 중이었습니다. 그 아이의 부모는 어떤 사람들일까요. 꼭 한 번 그 잘난 얼굴들을 보고 싶습니다. 나는 아이에게 그만 일어서라고 말했습니다. 정말 울고 싶은 심정이었습니다.

지금 그 아이의 부모가 경제적으로 우리를 울리고 지배하듯, 그런 천박한 부모 밑에서 어려서부터 1백만 원짜리 수표를 들고 다니는 걸 배운, 천박한 가정환경 속에서 역시 천박한 생각을 가질 수밖에 없도록 배우고 자란 그 아이는 이다음 커서도 경제적으로 우리의 아이들을 지배하겠지요.

그날 밤, 나는 솔직히 혁명을 꿈꾸었습니다. 그 혁명을 '반자본주의'라고 해도 좋고, 그 '반자본주의'를 '사회주의'라거나 또 다른 그 어떤 이름으로 불러도 좋습니다. 우리가 그런 부모들의 지배를 받지 않을, 그리고 우리 아이들이 그런 아이들의 지배를 받지 않을 세상을 만드는 꿈이었습니다. 거듭 그 아이 부모의 얼굴을 나는 보고 싶습니다.

신문을 여자는 친정에서 읽었다. 그 캠페인 방송이 나온 다음 날 여자는 잠시 몸을 피해 친정에 가 있었다. 사실 신문 볼 기분도 아니었다. '내가 꿈꾸었던 혁명'이라는 제목 아래 '과소비 캠페인 콩트를 보고'라는 부제만 아니었다면 여자는 그것을 읽지 않았을지 모른다.

아니, 읽어도 자기가 어디 사는 누구라는 것을 모르는 상태에서 공격해 오는 그런 시기와 질투는 '혁명'이 아니라 막말로 '총살' 협박이라 해도 크게 상관할 게 없는 일이었다. 오히려 여자가 뒷일을 걱정해 친정으로 몸을 피했던 것은 다른 이유에서였다. 방송에서까지 그런 걸 만들어 내보낼 정도라면, 과소비를 추방하자고 떠드는 기관이나 단체에서도 수표 뒤에 적은 주소와 전화번호를 확인해 갔을 것이었다. 한 소설가 나부랭이가 신문에 그런 글을 쓰듯 언제 그 사람들이 몰려올지 모를 일이었다. 만약 그것이 그런 것을 빌미로 지금까지 자기가 했던 부동산 투자(여자는 투기라는 말을 쓰지 않는다)를 뒷조사해 세금을 매기러 오는 국세청 사람들이라면…… 생각만 해도 끔찍한 일이었다. 무슨 일에든 시범 케이스라는 것이 있게 마련이라는 걸 여자는 잘 알고 있었다. 부동산 투자도 그랬다. 이미 소문이 날 때면 큰손들은 다 빠지고 뒤늦게 거기에 뛰어들어 허우적거리는 작은손 몇이 늘 그렇게 시범 케이스로 붙잡혀 세금을 추징당하고 신문에 이름이 팔렸다. 집을 나오며 여자는 아이들에게도 누가 오든 문도 열어 주지 말 것이며, 물어도 무조건 모른다고만 대답하라고 두 번 세 번 다짐하듯 일렀다. 그리고 저녁마다 전화를 해 그것을 확인했다. 여자는 닷새를 그렇게 친정에서 숨어 지내듯 지냈다. 다행히 신문에 그런 글이 실린 것 말고는 별다른 일이 없었지만 정말 더럽고도 치사한 인종들이었다. 그까짓 백만 원짜리 수표 하나로 사람을 이렇게 불안에 떨게 하다니…… 아마 그 과소비 추방 단체라는 것도 그 글을 쓴 소설가 나부랭이와 마찬가지로 저들이 못 살고 못 쓰니 괜히 심통이 나 그럴 것이었다.

몇 해 전만 해도 강남의 돈 많은 부자들을 욕하던 그 여자는 이제 자신이 그런 부자가 된 다음부터는 전에 같이 살던 종암동 산중턱 여자들의 못남을 비웃고 있었다. 세상일이라는 게 다 저하기 나름이었다. 예전에 자기가 그랬듯 없는 것들은 그렇게라도 있는 사람들을 닦아세워야 마음이 후련한 법이라고 생각했다. 그건 누구보다 여자가 잘 알고 있는 일이었다. 도대체 없이 사는 인종들은 가진 사람들의 노력을 인정하려 들지 않았다. 아니, 무슨 일에 대해서건 무조건 나쁜 쪽으로만 해석하려 들었다. 그리고 그런 마음을 고치지 않는 한 가난한 사람들은 영원히 가난하게 살 거라는 걸 여자는 잘 알고 있었다. 여자는 내게도 피를 말리고 뼈를 깎던 시절과 그런 순간들이 있었다고 누구에게든 말하곤 했다. 부자는 저절로 되지 않는 것임을 여자는 종암동 산비탈에서 알았고, 여기 와서 그것을 확인했다.

정말 그 수표 건 말고는 모든 일이 순조롭게 풀렸다. 그런데도 여자의 남편은 아내가 벌어들이는 돈도 미처 셈을 못할 판에 여전히 흰 와이셔츠에 넥타이를 매고 남의 돈이나 셈해 주러 직장에 다녔다.

"집에서 놀면 뭘 해?"

그것이 남편의 말이었다. 그는 그런 사람이었다. 다른 사람 같으면 그깟 월 2백만 원 빠듯한 월급쟁이 걷어치우고 부부가 함께 본업으로 나섰을 것이다. 앞으로 구상하고 늘려야 할 사업들은 또 얼마나 많은가. 스스로는 번다고 생각할지 모르지만 그러나 그것처럼 밑지는 인생의 장사도 없을 것이었다. 한 이불 속에 누워 잠을 자도 처음부터 남편에게 그것은 남의 일이나 다름없었다.

압구정동으로 이사를 해 남편에게도 차를 사 주겠다고 했을 때 그는 기껏 고른다는 것이 소나타였다. 처음엔 그것도 망설이며 스텔라면 됐지 뭐, 하던 사람이었다. 알면서도 당신도 그랜저로 하지 그래요, 했을 때 남편은 그건 행장이 타고 다니는 차야, 했다. 여자를 잘 만났기에 망정이지 애초부터 그런 직장에 들어가 별 욕심도 없이 남의 돈이나 맡아 셈해 주면 딱 맞을 사람이었다. 대리에서 과장을 다는 데 9년이나 걸린 사람이 과장에서 차장을 다는 데 5년밖에 걸리지 않았던 건 순전히 여자 덕에 올린 개인 수신고 때문일 것이다. 함께 골프를 배우러 다니자고 했을 때에도 순진한 고등학생에게 윤락가로 가자고 유혹했을 때만큼이나 놀라는 얼굴을 했다. 여자는 그 정도 돈 있는 사람이면 다들 그러듯 벤츠나 BMW로 차를 바꾸고 싶어도 그 잘난 남편 얼굴 때문에 차를 바꾸지 못하고 있었다. 자동차도 철저하게 그는 자기 차와 아내 차를 구분해 일요일에 어디 나들이를 할 때에도 그것을 타지 않았다. 재미라고는 한 푼어치도 없는, 평생을 그렇게 남의 눈치나 보다 죽을 사람이었다. 아이들만 없다면 여자는 예전에 이혼했을 것이라고 대놓고 그런 남편에게 말했다. 다른 사람 같으면 그러지 말라고 해도 제 발로 가게에 나가 내가 여기 주인이다 하고 더러 큰소리칠 법도 한데 남편은 신사동 모텔에도 역삼동 룸살롱에도 한번 그렇게 나가 둘러보는 적이 없었다. 여자는 어쩌다 내가 저런 좀생이에게 자청하듯 몸을 허락하고 결혼하자고 매달렸는지 모르겠다고 생각했다. 누구 남편처럼 남보다 빨리 토지 개발 계획이라도 뽑아 줄 수 있는 자리의 직장도 아니면서 1백 원 2백 원 남의 돈 끝자리 잔고 맞추느라 해 뜨면 나가 귀가 시간마저 오밤중이기 일쑤였다. 거기에 나이는 벌써 거의 오십 줄에 다 접어들고 있어 어느 것 하나 기대할 구석이라곤 없었다.

여자가 카바레에 드나들며 이따금씩 다른 사내의 살 냄새를 맡기 시작한 건 지난 일산 신도시 개발 때 한몫 크게 잡아 이제 스스로 어느 정도 돈에 대한 한은 풀었다고 생각한 다음부터였다. 더 욕심이 없는 건 아니지만 그 한을 풀었다고 생각하자 왠지 모르게 지나온 날들이 억울해지는 것이었다. 그저 용해 빠지기만 한 남편을 만나 이곳저곳 거처를 옮기며 세를 살던 시절도 억울했고 들 나이 다 든 다음 내 집이랍시고 마련한 종암동 산중턱의 23평짜리 아파트에 쭈그리고 살던 시절도 억울했다. 그렇게 젊은 날은 가버렸다. 그리고 돌아보았을 때 남편은 이미 나이 들어가고 있었다. 그때 여자는 마흔한 살이었다. 땅을 찾아 전국을 거의 안 가본 데 없이 누비고 다니는 동안 여자는 함께 그곳을 쫓아다니던 논다는 여자들과도 놀아 보았다. 처음 그 여자들은 자기들 군단에 새로 들어온 '까만 가죽치마'를 우습게 알았다. 그러나 돈으로 해결 안 되는 일이 없고 돈으로 부릴 수 없는 귀신이 없다는 것을 알았을 때 여자는 그런 여자들과 한 무리가 되어 자연스럽게 그곳을 출입하게 되었다. 모텔은 땅과 건물 때문에 잡은 것이라 하더라도 새로 룸살롱을 개업했을 땐 어느 정도 그쪽 바닥의 일들을 알고 나서였다. 그때 이미 여자는 그런 여자들과 함께 소문으로만 듣던 호스트 바라는 데도 가보았고, 막내 동생뻘도 채 안 되는 어린 사내들의 서비스도 받아 보았다. 여자에게 그것은 새로운 눈뜸이었다. 사교춤이 뭔지도 모르고 무턱대고 욕부터 하던 지난 시절의 자신이 순진했다기보다는 촌스러웠고 구질구질했다. 돈으로 말하고 돈으로 행세하는 세상이었다.

　그런 날 여자는 남편에게 지방으로 간다고 했다. 돈 앞엔 남편도 별수 없었다. 아니, 언제부턴가 이쪽에서 그쪽을 내놓듯 그쪽에서도 이쪽을 내놓고 있는 것인지 몰랐다. 남자들이 돈으로 여자를 사듯 여자도 그렇게 돈으로 남자를 샀다. 그럴 때면 영국 여왕이 부럽지 않았고 책에서 읽은 측천무후가 부럽지 않았다. 호스트 바의 아이들은 몸에 약을 쓰고 여자를 즐겁게 해주었다. 제비족 같은 건 약지 못한 여자들이나 걸려 고생하고 망신을 떠는 거지 여자는 그렇지 않았다. 옛날 교무실에 쳐들어가 교장 선생 앞에 턱을 바짝 치켜들고 한바탕 해주고 나올 때 교무주임과 취업 담당 교사도 그런 말을 했었다. 그리고 다른 여자들처럼 쉽게 몸 다치지도 않고 남의 회사 경리를 보며 두 동생을 대학까지 가르쳤던 여자였다. 실수가 있었다면 결혼할 사람 하나 잘못 본 것뿐이었다. 아니, 그런 실수가 있었기에 스스로 박차고 나가 오늘에 이른 것인지도 모른다. 그리고 이 땅에 그런 일의 뒷감당으로 자신이 두려워해야 할 남자도 없었다. 그 바닥에서도 알아주는 룸살롱 하나 거느릴 땐 오히려 그런 제비 다리 하나 부러뜨리는 건 식은 죽 먹기보다 쉬운 일이었다. 유도 대학을 나온 서른 몇 살의 지배인도 여자 앞에서는 눈빛 하나로 움직였다. 돈으로 안 되는 일이 나이를 고치는 것 말고는 이 세상에 없다고 여자는 생각하고 있었다.

사우나에서 가볍게 몸을 풀고 여자는 오후 늦게 역삼동 룸살롱 '여정'으로 나갔다. 여자몸우물 정······ 가게 가까이 다가가며 간판을 쳐다볼 때마다 여자는 그 작명가가 지어도 제대로 지은 이름이라고 생각했다.

그러나 그날의 기분은 그렇지 않았다. 아침에 지배인이 말했던 미스 조의 일 때문이었다. 정말 그 아이 물건 만드느라고 많은 돈을 썼다. 사람들은 돈 있고 나이 든 사내들이 영계만 좋아하는 줄 알지만 영계보다 더 좋아하는 아이들도 있었다. 영화배우라거나 탤런트, 스타라면 사람들은 사족을 못 썼다. 미스 조도 여자가 애써 가꾸고 만든 영화배우고 스타였다. 그 일을 지배인이 했다.

일단 돈 들여 학원의 선발 시험을 보게 하고, 다시 돈을 들여 이쪽저쪽 영화사에 닿을 수 있는 데까지 선을 대고 잠깐 얼굴 비추고 마는 단역에라도 그 아이를 출연시킨다. 촬영장에 보디가드와 함께 그랜저를 타고 나타나는 단역 배우들의 열에 아홉은 그런 아이들이라고 했다. 미스 조도 어느 영화관에서 상영되었는지도 모를 〈서울 청춘의 밤〉과 〈밤에서 밤으로〉에 얼굴과 몸을 내밀었다. 그리고 그때부터 미스 조는 호스티스가 아닌 장래가 유망한 여배우가 되었다. 스물두 살이면 써먹기도 딱 좋을 나이였다. 그러나 손님들을 위해선 거기서 끝날 일이 아니었다. 다시 돈을 들여 어느 여성 주간지 화보에 몸매 만점의 그 아이의 사진을 내보냈다. 두 장 크기로 접혀 있어 펼쳐 열어 보는 사진이었다. 1970년 대구 출생. 취미 모형 자동차 콜렉션. 특기 현대 무용. 〈서울 청춘의 밤〉과 〈밤에서 밤으로〉 등 다수 영화에 출연. 농염한 연기로 팬들의 관심을 모았던 91년 유망주. 그 주간지에 실린 사진은 그 크기 그대로 코팅되어 '여정'의 마담이 가지고 있다. 아무 룸에나 들여보내지도 않는다. 돈 많은 손님들이나 스타의 서비스를 받을 수 있다. 그런 스타는 미스 조 말고도 '여정'에 둘이 더 있었다. 모두 여자가 만든 91년 유망주고 해가 바뀌면 자동으로 92년 유망주가 되는 스타들이다. 가진 거라곤 돈밖에 없는 손님들은 마담이 특별 메뉴판처럼 들고 들어간 유망스타들의 사진에서 한 아이를 찍는다. 손님들은 그 아이들이 '여정'의 아이들인지 모른다. '여정'의 발 넓은 마담이 자기들을 위해 은밀하게 불러내는 대중의 우상인 줄 알고 있다. 아니, 알아도 그렇게 믿고 싶어 하는 게 오히려 그런 아이들을 찾는 손님들의 심리다. 그건 호스트 바의 남자아이들도 마찬가지다. 찾아가면 그곳 지배인은 대여섯 개나 되는 그 사내아이들의 사진을 내온다. 어떻게 출연한 영화며 어떻게 만든 사진이라는 걸 알면서도 여자는 그 아이들이 노주현이나 임성민의 대를 이을 스타 유망주라고 믿고 싶어지는 것이다.

'여정'을 자기들 기업의 단골 접객업소로 쓰는 기업의 수도 그렇게 만들고 키운 스타들의 명성(?)에 달려 있다. 그런 기업의 간부가 데리고 오는 일본 바이어들은 그 특별 메뉴판에 실린 사진만 보고도 그 아이들이 대한민국 최고의 영화배우들인 줄 안다.

그런데 그 아이 하나가 어제까지만 해도 아무 말이 없다가 다른 술집으로 자리를 옮겼다. 지배인 말로는 자기도 어쩔 수 없는 데서 그 아이를 데려갔다고 했다. 이왕 그렇게 떠난 아이는 어쩔 수가 없다. 붙을 만한 덴지 아닌지, 또다시 데려올 수 있는 덴지 아닌지는 지배인이 판단했다. 어쨌거나 그 아이로 한몫 단단히 장사도 했다.

그리고 그 아이 역시 강남에 자기 이름으로 된 23평짜리 아파트 하나를 장만했다. 세상일이라는 게 다 저 하기 나름이었다.

차가 주차장에 도착한 다음 여자는 운전기사가 빠른 걸음으로 돌아와 문을 열어 주자 차에서 내렸다. 일이 있으면 그곳은 낮에 나가야지 해가 진 다음엔 나갈 수가 없다. 꼭 만나야 할 바쁜 일이 있을 땐 그 부근에 가 지배인을 불러내거나 마담을 불러내곤 했다. 지난해 봄부터 부동산 경기가 시들해지기 시작하자 여자는 이제 그동안의 경험을 살려 보다 본격적으로 이쪽 사업들을 확장해 나갈 생각을 가지고 있었다.

여자는 다시 운전기사가 문을 밀어 주자 '여자몸우물' 안으로 몸을 밀어 넣었다. 기다리고 있던 지배인과 마담이 여자에게 인사를 했다.

전에 구로공단 '태양전자' 전무실 한편에 책상을 놓고 앉아 전화를 받거나 찾아온 손님들의 차 시중을 들던 바로 그 여자아이

압구정동엔 비상구가 없다

가 압구정동으로 나온 지 다섯째 주가 되는 금요일 오후의 일이었다.

그리고 그날 밤 그 여자아이가 술자리에서까지 정부의 의료정책을 좌충우돌 비판(다른 건 다 그만두고 대체 정부가 의과대학의 정원을 늘리고 의사들의 수를 늘리려 드는 저의가 뭐냐 이거야? 국민 의료 좋아하네. 그래 가지고 의사들의 사회적 지위를 간호원 수준으로 떨구겠다는 거 아니냐구)하던 내과의산지 외과의산지 하는 손님을 따라 호텔에 들어가 막 그의 몸을 받아들이려 하던 시간, 강남경찰서의 한 형사는 누군가 가져다준 월간《사회문화》에 실린 강혜리 취재 기사를 읽고 있었다.

읽으면 누구나 알 이 취재 기사 속의 성전환증 환자는 얼마 전에 피살된 강혜리이다. 《사회문화》가 그를 취재한 것은 1991년 11월 ×일이었고, 그가 도산공원에서 피살된 건 정확하게 그로부터 일주일 후인 11월 ××일이었다. 그날 낮에 이 기사는 완성되었다.

그가 피살된 후 편집부는 이 기사를 활자화할 것이냐 말 것이냐에 대해 여러 날 회의를 했다. 그가 살아 있는 가운데 기사가 나간다면 기사 속의 강혜리는 한 익명의 성전환 여성 그 이상도 이하도 아니지만, 그가 피살된 다음 기사가 나갈 땐 이미 그가 누구라고 밝혀진 다음이어서 두 번 그를 죽이는 결과가 되는 게 아닌가 생각하지 않을 수 없었다. 회의도 처음엔 싣지 말자는 쪽이었으나 날이 갈수록 싣자는 쪽으로 기울었다. 그것은 사건 후 지금까지 보도된 그에 관한 기사들이 그나 다른 성전환 여성들에 대해 천박한 호기심으로 일관하거나 지나치게 엽기적인 면에만 초점을 맞추고 있다고 판단한 때문이다. 또《사회문화》가 판단하기에 그 기사들은 정확한 부분도 있지만 정확하지 않은 부분도 많았다. 또한 그것은 한 개인의 전도된 성 인식이나 성 가치관의 문제만도 아니다. 그리고 이 기사가 나가지 않으면 다음 달 다른 많은 잡지들이 경쟁적으로 취재도 하지 않고 쓴 그런 기사들을 범람시킬 거라는 자체 판단에 따라 그대로 기사를 내보내기로 했다.

그러나 그가 피살된 다음이라고 해서 원고를 고치는 일은 하지 않기로 했다. 제목도 그가 피살되기 전에 붙인 그대로 '성전환/무엇이 남자로 태어나 여자로 살게 하는가'로 나간다.

글머리에 다소 장황하게 붙인 '편집자 주'가 있었고, 여섯 페이지 분량의 기사 말미에 이런 내용이 있었다.

……병원으로부터 얻은 자료에 의하면 이러한 성전환증의 발병 시기는 소아기이나 그 증상이 표면적으로 뚜렷하게 나타나는 시기는 사춘기이거나 성인 초기라고 한다. 발병 확률도 국가마다 다소 차이가 있긴 하지만 남자의 경우 대략 3만분의 1, 여자의 경우 10만분의 1 정도이다. 나라별로는 독일, 미국, 프랑스, 스위스 순으로 20위 이내의 나라 모두 서구 자본주의 국가들이고, 동양에선 홍콩, 필리핀, 태국, 일본, 한국 등 미 군사 지

　　　　　　　　압구정동엔 비상구가 없다

역(구월남의 사이공과 서울의 이태원이 증명하듯) 내지는 국제적 관광지, 신흥 자본주의 국가들이 주류를 이루고 있다.

현재 국내의 성전환증 환자(이성복장착용증이나 성도착증을 제외한 성전환 여성)의 수는 대략 2천 명 정도로 그 가운데 5백 명 정도가 정상적인 수술이나 '야메' 수술을 받은 것으로 추정되는데, 80년대 고도 산업사회로의 진행 이후 발병자와 수술자 모두 급격히 늘어나고 있는 추세로 이른바 '트랜스젠더 바'의 출현 등 점차 사회 문제화하고 있다.

아마 그것은 오늘날 우리가 현대 자본주의의 한 특징을 이루는 고도 산업사회로의 이행 과정에서 개인의 다양한 욕구 추구와 서구 성 문화의 무분별한 수입으로 기존의 성 가치관이나 성도덕관, 성 의식 구조에 급격한 변화를 초래하고 있기 때문이 아닌가 보여진다.

여성이 가지고 있는 인간 고유의 아름다움까지 상품화될 수 있는 자본주의 구조 속에 성의 상품화만큼 원초적이면서도 끝간데 없는 것이 없을 것이며, 다양한 형태의 성 욕구와 성의 상품화 수요 속에 트랜스젠더 역시 기이한 성적 특성 자체로 슬프고도 매력적인(?) 구매력을 갖는다는 점에서 그 생존 입지는 이미튼튼하게 확보되어 있는 것이다.

일찍이 성의 영혼이 죽은 강혜리의 삶은 어느 한구석 슬프지 않고 안타깝지 않은 구석이 없다. 그러나 강혜리의 안타까움 역시 영화 〈브루클린으로 가는 마지막 비상구〉에 나오는 게이의 기형적(아니, 기생적)인 삶의 터전처럼 부패한 자본주의 체제가 불량품처럼 생산해 놓은 어느 한 무리들에겐 더없는 희소가치의 상품이다. 여자가 갖는 본래적 미와 성적 수단이 자본의 향락적 부패와 타락 아래 간단없이 상품화되듯 그의 기이한 성적 수단 또한 간단없이 상품화되고 말았다.

이 땅의 타락하고 부패한 자본주의가 그의 소아기 발병에까지 강압적으로 상관하기까지는 않았다 하더라도 이후 사춘기에서부터 고등학교를 졸업한 후 본격적인 트랜스젠더 생활로 뛰어들기까지 어느 한 부분 책임지지 않을 부분은 없을 것이다. 최소한 그렇게라도 살 수 있다고 방임하거나 나아가 그렇게 살아야 한다고 조장하며 부추긴 책임은 어디 작다고 할 것인가.

일찍이 미국에 세이라는 경제학자가 있어 공급은 스스로 수요를 창조한다고 말했다. 그의 그릇된(그리고 부정된) 이론에 따르면 트랜스젠더가 호모를 만들고 변태를 만든다. 그러나 아니다. 공급은 스스로 수요를 창조하지 않는다. 자본주의의 끝간데 모를 향락적 부패와 타락이 성의 다양한 욕구를 부추기고 모든 성적 수단의 상품화 과정에서 일부 대책 없는 불량품으로 호모를 만들고 변태를 생산한다. 그리고 강한 흡입력으로 그 불량품들의 욕구 수요에 필요한 왜곡된 성의 상품화를 부추긴다. 그리고 그렇게 부추겨 만든 상품들을 그 대책 없는 수요들에 공급한다. 애덤 스미스의 '보이지 않는 손'은 섹스 시장에서도 존재하게 마련이다. 적어도 이 땅의 이태원과 압구정동의 일부 섹스 시장은 그러하다. 강혜리가 그러하듯 그렇게 희생되고 전도된 성 상품들은 자신들을 그런 식으로 희생시킨 자본주의의 이중적 모순 위에 생존 입지를 찾고 생존 목적을 찾는다. 매음녀가 삶의 수단으로 섹스를 파는 것과는 달리 이들은 스스로 여자라는 것을 확인하기 위한 삶의 궁극적 목적으로 섹스를 팔고 그 목적에 충실한 대가로 삶의 수단을 해결한다.

샌프란시스코 환락가 예를 보면 애초의 출발은 그 환락가의 기생적 입지에서 하였으되, 반세기가 지나는 동안 이제는 오히려 그 환락가의 상권을 그들이 쥐고 자체적으로 수요와 공급을 자가 발전시키는 단계에 이른 것이다. 강혜리가 꿈꾸는 대로 그곳에서 트랜스젠더들과 게이들은 어느 정도(어느 정도가 아니다. 그보다 훨씬 이상으로) '떳떳하게' 자기 방식의 삶을 살고 있다. 그러나 그렇다고 하여 그들의 삶의 방식이 보편적인 윤리 영역 안에 '떳떳하게' 편입되었다는 뜻은 아니다. 오히려 그 '떳떳함'은 그들에 대한 따뜻한 시각으로부터 허용된 떳떳함이 아니라 부패한 자본주의의 병리적 현상 속에 오랜 기간 동안 그들이 자체적으로 형성하고 이룬 자본의 힘을 바탕으로 그것을 사들인 '떳떳함'일 것이다. 거듭된 부패와 타락, 왜곡된 자본주의 체제 속에선 그 어떠한 선善도 자본의 힘보다 선하지 못하다. 그 어떠한 도덕주의자도 자본의 주체보다는 선할 수가 없다. 그들은 선을 가꾸어 나가는 것이 아니라 스스로 가지고 있는 자본의 힘을 바탕으로 매수하고 확보해 나간다. 샌프란시스코의 트랜스젠더와 게이들의 삶이 다른 도시의 트랜스젠더와 게이들의 삶보다 '떳떳한' 이유도 바로 그런 성의 원초적 모순과 자본의 병리적 현상이 교묘하게 부분 집합을 이루고 있는 데서 찾아져야 할 것이다.

강혜리는 이 땅에서도 자신들의 삶이 샌프란시스코에서의 삶과 같기를 희망하지만, 그러기 위해선 이 땅의 자본주의가 앞으로 소돔과 고모라까지는 아니라 하더라도 얼마나 더 타락하고 부패해야 하는지에 대해서는 알지 못한다. 그러나 그가 그것을 알고 모르고에 상관없이 현재도 그러한 집단의 수요는 급격히 늘어 가고 있다. 이 땅의 왜곡된 자본주의 체제가 강한 흡입력으로 그들을 생산해 내고 있는 것이다. 성 윤리에 관해 자본이 가리키는 서울의 현재 시간은 그렇다. 하물며 일반 여성의 성적 상품화에 대해서랴……

그리고 그 형사가 그 기사를 읽고 있던 바로 그 시간 양재동 빌라 단지에서 그리 멀지 않은 인적 드문 한길에서 한 건장한 청년이 막 자동차에서 내린 한 여자아이를 뒤에서 잡아채듯 골목으로 끌고 들어가 그 여자아이의 어깨에 걸치듯 두른 20만 원짜리 피에르가르뎅 스카프로 목을 조르고 있었다.

VII

4층에서 3층으로 가는 비상구

얼굴 없는 테러리스트

양재동 빌라 단지로 들어가는 한길 옆 골목길에서 살인 사건이 발생했다는 연락이 온 것은 자정을 막 넘기던 시간이었다.

그때 최 형사는 《사회문화》에 실린 강혜리의 취재 기사를 막 읽고 날이 밝는 대로 그 기사를 쓴 이태호 기자라는 사람을 만나볼 생각이었다. 취재 기사 속에 이태호 기자는 강혜리에게 지금 좋아하는 남자가 있느냐고 물었고, 강혜리는 "그 사람은 내가 자기를 좋아하는 것만큼 좋아하지는 않지만……"이라고 대답했다. 어쩌면 강혜리는 기자에게 그 남자에 대한 이야기를 했을지 모른다. 사건이 있던 날 밤 누군가 '아마존' 밖에서 그를 불러냈다. 그러지 않고서는 그가 마지막 행진을 마치고 대기실로 돌아와 무대복도 안 갈아입은 채 그렇게 급히 밖으로 나갈 이유가 없었다. 그를 그렇게 불러낼 수 있는 사람…… 그 사람에 대한 이야기를 강혜리는 기자에게 했을지 모른다. 그리고 그렇게만 했다면 사건은 의외로 쉽게 해결될지 모른다. 문제는 과연 그가 얼마만큼 자신의 심중에 있는 이야기를 기자에게 했을까 하는 것이었다.

그리고 그때 요란하게 전화벨이 울리며 인근 파출소의 당직 순경이 새로운 살인 사건이 발생했음을 알려 온 것이었다.

"방범대원이 순찰 중에 발견했는데, 스무 살 안팎의 여잡니다. 다른 흉기에 찔린 상처는 없고 여자 목에 목도리가 둘러져 있는 것으로 봐 목이 졸려 죽은 것 같습니다. 현장인데 다른 조처들은 다 해 놨습니다. 다른 사람들이 접근하지 못하게도 하고요."

연락을 받은 순간 최 형사는 그날이 바로 금요일이라는 것을 떠올렸다. 아니, 이제 막 자정이 지나 토요일이었다. 벌써 3주일째 금요일 저녁이거나 밤마다 사건이 발생했고, 그것도 하나같이 피살자들은 목이 졸려 죽었다. 강혜리 사건이 발생했을 때 지나가는 소리처럼 반장이 화성 연쇄살인 사건 어쩌구 하던 것이 그 금요일과 함께 스치고 지나가듯 뇌리에 떠오르던 것이었다.

밤이긴 하지만 이미 며칠 전 수사본부가 설치되었던 터라 함께 갈 형사들이 있었다. 반장도 며칠째 퇴근 못하고 서에 대기하고 있었다.

"이거 이상하게 돌아가는 거 아냐?"

출동 중인 차 안에서 박 형사가 말했다. 그러나 박 형사 나름

압구정동엔 비상구가 없다

대로는 조심스럽게 한 말인지 모르지만 이심전심으로 그 말이 어떤 뜻으로 하는 말인지 다들 알고 있었다. 아직 현장을 보기도 전 형사들부터 연쇄살인 사건 쪽으로 생각하고 있는 것이었다. 반장이 잠시 얼굴을 찡그리자 차 안의 사람들은 애써 아무 이야기도 안 나누었던 사람들 같은 표정을 지었다. 그러자 다시 흐르기 시작한 무거운 침묵이 차 안의 사람들 저마다에게 동일범에 의한 연쇄살인 쪽으로 심증을 굳혀 가게 하도록 하는 분위기로 변해 가는 것이었다.

연락받았던 대로 까만 가죽 미니스커트 차림에 무스탕을 입은 젊은(어린) 여자는 자신의 스카프에 목이 졸린 채 죽어 있었고, 벗겨진 신발이라든가 얼굴이며 목에 할퀴듯 난 상처로 보아 살해 직전 심하게 저항했었던 것 같았다. 아직 확실한 거야 결과가 나와 봐야 알겠지만, 사체 감식반 말로는 입고 있는 옷의 상태라든가 외양으로 봐선 성폭행을 당한 흔적이 안 보이지만 여자의 하체엔 피살되기 직전 성교를 했던 흔적이 있는 것 같다고 말했다.

그러자 현장에 나온 형사들은 다시 이심전심으로 거기에 어떤 기대를 거는 것 같았다. 어쩌면 그것은 그 정액 흔적으로 범인을 쉽게 잡을 수 있을 거라는 기대보다는 앞서 있는 두 건의 사건에 비해 피살자가 저항한 흔적이 뚜렷하며, 또 성관계를 가진 흔적이 있다는 점을 들어 그것이 앞서의 사건들에 이은 연쇄살인 사건이 아니라는 쪽으로 믿고 싶어 하는 눈치들 같았다. 물론 최 형사의 심정도 그랬다. 그러나 흉기를 사용하지 않고 목을 졸라 살해했으며 그 수법 또한 피살자의 스카프를 사용했다는 점, 여자의 핸드백이 그대로 있다는 점, 또 성관계 흔적이 있다고는 하나 옷을 입고 있는 상태로 보아 우발적인 성폭행과는 거리가 멀다는 점 등이 앞서 있은 사건들과 동일한 게 아닌가 하는 생각이 드는 것이었다. 그러나 반장 앞에 그는 차마 그 이야기를 할 수 없었다. 반장도 다른 사람들과 마찬가지로 잘 알고 있을 것이었다. 더구나 지난번 강혜리의 사건 때 동일범에 의한 연쇄살인 가능성을 제일 먼저 꺼냈던 사람도 반장이었다.

"뭐 봐야 알겠지만, 우리가 아니라고 우겨서 될 일도 아니고…… 있는 대로 보자면 그래. 동일범이라면 오히려 잡기가 쉬울지도 모르는 거고. 각자 따로 잡아야 하는 것보다는 아무렴 세 사건을 연관 지어 한 명을 잡아내는 게 쉬울 테니까…… 더구나 전에 없던 정액까지 검출되었다면……."

뒤늦게 반장이 말했다. 그러나 반장도 사체에서 확인된 정액을 범인의 정액으로 보는 데까지는 별로 자신이 없어 하는 것 같았다. 조금만 세게 잡아채도 찢어질 듯싶은 여자의 속옷이 강혜리 때와 마찬가지로 너무 단정하게 입혀져 있었다. 설사 그 정액의 주인이 범인이라고 해도 강간하듯 여자를 겁탈하지는 않았을 것이며, 또 그렇게 되면 살해 수법은 비슷해도 지난번 사건과는 별개로 일어난 사건이라는 뜻이 되었다. 물론 그럴 가능성이 없는 건 아니지만, 아니 앞서 그 비슷한 사건이 없었다면 전적으로 그렇게 생각했을 것이지만 최 형사는 어쩌면 여자는 다른 곳에서 성관계를 맺고 들어오다 이곳에서 피살된 것이

압구정동엔 비상구가 없다

아닐까 생각했다. 예감이 그랬다. 그리고 그 예감을 증명하듯 구찌 상표가 붙은 여자의 악어가죽 핸드백 속엔 현금 149만 7천 6백 원(상업은행 영동지점 발행 1백만 원권 수표 1장, 외환은행 신사동 지점 발행 10만 원권 수표 2장 포함) 말고도 VIP신용카드, 피에르가르뎅 손수건 1장, 작은 용기에 담은 프랑스산 드봉 화장품 5점, 머리빗, 무스, 수첩, 스위스산 수성 볼펜과 함께 거의 다 사용하고 네 알밖에 남지 않은 피임약이 나왔다. 그것은 이 나이 어린 여자가 전에도 자주 섹스를 하고 다녔으며, 오늘도 다른 곳에서 섹스를 하고 돌아오다 변을 당했을 가능성이 높다는 심증을 굳혀 주는 물건 중의 하나였다.

"이것 보라구, 이거…… 얘가 대체 몇 살이나 먹은 애 같애?"

반장이 어처구니없다는 얼굴로 피임약을 흔들어 보였다. 누군가 수첩에 적힌 전화번호를 찾아 피살된 여자아이 집으로 전화를 걸었다.

강은지(19). Q여대 윤리교육학과 1년.

뒤늦게 현장으로 나온 피살자의 부모는 사건 현장 가까운 한 길까지 잠옷 차림에 겉옷만 걸치고 벤츠를 끌고 나왔다. 여자는 운전기사의 부축을 받은 채 실성한 사람처럼 부들부들 떨고 있었고, 남자는 딸의 사체 확인이 끝나자마자 대체 경찰이 무얼 하느라고 공부밖에 모르는 애를 이 지경으로 만들어 놨느냐고 반장의 멱살을 잡아 흔들었다.

"대체 느들이 뭘 하는 놈들이야, 느들이? 어떻게 이 동네에서 이런 일이 생길 수 있느냔 말이야 이놈들아. 내 딸 살려 놔,

이놈들아. 공부밖에 모르는 내 딸 살려 놓으란 말이야, 이놈들아……."

반장은 눈을 감은 채 말이 없었고, 피살자의 아버지는 미친 사람처럼 반장의 멱살을 잡아 흔들었다.

"저기…… 잠시만, 따님 소지품 좀 확인해 주십시오."

박 형사가 반장의 멱살을 잡고 있는 피살자의 아버지에게 말했다.

"필요. 없어, 이놈들아. 그러고도 느들이 경찰이야? 빨리 내 딸 살려 놔. 살려 놓으란 말이야 이놈들아……."

"절차상 하셔야 합니다. 저희들이 수사상 당분간 보관하기 때문에……."

그러나 박 형사가 서두르는 눈치로만 봐도 충분히 짐작할 수 있는 일이었다. 절차상 그래야 하긴 하지만 박 형사는 피살자의 부모로부터 반장을 떼어놓게 하려고 그러는 것 같았다. 그리고 그것의 확인이 끝난 다음에도 다시 달려들지 못하도록 그 부모 앞에 딸의 핸드백에서 나온 피임약을 확실하게 들이밀 것이었다.

"박 형사, 그거 확인은 이따 하시게 하지."

멱살이 잡혀서도 오히려 피임약을 깊이 염두에 두고 있는 건 반장이었다. 반장에게도 고등학교 1학년인가 2학년인가 되는 딸이 있었다. 전에도 최 형사는 그 아이를 보았다.

사건 현장의 뒤처리를 끝냈을 때 희부옇게 날이 밝아오고 있었다. 사체는 감식반이 병원으로 가져가고, 뒤늦게 피살자의 부모는 딸의 주머니와 핸드백에서 나온 소지품들을 확인했다. 그러고도 쉽게 믿으려 들지 않는 부모에게 박 형사는 감식반 사람들에게 들은 대로 속옷이 단정하게 입혀져 있는 것으로 보아 강제로 폭행을 당한 것 같지 않은데도 딸의 몸에서 남자의 정액이 발견되었다고 말했다.

기자들이 몰려온 건 그러고도 한참 후의 일이었다.

그날 강남경찰서엔 서울의 다른 경찰서들과 시경, 경찰청으로부터 수사 인력지원까지 받는 '부녀자 연쇄살인 사건 특별수사본부'가 설치되었다. 시경 국장은 강남서장에게 목을 걸고 닷새 안에 사건을 해결하라고 지시했다. 그리고 그날부터 강남서와 강남서 관할 파출소들은 전 경찰 무장 상태의 비상근무 태세에 돌입했다. 다른 곳도 아닌 강남에서 어떻게 세 건이나 되는 연쇄살인 사건이 발생할 수 있느냐는 것이 시경의 생각이었고, 치안 당국자들의 생각이었다. 아마 그 사건이 지방에서 발생했거나 같은 서울이더라도 강남이 아닌 다른 곳에서 발생했다면 1백 20여 명의 수사 인력이 보강되지는 않았을 것이었다. 그런 점에서도 강남은 특별 대접을 받고 있었다. 시경 국장은 두 시간마다 강남경찰서장으로부터 수사 진행 상황을 보고받았다.

한 시간 간격으로 나오는 라디오 뉴스는 물론 오후 석간신문들도 약속이라도 한 듯 1면 톱을 '강남 부녀자 연쇄살인 사건 세 번째 피해자 발생'을 올렸다. 벌써 3주일째 금요일 저녁이거나 밤마다 동일 수법의 살인 사건이 터지고 있다는 것, 두 번째 사건까지는 성폭행이나 사체 훼손 흔적이 없었으나 세 번째 피살자

경우엔 피살자의 몸에서 남자의 정액이 발견되었다는 것, 더구나 피살자가 모 여자대학교 1학년생임에도 핸드백에서 현금 1백 50만 원과 피임약이 나왔으며, 부유층의 자제로서 평소에도 씀씀이가 커 학교 친구들로부터 빈축을 샀다는 것, 피살자의 아버지가 미국 어느 패스트푸드사의 한국지사장이며 전에도 여러 번 신문에 보도되었던 양재동 호화 빌라에 산다는 것, 또 어떤 신문은 그녀가 20박21일의 유럽 여행을 일주일 앞두고 피살되었으며 사고 당시 신고 있던 신발이 1백50만 원대의 수입품 발리 구두였다는 것까지 밝히고 있었다. 아직 연재가 다 끝나지 않은 또 다른 어느 신문의 "강남 밤길이 무섭다 4"는 "이번엔 여대생 피살, 주민들 불안에 떨어"라는 제목을 뽑고 있었다.

석간 마감 시간까지는 아직 공식적인 수사 발표가 나오지 않아서인지 신문들마다 피해자 주변에 대한 이야기와 사건 현장을 둘러본 사회부 기자들의 추측 기사로 1면 톱과 '관련 기사 3, 21, 22, 23면'을 채우고 있었다. 그중 어떤 신문은 1면 톱기사의 부제로 "사체에서 범인 정액 유출"로까지 뽑고 있었는데, 기사도 신문마다 제각각이었다. 피해자 주변에 중점을 둬 기사를 쓴 신문도 있었고, 첫 피살자의 경우엔 노인이었고, 두 번째 피살자의 경우엔 트랜스젠더라 범인이 살해 전 성폭행을 하지 않았지만, 세 번째 피살자의 경우엔 19세의 미모의 여대생이라 범인이 성폭행을 한 것으로 보인다고 쓴 신문도 있었다. 그런 석간신문들이 나온 후 서엔 중간 수사 발표 이외엔 지위 고하를 막론하고 사건에 대한 함구령이 떨어졌다.

압구정동엔 비상구가 없다

최 형사는 시경과 경찰청에서 나온 수사 요원들에게 자신의 책상까지 빼앗긴 채 한구석에 서성이고 있는 반장에게 ≪사회문화≫의 이태호 기자를 만나러 가겠다고 보고하고 밖으로 나왔다. 전화를 했을 때 다행히 이 기자는 사무실에 있었다. 그는 이 기자에게 밖으로 좀 나와 달라고 말했다. 잡지사 부근 다방에 나타난 기자는 생각했었던 것과는 달리 퍽 키가 크고 체격도 건장해 보였다.

"제가 이태홉니다."

두 사람은 탁자 하나를 사이에 두고 마주 앉았다.

"오해하지 마십시오. 그냥 이 기자님한테 이런저런 도움을 청하러 온 거니까. 저희들도 답답하고 하니까 그냥 지푸라기라도 잡아보고 싶은 심정으로 말이지요."

"오해는요……. 사실 제가 먼저 찾아갔어야 했는데 저도 별로 아는 게 없어서 선뜻 내키지 않았습니다."

"아닙니다. 잘 안다 해도 쉽게 찾아올 수 있는 데도 아닌데……. 기사 잘 봤습니다. 책을 놓은 지 워낙 오래돼 잘은 모르지만 기사 말미의 해석도 신문에 난 다른 기사들과는 달라서 제겐 새롭게 느껴졌습니다. 그렇게 해석할 수도 있구나 하고 말이죠. 사건 담당 형사로서 그냥 몇 가지 묻겠습니다. 기분 나쁘게는 생각하지 마시고……."

"아뇨 괜찮습니다. 편하게 말씀하시죠. 다행히 도움될 얘기가 있으면 좋겠고요. 그날 제 행적부터 말씀드려야 한다면 그렇게 하고요."

"아, 아닙니다. 그래서 온 게······."

그사이 다방 종업원이 두 잔의 커피를 가져왔다. 기자는 설탕을 넣었고, 형사는 설탕을 넣지 않은 채 바로 잔을 입으로 가져갔다.

"취재 후엔 강혜리를 본 적이 없습니까?"

"본 적은 없고 솔직히 말씀드리자면 그가 죽던 날 낮에 한 번 통화를 했습니다. 사무실 사람들도 몇 명 봤고요."

"통화요? 강혜리가 말입니까?"

"아뇨. 제가 먼저 걸었지요. 취새 진에 그렇게 약속을 했거든요······."

"그럼 그날 두 사람이 만나기로 했던 겁니까?"

"그런 게 아니라 기사가 다 쓰이면 제가 그 기사를 보여 주겠다고 했거든요. 다른 기사 같으면 그럴 필요도 없겠지만 썩 그렇게 좋은 내용이 아니라서 자칫 한 개인의 인권이나 프라이버시까지 침해하는 게 아닌가 해서 말이죠. 사실 없잖아 제 기사 중에 그런 부분이 없는 것도 아니고요."

"그가 보여 달라고 했습니까?"

"아뇨, 취재 중에 제가 말했죠. 워낙 애기가 안 좋은 쪽 거니까 자칫 그렇게 될 수도 있고 해서······ 처음 애기했을 때에도 강혜리는 크게 그렇게 해주길 바라지는 않았어요. 어차피 제가 한 약속이라 기사가 다 쓰인 다음 다시 확인 겸 그에게 전화를 했던 거지······ 마침 강혜리도 집에 있었고요."

"그래서 만날 약속을 했습니까?"

"아뇨. 그때도 강혜리는 기사 같은 건 안 봐도 좋다고 했어요."

"그럼……."

"이런 얘기까지 해서 어떨지는 모르겠습니다만 강혜리가 어떤 사람인가 하는 걸 판단하는 데 조금이라도 도움이 될까 해서 드리는 말씀인데……."

거기서 기자는 처음 자기가 강혜리를 찾아갔을 때의 일을 이야기했다. 그때도 그렇게 해주겠다고 했을 때 강혜리는 기사보다 오히려 다른 데 관심이 있는 것 같더라는 것과 그래서 쫓기듯 아파트를 나왔던 이야기도 했다. 그리고 그날 낮에 다시 전화를 했을 때도 그는 그렇게 말을 한 건 아니지만 전화로 느껴지는 느낌이 기사보다 다른 일로 한번 보았으면 하는 것 같더라고 이야기했다.

"오해하기 딱 좋은 질문인데, 오해하지 말고 들었으면 합니다. 보도를 봐 아시겠지만 그날 강혜리는 마지막 타임 일이 끝났는데도 옷을 갈아입지 않고 무대복 차림 그대로 밖에 나갔습니다. 옷 갈아입을 사이도 없이 급히 만나야 할 사람이 있었다는 뜻인데, 그 말은 곧 누군가 그럴 정도로 확실하게 그를 불러낼 사람이 있었다는 것이지요. 그냥 그날 하룻밤 약속했던 사람 같지는 않고…… 만약 이 기자님이라면 강혜리를 그렇게 불러낼 수 있었을까요?"

"나왔을지도 모르지요. 제가 아니라 최 형사님이 어떤 일로 그전에 그를 만났다가 그날 그렇게 다시 불러낸다 해도 말이죠."

"무슨 뜻입니까, 그건……."

"저도 신문에 난 기사들을 보고 그를 그렇게 불러낼 수 있는 사람이 어떤 사람일까를 생각해 보았어요."

"그래 어떤 사람이라고 생각하십니까?"

"저보다는 형사님이 그런 생각을 더 많이 해봤을 텐데, 형사님이 생각하시기엔 그 사람이 어떤 사람이라고 생각하십니까?"

"우리는 강혜리 주변의 호모나 변태들로 우선 생각하고 있어요. 그와 자주 접촉을 가졌던 사람들 중에 하나가 아닐까 하고 말이죠."

"그럼 살인은 그날 우발적으로 일어난 것으로 본다 이건가요?"

"아뇨. 그건 그렇지 않아요. 전부터 그렇게 하기로 계획했던 거지……."

"거기까지는 제 생각하고 같습니다만 호모나 변태들이라는 건 저하고 다르군요."

"그럼 이 기자님 생각에 누구라고 생각합니까?"

"자칫 그렇게 생각하기 쉽지만, 저는 성적으로 정상적인 사람일 거라고 생각하고 있습니다. 강혜리의 섹스 파트너가 주로 호모나 변태들이긴 하지만 그런 사람들이 밖에서 불러낸다고 옷도 안 갈아입고 나올 정도는 아니라는 거지요. 더구나 전에도 늘 그런 관계를 맺었던 사람이라면 그 사람이 그날 밤에도 그의 몸을 원하고 있는 걸 아는 만큼 강혜리도 그 사람에 대해 느긋할 수 있는 거고요. 옷 갈아입는 데 한 시간이 걸리겠습니까, 두 시간이 걸리겠습니까? 만약 그런 사람이 기다렸다면 옷을 갈아입

압구정동엔 비상구가 없다

고 나갔을 거라는 것이지요. 또 전에라고 마지막 무대가 끝난 다음 그런 사람들을 안 만난 것도 아닌데 그때엔 늘 옷을 갈아입고 나갔다고 하지 않았습니까?"

"그럼 어떤 사람이 그를 그렇게 불러냈다는 얘깁니까?"

"이게 형사님 앞에 할 소린지 안 할 소린지는 모르겠습니다만…… 아까 형사님도 물었듯이 전에 취재 나갔을 때 강혜리의 그런 눈빛을 거절했던 제가 만약 그 시간 거기에 나가 기다렸다고 하면 강혜리의 반응이 어땠을까요? 11시 반까지 어디로 나와, 그러잖으면 그냥 가버릴 거니까, 하고 제가 말했다면 말이죠."

"나왔겠지요. 그렇지만 그렇게 말하는 이 기자님이 거기 나가지는 않았을 테고……"

"물론 강혜리 주변엔 그와 자주 섹스를 하던 호모나 변태들이 있겠지요. 그렇지만 그때 제가 취재할 때 느꼈던 느낌으로는 강혜리가 마음속으로 그들 중 어떤 사람을 좋아하고 있는 것 같지는 않았어요. 오히려 강혜리가 원하는 건 그런 쪽의 어떤 한 사람으로부터 지속적인 사랑을 받는 것보다는 그냥 하룻밤 그러고 헤어질 사람이더라도 성적으로 정상적인 사람들한테 자기가 완전한 여자라는 걸 인정받고 싶은 거였지…… 그게 강혜리한텐 삶의 목적이었으니까 말이죠. 그때 제가 좋아하는 사람이 있느냐고 물었을 때에도 있기는 있는데 그 사람은 자기가 그 사람을 좋아하는 것만큼 자기를 좋아하지 않는다고 했었고요."

"바로 그 얘긴데, 그 사람에 대해 더 긴 얘기는 하지 않았습니까?"

"자세한 얘기는 못 들었어요. 만난 지 얼마 안 되지만…… 하는 얘기를 들었던 것 같기도 한데 이것저것 워낙 빠르게 질문하던 때라서……."

"그때 느낌도 호모나 변태가 아닌 정상인일 거라는 생각이었습니까?"

"지금 생각해 보면 아마 그때 그 부분에 대해 제가 다시 확인하지 않았던 것도 그런 느낌이 강하게 와닿아서가 아닌가 싶어요. 제가 그걸 질문하기 전에 강혜리가 먼저 자기가 여자로서 어떤 사람들의 사랑을 받고 싶은가에 대해 이야기했었거든요. 기사에 쓴 대로 성기 절제 수술을 받은 다음 트랜스젠더 바에 나가 영업하지 않고 나이트클럽에 나가 일하는 것도 그래서라고 그랬고…… 그래서 자연스럽게 그런 느낌이 왔던 것 같습니다. 그럴 줄 알았으면 그 부분을 좀 더 집요하게 물어보는 건데……."

"트랜스젠더라면 그런 사람이 정상인하고 쉽게 접촉할 수 있는 것도 아니잖습니까? 그런데도 그게 정상인이라면 어떤 사람일까요?"

"그래서 사건 나고 나서 제 나름대로 강혜리가 평소 접촉할 수 있는 정상인들이 어떤 사람들일까 생각해 봤습니다. 그가 트랜스젠더인 줄 알면서도 접촉할 수 있는 사람들로요. 그래서 제일 먼저 떠오른 게 그가 출연하는 밤업소의 웨이터들이었습니다."

"같은 생각으로 그랬던 건 아니지만 그 사람들은 우리도 일단

압구정동엔 비상구가 없다

수사 대상에 포함시키고 있습니다."

"그런데 어제까지만 해도 그런 쪽 사람들을 생각했는데, 오늘 아침 뉴스하고 신문을 보고 나니까 생각이 완전히 달라지는 거예요. 이건 그런 정도의 사건이 아니구나 하고 말이죠."

"그런 정도의 사건이 아니라는 건 무슨 뜻입니까?"

"그냥 제 예감인데, 언론은 지난번 노인 피살 사건부터 어젯밤 여대생 피살 사건까지 연쇄살인 쪽으로 보고 있던데 경찰의 생각은 어떻습니까?"

"확실한 건 더 두고 봐야 알겠지만, 우리도 일단은 그렇게 보고 있습니다. 범행 방법의 유사점도 많고……."

"뉴스를 볼 때만 해도 긴가민가했는데 신문을 보고 나선 저도 확실하게 그런 느낌을 받았습니다. 이건 연쇄살인이다, 하고 말이죠. 그러면서 또 생각나는 게 강혜리 사건이 단일 사건이라면 모를까 앞뒤 사건들과 어떤 연관을 갖는다면 그 사건도 단순하게 평소 그를 아는 웨이터 중에 누가 저지른 게 아닐까 하고 생각할 것만도 아니라는 거지요. 물론 아주 그럴 가능성이 없는 건 아니지만……."

"대충 무슨 뜻인지는 알겠는데, 그런 정도의 사건이 아니라면 다르게 어떻게 생각하고 있는 게 있습니까?"

"이건 그냥 제 생각입니다만, 제가 보기엔 신문에 난 것처럼 세 사람 다 목을 졸라 살해했다든가, 피살자의 벨트나 스카프를 이용했다든가, 현금엔 손을 안 댔다든가 하는 범행 방법의 공통점뿐 아니라 그보다 더 큰 범행 목적의 어떤 공통점이 보인다는 거지요. 얼핏 보기에 피살자들 사이엔 크게 공통점이 없을 듯 보이긴 하지만……."

"계속 말씀해 보세요."

"조금 전 제 개인적인 생각이라고는 했습니다만, 사실 전화를 받고 나오기 전 사무실 동료들과도 그 얘기를 했더랬습니다. 연쇄살인 사건이라면 범행의 어떤 공통된 목적이 있어야 되지 않겠느냐고 말입니다. 화성 살인 사건처럼 아직 범인이 누군지 모르지만 자신의 변태적 성욕을 위해서 그러든 아니면 살인광적 증세로 그러든 말이죠. 그런데 이건 그런 것도 아니다 이거지요. 사체를 훼손한 흔적도 없고 돈을 목적으로 그런 것도 아니고……."

"거긴 우리도 생각을 하고 있습니다. 그래서 사건이 더 어렵게 꼬이는 것 같고……."

"그래서 제가 얘기했던 건데, 제가 보기에 이 사건은 누군가 어떤 분명한 목적을 가지고 저지르는 테러가 아닌가 싶습니다. 범위를 넓게 보면 지역적으로는 압구정동을 중심으로 한 강남 사람들에 대한 테러고, 계층적으로 보면 자본의 무절제한 타락에 대한 테러고요. 아니, 그 두 부분 집합에 대한 테러겠지요."

"그 말은 언뜻 이해가 안 가는군요. 어젯밤에 일어난 한 가지 사건이라면 모를까 먼저 있은 노인이나 강혜리에 대해선 과연 그 두 사람이 테러의 대상이 되거나 할까 싶은데……."

"크게 보도된 건 아니지만 그 노인이 미국에 가 있는 동안 성도착증에 걸렸었다는 얘길 들었습니다. 그리고 강혜리는 아직 우리 사회가 이상한 눈으로 바라보는 트랜스젠더구요. 그 나름대로 불쌍한 사람들이긴 하지만 제가 생각하기에 범인은 테러의 시작을 자본주의의 끝간 데 모를 부패와 타락이 생산해 낸 쓰레기부터 잡은 게 아닌가 보여집니다. 그러다 어젯밤엔 그런 쓰레기와 그런 쓰레기를 생산하는 자본의 실질적 주체의 중간쯤 되는 여대생으로 옮겨왔고요."

"그럼 이 기자님 생각엔 앞으로도 그런 사건이 계속 일어날 것으로 보인다 이겁니까?"

"형사님 앞에 할 얘기는 아닙니다만, 만약 잡히지 않는다면 테러의 대상이 점점 에스컬레이트되겠지요. 제 솔직한 짐작으로는……."

"그럼 이 기자님 생각대로 그렇다고 치면 테러의 구체적 대상은 무엇입니까? 그냥 돈 많은 사람들입니까?"

"아직이야 모르죠. 또 제 짐작이 전적으로 맞으라는 법도 없는 거고. 그렇지만 제 짐작이 어느 정도 맞는 거라면 단순히 자본을 테러의 대상으로 삼는 건 아닐 겁니다. 그랬다면 쓰레기 청소부터 시작할 것도 없는 일일 테니까요. 그 자본의 부패와 타락이 대상이지……."

"얘기를 들으니까 무서워지는구요. 사람을 죽이는 사람이 사람을 죽이는 데까지 나름대로 그런 명분을 세울까 말이죠."

"이 사건에 끌어들여도 좋을 엔지 아닌지는 잘 모르겠습니다만, 언젠가 어느 경제 평론가의 글에서 이런 걸 읽었습니다. 그 사람이 미국에 공부를 하러 갔을 때인데, 같은 반에 '제국주의

자'라는 별명이 붙을 만큼 매사 안 되는 일마다 미국 제국주의 탓으로 돌리던 우루과이 학생이 하나 있었답니다. 그 글엔 밥을 먹다가 체하거나 잠을 자다 악몽에 시달린 일마저 그렇게 미국 제국주의 탓으로 돌리던 친구라고 했는데, 우루과이 반군 얘긴 듯 하루는 그에게, 먼저 왜 '말'이 아니고 '총'부터 드느냐고 묻자 이런 실화를 얘기하더랍니다. 지주의 장원은 비행기로 농약을 뿌려야 할 정도로 광대하지만 그 소작인들은 실제로 방 한 칸에 모든 식구가 기거해야 할 만큼 극빈의 처지에 허덕인다. 잡지쪽 하나 라디오 한 대를 갖추지 못한 생활에서 부부간의 '밤일'이 유일한 오락이었다. 그러나 자식들이 효성스러워(?) 모두 일찍 잠드는 것도 아니어서 그 작업마저 여간 불편하지 않은 모양이 었다. 어느 날 아비가 집에 들어와 무심코 방문을 여니 10여 세의 자녀 둘이서 '그짓'을 벌이고 있었다. 그런 이야기를 하며 그 친구가 만약 그 애들이 너의 자식이라면 어떻게 했겠느냐고 묻더랍니다. 그래서 대답을 못하니까 그 친구가 그러더랍니다. 이게 지주에게 뛰어가 방을 더 달라고 애원할 일이냐, 신부를 찾아가 자녀를 잘못 가르친 죄로 고해성사를 받을 일이냐, 읍장에게 달려가 주택 문제를 개선하라고 시위를 벌일 일이냐구요. 이튿날 새벽 그 아비는 산에 들어갈 수밖에 없었던 거랍니다. 손에는 총을 들고요. 아직 그런 극단적인 예까지는 아닙니다만, 아주 남의 일만도 아닌 게 지금 이 땅의 있는 사람들과 없는 사람들의 상황이죠. 그렇다고 가진 자들의 부가 공정한 룰에 따라 축적된 것도 아니고……."

"끔찍하군요. 정말 그런 생각으로 저지르는 범행이라면……."

"말하는 김에 더 끔찍한 것도 마저 하겠습니다. 이 얘기를 듣고 최 형사님이 저를 어떻게 여기든 말이죠."

"해봐요. 어차피 오늘은 이 기자님한테 이런저런 얘기를 듣자고 온 거니까."

"83년인가요. 대도 조세형 사건이 터진 게?"

"아마 그쯤 될 겁니다. 그런데 조세형 사건은 왜요?"

"이제 이 땅에 조세형 사건 같은 건 다시 안 터질 거라는 거죠. 그건 이미 구식이 되어 버렸으니까. 무슨 얘기냐면 80년대 조세형식의 '절도'가 이제는 지난 10월에 신문마다 났던 김 모 씨의 '성폭행'으로 범행 방법이 바뀌었다는 거죠. 그때 신문에 보니까 그 김 모 씨가 호텔 카바레에서 만난 어느 회사 사장 부인을 호텔로 유혹해 성폭행한 뒤 집에 있는 것도 아니고 그 여자의 몸에 걸치고 있던 7천만 원 상당의 금품을 빼앗았다고 나왔어요. 그렇지만 공갈범이니까 그렇게 옭아매는 것이지 강제로 끌고 온 것도 아니고 유혹한다고 호텔로 따라 들어온 여자와 섹스를 한 걸 성폭행이라고 할 수도 없는 거죠. 사실…… 그런데 범행 방법은 다르지만 한 가지 분명한 공통점은 그때 조세형 때나 지금 김 모 씨 때나 지나치게 많이 가진 자들의 사치를 범죄의 직접적 대상으로 삼는다는 거죠. 총 들고 산에 들어가는 게 아니라……."

"생각나네요. 그거 우리가 해결했던 사건인데……."

"그리고 이건 아직 그런 기류가 보인다는 건 아니지만…… 지금까지 있은 세 개의 사건은 범인이 어떤 목적으로 저지른 것이든 간에, 그리고 죄송한 얘깁니다만 그 범인이 쉽게 붙잡히지 않아 다음 주 금요일에도 이번 세 번째 사건의 피해자와 비슷하거나 그보다 한 단계 아까 제가 말한 쪽으로 에스컬레이트된 사람을 대상으로 거의 같은 지역에서 저질렀다고 하면 그 지역 이외의 전국 다른 지역 사람들이 과연 그 사건에 대해 어떤 생각들을 할 것 같으냐는 거지요."

"글쎄요. 이 기자님 생각으론 어떨 것 같습니까?"

"그냥 짐작입니다. 먼저 조세형 얘기를 꺼낸 것도 그래서인데 범행이 하나는 사람 하나 안 다치게 한 절도고 하나는 살인인데도 분위기는 거의 비슷하게 가지 않을까 싶어요. 누가 마이크를 들이대고 한마디 하라고 하면 두렵다, 대체 사람의 탈을 쓰고 어떻게 그런 짓을 저지를 수 있느냐, 빨리 그런 금수만도 못한 범인이 잡혀야 한다고 말하지만 끼리끼리 모여선 다른 얘기를 할 거라는 거죠. 두렵고 끔찍함을 느끼는 가운데서도 대리 테러 심리도 느끼고 대리 복수 심리도 느끼고 말이죠. 사실 이번 세 번째 사건에 대해선 피해자에 대해 크게 동정하는 분위기는 아니잖습니까? 열아홉 살 먹은 여자가 죽었는데도 말이죠. 세상인심이 그만큼 험악해져 간다는 얘기도 되겠지만 가진 사람들이 그만큼 없는 사람들한테 못할 짓을 했다는 얘기도 되겠지요."

"듣고 보면 이 기자님은 꼭 사건 전부를 알고 말하는 사람 같습니다. 사실 저도 여기 오기 전 피해자의 신분은 서로 다르더라도 왜 그런 사건 세 개가 하필이면 압구정동을 중심으로 해 터졌는가에 대해 이런저런 생각들을 했습니다. 그리고 이 기자님 말을 듣는 동안에도 어떤 건 제 생각과 다르지만 어떤 건 제 생각과 같다는 것도 느끼고…… 조금 전 테러라는 얘기도 제 생각과 다르긴 합니다만 한번 깊이 생각해 봐야 할 문제인 것 같고요. 특히 사건을 맡고 있는 우리들로선 그런 쪽이 아니길 바라지만……"

"저도 제 생각이 틀리길 바라겠습니다. 맞다면 그건 너무 끔찍한 일이니까……"

"그리고 다시 강혜리 얘긴데 만약 범인이 이 기자님이 생각하는 그런 사람이라면 그가 처음부터 그런 범죄 목적을 가지고 강혜리에게 접근했을 거라는 겁니까, 아니면 다른 일로 만나던 중 그랬을 거라는 겁니까?"

"모르죠 그거야…… 그런 사람인지 아닌지도 우리는 모르니까."

"그냥 가정과 추측으로만 말이죠."

"나머지 두 사건과 연관지어 생각한다면 강혜리를 성적 수단으로 보거나 그러지는 않았을 사람 같습니다."

"그럼 처음부터 뚜렷한 범행 목적으로 가지고?"

"제 생각엔 그렇습니다. 아직은 더 두고 봐야 알겠습니다만 저는 이번 연쇄살인 자체를 현 상황의 왜곡된 한국 자본주의의 부패와 타락에 대한 어느 누군가의 테러로 보고 있는 입장이니까……"

"그렇다면 범인 스스로 그런 진단까지도 하고 있다는 건데, 그런 진단도 아무나 하는 건 아니잖습니까?"

"그렇게도 생각할 수 있지만 꼭 그런 것은 아니라고 봅니다. 이 땅 자본의 그런 모순 구조야 진단에 앞서 누구에게나 감정적으로 받아들여질 만큼 심화돼 있는 거니까. 노인 살해 사건이나 강혜리 살해 사건에서 보듯 단지 그가 범행 뒤 어떤 증거도 남기지 않고 있다는 점에서 그가 지적으로도 우수할 수 있다고는 생각할 수 있어도……."

"현금을 그냥 놔둔 거는요? 그런 목적의 범행이더라도 금전이야 가져갈 수 있는 것 아닙니까? 그것도 얼마든지 증거를 남기지 않는 상태에서 말이죠. 사람 목숨까지 죽일 정돈데 겁이 나못 꺼내 갔다는 건 말이 안 될 테고요."

"형사님은 그걸 어떻게 보세요?"

"동일 범행임을 강조하기 위해 그러는 게 아닌가 싶어요. 그외 뭐 다르게 생각되는 게 있습니까?"

"전 아까부터 범인 스스로 뚜렷한 목적을 가진 테러 쪽으로만 생각해서인지 거기에 또 다른 이유도 있다고 봐요. 일테면……."

"일테면……."

"끔찍한 범행을 저지르고 있기는 하지만 단순히 돈 때문에 그러는 게 아니라는 나름대로의 어떤 명분 같은 거 말입니다. 금전에 손을 대는 테러와 금전에 손을 대지 않는 테러에 대한 사회반응의 어떤 차이도 염두에 두었겠고요. 자신이 저지르는 테러의 목적 전달이 안 된다 이거지요. 그러니까 처음부터 돈 같은건 피살자가 준다고 해도 마다할 수밖에 없는 거구요."

압구정동엔 비상구가 없다

"정말 그렇게 생각해 볼 수 있기도 하네요. 사건 정황들이……"

그때 최 형사의 가슴에서 삐삐, 하는 신호가 떨어졌다. 주변 탁자에 앉은 몇 사람의 시선이 그쪽으로 모아졌고 최 형사는 입고 있는 가죽 점퍼 속의 그것을 꺼냈다. 반장이었다. 반장은 무슨 수확이 있느냐고 물었고, 그는 반장에게 뭐 새롭게 밝혀진 것은 없느냐고 물었다. 반장은 사체에서 유출된 정액은 어젯밤 그 피살자와 함께 자기 아파트에 있다가 사고 현장까지 자동차로 데려다준 대학 3학년 된 남자친구의 것이라고 했다. 그래 그 집엔 어른도 없었답니까, 하고 최 형사가 물었고 거기에 대해 짧게 반장이 말했다.

"내일 아침 또 시끄러워지겠어요. 이거야 원……"

자리에서 일어서기 전 최 형사는 기자에게 조금 전 반장에게 들은 이야기를 해줬다.

"대체 몇 살들이나 먹었다고 피임약을 넣어 다니질 않나 학생이 아파트에 자동차를 가지고 있질 않나…… 저는 서른네 살인데도 아직 전세 삽니다."

"저도 그렇습니다. 강북 신사동에…… 그리고 걔들 얘기가 나왔으니 얘긴데 지난주 어느 시사 주간지에 걔들에 대한 얘기가 나왔어요. 압구정동 신세대들…… 도움될지 안 될지는 모르겠습니다만 시간 나면 한번 보세요. 사건 전에 나온 기사니까 전혀 위축된 분위기도 아닐 테고……"

"필요한 거 있으면 그때 또 전화하죠. 오늘 이런저런 얘기 잘 들었습니다. 도움도 되고……."

　밖으로 나와 최 형사는 서로 들어가기 위해 택시 정류장 쪽으로 가고 기자는 잡지사가 세 들어 있는 건물 쪽으로 걸어 올라갔다.

　전에 구로공단 '태양전자' 전무실 한편에 책상을 놓고 앉아 전화를 받거나 찾아온 손님들의 차 시중을 들던 그 여자아이는 그 시간 자신의 아파트에서 '여왕벌 클럽'으로 나갈 준비를 하던 중 라디오를 통해 어젯밤 죽은 여대생의 몸에서 나온 정액이 그 여대생의 남자친구인 박 모 군의 것이라는 뉴스를 들었다. 그녀는 거울 앞에 서서 머리에 무스를 뿌리며 그런 애는 백번 죽어도 싸지, 라고 혼잣소리로 말했다.

압구정동엔 비상구가 없다

VIII

3층에서 2층으로 가는 비상구

'해방구'는 해방되었는가

……압구정동 카페 골목에서 만난 한 젊은이는 차양이 긴 까만 모자를 쓰고 있었는데, 그 모자에는 세이프티 존SAFETY ZONE이란 영문 글씨가 박혀 있었다. '안전지대'라는 뜻의 이 영어는 그러나 압구정동에선 '해방구'로 읽힌다.

압구정동은 70년대생 신세대의 해방구이면서도 동시에 그 해방구의 쇼윈도이다. 그 쇼윈도는 투명해서 그 안에 있는 '현란한 젊음'들이 잘 들여다보인다. 안에서도 밖이 잘 내다보인다. 그러나 압구정동은 안과 밖이 쉽게 소통하지는 않는다. 압구정동을 '눈으로' 즐긴다면야 그만이겠지만 그 세계 속으로 편입하기란, 이른바 '압구정동파'가 되기란 간단치 않다. 종로나 대학로 혹은 신촌이나 이태원에 들어가던 방식으로는 압구정동에 입장할 수 없다.

……압구정동은 압구정동 특유의 통과제의를 요구한다. '국화빵 만드는 기계'에 들어갔다 나와야 하는 것이다. 우선 겉모습부터 압구정동식 토털 패션으로 개조해야 한다. 이 해방구는 입구에서 첨단 유행과 나만의 개성, 그리고 세련미 등의 필요조건을 요구한다.

남자라면 뒷머리를 바짝 치켜 올리고 긴 앞머리는 무스로 가꾸어야 한다. 모자를 써도 좋다. 요즘 압구정동을 휩쓰는 무스탕 한 벌이면 족하다. 헐렁한 코트도 괜찮다. 여자라면 무엇보다 먼저 미니스커트를 자신 있게 입을 수 있어야 한다. 얼굴 화장은 강렬해야 하고 헤어스타일에도 많은 신경을 써야 한다.

이렇게 '국화빵 기계'를 통과한다고 해서 이 젊음의 해방구에 들어갈 수 있는 것은 아니다. 압구정동은 젊음과 그 외모만으로 '비자'를 내주지 않는다. 경제적 여유라는 충분조건이 갖추어져야만 한다. 70~80년대의 경제성장 제일 정책의 순풍을 탄, 이른바 8학군 졸업장을 소유한 신중산층 2세거나, 강북에서 건너온 넉넉한 집안의 자제가 아니라면 노력이 필요하다. 압구정파로부터 인정을 받아야 한다. 그들의 소비 패턴과 사고방식 그리고 '놀이 문화'를 거부감 없이 수용해야 하는 것이다.

강북에 살면서 압구정파에 한때 어울렸던 김 모 군(연세대 3년·25)은 "압구정파는 대학 사회에서도 금방 눈에 띌 정도로 겉모양부터 다르다. 그들은 그들만의 결속력이 있는데, 밖에서 보기에 그 결속력은 종종 배타성으로 비친다"고 말한다.

압구정동의 남쪽에 자리 잡은 상가는 구압구정과 신압구정으로 나뉜다. 구압구정 쪽은 기성세대를 위한 패션가와 화랑, 도자기점(패·화·도거리라고 부르기도 한다)들이 들어서 있는 데 비해, 신압구정은 로데오 거리와 보세 골목, 미용실, 모델 양성소, 카페, 패스트푸드점, 비디오케, 로바다야키(철판구이) 등이 '해방구 진지'를 이룬다.

압구정동을 오늘의 압구정동으로 만든 요인은 먼저 80년대 중반까지 한국 최고의 부촌으로 꼽힌 현대아파트이지만, 80년대 중반부터 명동에서 이주한 패션가와 '분위기' 좋은 카페가 손꼽힌다.

패션가는 미용실과 카페 등 상류 사회의 소비 공간을 '데리고 다닌다.' 압구정동은 80년대 초반부터 분위기 좋은 카페들이 문을 열었지만 아직 '압구정동'은 아니었다. 패션가가 들어서며 오늘의 압구정동의 틀이 세워지기 시작한 것이다. 모델라인과 같은 모델 양성소가 동참했고, 40여 곳이 넘는 미용실이 간판을 달았다. 패션가의 연예인 모델들, 즉 자본주의의 '꽃'들이 압구정동을 만들어 낸 것이다.

8학군 출신인 재수생 강 모 군(19)은 친구들이 이곳에서 자주 모인다면서 그 이유를 "물이 좋기 때문"이라고 했다. 이때의 '물'이란 "잘생긴 여자"를 뜻한다. 대부분은 이곳에 드나드는 연예인과 모델들이지만 압구정파 가운데서도 "잘생긴 여자들"은 많다. 남자들 또한 잘 생겼다. 이때의 잘생김은 타고난 것이라기보다는 헤어스타일 화장 옷차림 등 강렬한 자기표현과 개방적인 사고방식에서 비롯된 것으로 보인다. 이 같은 성향은 이 일대에 17개나 달하는 성형외과를 불러들였다.

패션 디자이너 하용수 씨는 …… 압구정파는 "소비 자체를 멋으로 알고 있으며 패션 감각이 지나치게 탈한국적"이라고 말했다.

"물이 좋은" 압구정동 카페들은 자신을 과시하는 동시에 상대방을 바라보는 공간이다. 노출과 훔쳐보기가 자연스럽게 교차된다. 카페나 음식점, 커피 전문점들이 하나같이 밝은 실내를 강조하는 이유가 여기에 있다.

압구정파의 소비 형태나 여가 생활은 같은 세대의 청년층에게도 충격을 준다. 10대 초반에 "10만 원짜리 수표를 들고 햄버거를 사러 가는" 강남 신세대의 소비 패턴을 수용하기란 쉬운 일이 아니다. 압구정파의 대부분은 자기 차를 가지고 있으며, 옷한 벌 마련하는 데 50만 원이 드는 것은 보통이다. 4명이 로바다야키 집에서 술을 곁들여 저녁 한번 먹으면 10만 원은 있어야 한다. 비디오케나 나이트클럽으로 2차를 간다면 기십만 원은 쉽게 넘어간다.

압구정파인 고려대 2학년 여대생 한 모 양(20)은 "부의 편재가 심하다는 생각을 하지만 빈곤감이란 상대적이라고 본다. 나는 나의 수준에 맞게 살아갈 뿐이다"라고 말했다. 빈부 격차와 같은 심각한 사회 문제에 관심이 없는 그의 '수준'은 머리도 식히고 견문도 넓힐 겸 유럽 일주 여행을 다녀오는 수준이며, 졸업하면 대만

　　　　　　　　　압구정동엔 비상구가 없다

에 유학 가서(중문학 전공이다) 계속 공부하고 싶다는 수준이다.

압구정파는 대부분 이미 중고등학교 때 해외여행을 다녀온다. 방학이 끝나고 친구들이 모이면 해외여행 이야기가 주된 화제이다. "새 학기가 시작되면 한 반에 몇 명은 유학을 떠난다"고 8학군 출신의 한 재수생은 말했다. 여름방학이나 겨울방학 기간에는 유학생들이 압구정파의 또 한 주류를 이룬다. 압구정파의 패션 감각과 의식 구조는 이 같은 해외여행 혹은 유학 체험과 직수입되는 일본의 위성 방송, 패션 잡지들을 통해 키워지고 전파되는 것이다.

중학교 3학년 때 미국으로 이민 갔다가 5년 만에 귀국한 김 모 군(미국 뉴욕주립대 컴퓨터사이언스과 3년)은 "너무 달라졌다. 압구정동이 뉴욕보다 더 화려한 것 같다. 미국에서도 압구정동에 관한 얘기를 많이 들었지만 정도가 지나친 것 같다. 카페는 미국 대학가에서도 느낄 수 없는 고급이고, 너무 상류 사회 애들만 몰려다니는 것 같아 좋게 보이지 않는다."고 말했다.

압구정동에 13년째 산다는 한 전문대 남학생(19)의 말은 압구정파의 한 전형을 보여 준다. "고1 때 술 담배를 배웠다"는 그는 정치 같은 데는 아예 관심이 없다. 친구들과 만나면 스포츠와 취미 생활이 주요 관심사라는 그는 "주위엔 학생운동하는 친구나 형이 하나도 없다. 우리 정도 살면 학생운동 같은 것은 하지 않는 게 보통이다"라고 말했다.

이들의 정치적 무관심과 '앞서가는' 개인주의는 이성과 성에 대한 입장에서도 잘 드러난다. 이들은 "같은 생각을 가지고 있으면 하룻밤 즐기는 것이 나쁜 것이 아니다"라고 여긴다. 전문대 전산학과에 다니는 한 여대생은 "프리섹스도 한다. 그게 뭐 어떠냐. 여기 애들은 다 그렇다. 결혼할 생각은 없고 즐기면서 한평생 살고 싶다"고 말했다.

재수를 하다가 "잠시 쉬고 있다"는 하 모 군(20)은 ……이렇게 말했다. "맘에 드는 여자가 있으면 같이 잔다. 여러 애들과 자봤다. 특별히 한 여자와 관계를 맺는 것이 아니라 그냥 즐기는 차원이다. 책임지라는 여자도 없을뿐더러 책임 의식을 갖고 이런 (압구정동) 식의 생활을 하는 남자들도 거의 없다."

태극기가 게양돼 있는 맥도날드 햄버거와 실내조명이 밝은 카페 그리고 자가용 스쿠프로 상징되는 압구정동의 하루는 짧다. 오후 4시가 돼야 압구정파들은 압구정동으로 몰려들고 다른 유흥가와는 달리 밤 10시면 썰렁해진다. "비교적 엄격한(도저히 납득할 수 없어. 이 말은, 하고 괄호 안은 인용자 삽입) 가정교육을 받은 중산층이기 때문"에 일찍 귀가하는 경우도 많지만, 자가용을 몰고 호텔 나이트클럽이나 교외로 빠져나가기 때문이다.

그들은…… 우리 역사상 유례가 없는 '상류사회의 신세대'인 것이다.

* 이 글은 1992년 1월 16일 자(그러니까 날짜로는 작품 속의 사건보다 한 달이나 뒤에 나온) 《시사저널》의 커버스토리 「욕망의 '해방구' 압구정동(글 이문재·오민수)」 을 부분 인용한 것임을 밝힌다.

압구정동엔 비상구가 없다

IX

2층에서 1층으로 가는 비상구

이 아름다운 청춘을 위하여

그날 안양 제1공장에서 있은 '은진섬유'의 창립 30주년 기념행사는 그 '30주년'이라는 의미에 걸맞지 않게 매우 간단하고도 조용히 끝났다. 도대체 머리만 아플 뿐 재미라고는 없는 일이었다. 남해성 부사장 입장에서 보자면 그랬다. 곧 요란해질 식후 행사는 전무이사인 큰 매형에게 맡기고 그는 공장 강당에서 있은 공식 기념행사만 끝내고는 서둘러 식장을 나와 대기하고 있던 자동차에 올랐다. 그대로 여자 하나를 달고 부산으로 날을 생각이었다. 그런데 어떻게 알고 뒤따라 나온 것인지 비서실장이 막 시동을 거는 자동차 앞을 돌아와 도어를 당겼다.

"김 실장은 다른 차를 타지 그래요. 난 어디 다른 데 갈 데가 있는데……."

"안 됩니다. 오늘은……."

"왜 안 된다는 겁니까?"

"오늘은 본사로 들어가셔야 합니다. 회장님 기다리고 계시는데…… 저녁에 그룹 차원의 만찬 행사도 있고 또 그걸 겸해 회장님 자서전 출판 기념회도 있잖습니까……."

"그런 데까지 내가 꼭 끼여야 합니까?"

"부사장님……."

"알았어요. 갑시다. 그럼."

대체 언제까지 이 짓을 해야 하는 건지 몰랐다. 안양 공장에서 신사동 본사 사옥으로 돌아오는 차 안에서도 그는 심기가 안 좋았다. 회사의 일은 하나에서부터 열까지 취미에 맞는 것이 없었다. 그가 원하고 꿈꾸었던 삶은 그런 것이 아니었다. 모든 것이 골치만 아플 뿐이었다.

"오늘 부장님의 기념사는 정말 감동적이었습니다. 아마 거기 애들도 깊은 감명을 받았으리라 생각합니다."

그보다 나이가 열 살이나 위인 비서실장이 그의 비위를 맞추었다.

"그게 어디 내 기념삽니까, 회장 기념사지……."

처음부터 화를 낼 생각은 아니었지만 그는 자기도 모르게 짜증을 냈다. 모든 것으로부터 벗어나고 싶은 마음뿐이었다.

"회장님이 하셔야 회장님 기념사지 부사장님께서 하신 기념산데 어떻게 회장님 기념사라고 하십니까? 그리고 부사장님께서도 오래도록 미국에서 공부를 하셔서 아시겠지만 오늘 하신 기념사는 한국판 게티즈버그 연설이고 한국판 케네디 취임 연설이나 다름없습니다. 저뿐 아니라 다른 이사들도 다들 그렇게 생각하고 있고요."

"김 실장, 지금 나를 놀리는 겁니까?"

"놀리다니요. 제가 감히 어느 안전이라고⋯⋯ 조직이라는 게 엄연히 지휘 계통이 있고 체계가 있는 건데⋯⋯."

"그럼 뭡니까? 애들 가지고 놀듯 장난 놀자는 것도 아니고⋯⋯."

"이런 게 다 경영 수업 아니겠습니까? 이제 우리 '은진그룹'이야 앞으로 부사장님께서 이끌어 나갈 회사들인데⋯⋯ 회장님께서도 이젠 연로하시고요."

"그만합시다. 나 그럴 기분이 아니니까⋯⋯."

지난봄 미국에서 들어와 지금까지 회사에서 한 일이 있다면 그런 것이었다. 그룹 사원 연수에 나가 회장인 아버지 대신 인사말을 읽고, 또 그런 아버지를 대신해 별 소득도 재미도 없는 이런저런 경영자 단체의 모임에 나가 얼굴 내밀고 늙은 그들과 한 끼 식사하고 돌아오는⋯⋯ 정말 언제까지 그래야 하는 일인지 몰랐다. 도대체 그런 것이 무슨 경영이라는 건지 이래저래 사생활에 간섭 안 받는 구석이 없었다. 미국에서 돌아오던 것부터 또 돌아와서까지 무엇 하나 생각대로 일이 풀리는 것이 없었다. 골치 아픈 일은 딱 질색이었다. 골치 아프지 않고도 얼마든지 인생을 즐기며 살 수 있는데 왜 꼭 그래야만 하는 건지 몰랐다. 거기다 길까지 막혀 짜증이 더했다. 이놈의 나라엔 웬 놈의 차도 그렇게 많은지……. 그는 시트 등받이 깊숙이 몸을 기대고 눈을 감았다. 실장에게 이제 더 이상 서울에 도착할 때까지 말을 시키지 말라는 뜻이었다.

그날 기념사만 해도 그랬다. 그가 직접 써서 읽은 기념사도 아니었다. 그 기념사는 어제 오후 홍보실장이 가지고 올라왔었다. 그의 방에 가지고 온 것도 아니었다. 홍보실장은 회장실로 그것을 가지고 들어갔다. 처음엔 그것까지 나가 읽으리라고는 생각하지 않았다. 그래도 그룹 주력 기업의 창립 기념사인데 회장인 아버지가 직접 나가 읽을 것이라고 생각했던 것이다. 그건 그가 봐도 사원 연수의 인사말과는 격이 다르고 차원이 다른 것이었다. 또 아버지도 며칠 전 그것을 직접 나가 읽을 듯이 홍보실장을 따라 회장실로 온 스피치라이터에게 그 기념사에 넣어야 할 자신의 분명한 뜻을 주지시켰다. 정말 기계로 찍어 내듯 몇 개되지도 않는 계열 그룹의 이름만 바꿔 쓰는 판에 박힌 인사말과 그 뒤에 따르는 직원에 대한 의례적인 노고 치하, 그리고 대강의 회사 연혁이야 스피치라이터가 알아서 쓰면 되겠지만, 마지막 부분에 아버지는 이 말만은 꼭 넣으라고 했다.

"거 뭐냐, 이 은진섬유는 종업원 여러분의 노력에 의한, 여러분의 복지를 위한, 여러분의 회사다 하구 말이야. 그러니까 회사가 여러분을 위해 무엇을 해줄 것인가를 생각하기에 앞서 여러분이 회사의 주인으루다 무엇을 할 것인가를 먼저 생각하라구 말이지. 그리고 그 앞에 다른 얘기하지 말고 소련 공산당이 없어

진 얘기하고 그 뭐야 뿌라단가 뿌라이야단가 하는 거기 신문 있
잖아?"

"예, 프라우다 말씀입니까?"

"그래, 뿌라우다. 그 신문 지금은 없어졌다며?"

"예, 종간됐습니다."

"사람들…… 종간시킬 거까지는 뭐 있누…… 이럴 때 우리가
써먹기 좋게 그냥 둬 두지…… 그럼 말이야 그 신문 없어졌다는
얘기는 쓰지 말구 없어지기 얼마 전에 그 신문 첫 대가리에 '만
국의 노동자여 단결하라' 하는 캐추풀라주(캐치프레이즈)를 지웠
다는 얘기를 써. 아니, 그럴 거 없이 거 왜 지난 9월인가 10월에
조회 많이 했잖아. 그때 내가 훈시했던 걸루다 적당히 말을 바
꿔 넣으라구. 소련이 허구한 날 '만국의 노동자여 단결하라' 하다
가 깨끗하게 우리 자본주의한테 항복한 거라구 말이지. 그러니
까 우리나라두 기업에서 노동조합이다 뭐다 하구 단결해 봐야
그저 나라 들어먹기나 딱 좋은 거라구. 알지, 뭔 말인지. 그 말을
너무 곧이곧대로 쓰지 말구 적당히 돌려서 쓰라는 얘기야. 그리
고 지금 경제가 어렵다는 얘기도 쓰구……. 수출이 안 돼 회사
사정도 어려우니 아까 얘기한 주인의식으루다 우리 모두 이 난
국을 슬기롭게 극복해 나가자구 말이지. 알지? 뭔 말인지."

"예."

"내가 회사 회장이다 하고 써 보라구. 그러면 기분만으로라도
자네가 회장으루다 출세하는 거니까, 안 그래?"

"……"

"지금 직급이 대리랬나?"

"예, 대리 강희남입니다."

"강이든 장이든 그건 상관할 거 없구, 대리가 회장 기념사 대신 쓰면 그게 출센 거지…… 나가 봐."

그런 그 기념사를 어제 오후 아버지는 자기에게 나가 읽으라고 했다.

"아버지가 하세요. 제가 어떻게……."

"또 아버지 소리…… 회사에선 회장이라고 부르라고 했잖아."

"그러니까 회, 회장님이 나가서 하시라구요."

"이런 자식하고는……."

"사원 연수 인사말도 아니잖아요. 그래도 회사 창립 기념산데 아버지가, 아니 회장님이 나가 읽으셔야죠."

"다 내게도 생각이 있어서 시키는 거야. 지금부터 그런 일에도 나서야 직원들이 이다음에 니가 사장이 되고 회장이 되고 하는 걸 알지 안 그렇나? 언제까지 사원 연수 인사말이나 읽을 텨?"

"알았어요. 소리 지르지 말고 얘기하세요."

"소리 안 지르게 해야지…… 이건 아들이라고 하나 있는 게…… 뭘 하나 제대로 생각하는 게 있어야지."

"알았다니까요. 하면 되잖아요."

"그럼 가지구 가서 연습해 봐. 니 회사 창립식에 니가 읽는 거니까. 애비가 이제 살면 10년을 살겠어 20년을 살겠어?"

그는 표지에 리본을 묶은 기념사를 받아 들고 제 방으로 와 펼쳐 보지도 않고 그걸 책상 한구석에 던져 놓았다. 이럴 땐 정

압구정동엔 비상구가 없다

말 매형들 나이의 형이라도 하나 있었으면 싶었다. 육남매의 막내였고, 육남매의 외아들이었다. 아버지로선 늘 그것이 불안했겠지만 그로서는 늘 그것이 불만이었다. 도대체 사람을 자유스럽게 해주는 구석이 없었다.

그러면서도 그 기념사는 행사에 참석하기 위해 안양 공장으로 나가기 전 소리 내어 읽어 보지는 않았지만 눈으로는 한번 대충 훑어보았다. 뭔가 잘해야겠다는 생각으로 그랬던 건 아니었다. 최소한 실수는 하지 말았어야 했다.

지난봄 귀국해 부사장으로 입사한 지 2주 만인가 3주 만인가 처음 아버지를 대신해 '은진기계' 중간 관리자 연수에 나가 인사말을 했다. 그때는 처음이라 충분히 연습을 하고 나가 실수를 하지 않았다. 그런데 두 번째 신입 사원 연수에 나가선 실수를 하고 말았다. 식장에 나가서야 펴 본 그 인사말을 홍보실의 스피치라이터는 토씨 말고는 죄다 한자로 출력을 뽑아 올린 것이었다. 중간에 모르는 한자가 나와 그는 그 부분을 몇 번의 억지 기침으로 넘기고 다음 문장을 읽어 나갔다. 그리고 그런 다음부터는 꼭 사무실에서 그것을 한번 챙겨 읽고 나갔다. 아무리 생각해도 이해할 수 없는 일이었다. 제 나라 말을 두고 이 땅의 사람들은 왜 그렇게 기를 쓰고 한자말을 쓰는지 알 수 없었다. 그는 홍보실장 편에 스피치라이터를 불러 자기가 나가 읽을 인사말은 꼭 한글로 써서 올리라고 했다. 차마 한자를 읽어 내기가 힘들다고 말하지 못해 프랑스 사람들은 영어를 알아도 꼭 자기 나라 말을 한다는 예를 들어 설명했다.

그러나 이번 것은 스피치라이터도 아버지가 나가 읽을 것인 줄 알고 한자로 출력을 뽑아 올렸을 것이었다. 그리고 예상했던 대로였다. 다행히 모르는 한자는 나오지 않았다. 웃기는 건 한 기업의 창립 기념사에까지 인용되는 링컨과 케네디의 말이었다. 지하에서 그들이 웃을 일이었다. 그러나 읽지 않을 수 없었다. 프라우다지紙에 지워진 '만국의 노동자여 단결하라'는 구호 얘기 역시 그랬다. 스스로 다른 말로 대신 채워 넣을 재간이 없었다. 그런 걸 비서실장은 입에 침도 안 바르고 무척 감명을 받았다고 말했다. 모든 게 골 아프고 웃기는 얘기였다.

그런 걸 하지 않고도 얼마든지 즐겁게 살 수가 있었다. 지난 여름처럼 이 공장 저 공장 노동자들과 기를 쓰고 싸우지 않고도 얼마든지 재미있고 편하게 사는 방법이 있었다. 있는 것만으로도 더 이상 욕심내지 않아도 죽을 때까지 써도 부족하지 않을 재산을 두고 아버지는 왜 그러는지 몰랐다. 또 아버지야 스스로 키운 회사라 그렇다 해도 자식에게까지 그걸 강요해야 할 이유가 무언지 그는 이해할 수 없었다.

그가 배운 미국의 경영학은 그것이 아니었다. 자본과 경영의 완전한 분리. 자본이 굳이 골 아프게 경영에까지 나서야 할 일이 무엇인가. 고용 전문 경영인을 두고 가진 것만큼 누리고 살면 되는 일 아닌가. 그러다 그 전문 경영인의 경영이 시원찮으면 해고 해 버리면 될 것이 아닌가. 그러면 될 걸 매일같이 회사에 나가 골머리를 썩이는 이유를 알 수 없었다.

오늘 아버지 대신해 나가 한 '은진섬유' 창립 30주년 기념식만 해도 그랬다. 말이 30년이지 30년이면 그의 나이 두 살 때 그 회사가 세워졌다는 뜻이었다. 그런 회사에 나가 새파랗게 젊은 자신이 무슨 말을 할 수 있단 말인가. 막말로 아버지가 돌아가신 다음이라면 '창업자의 유지를 받들어……' 우리 모두 열심히 하자고 할 수도 있겠지만 제 나이와 비슷한 회사의 연혁을 읽어 나갈 때 그게 과연 그것을 듣는 사람들에게 설득력이 있기나 한 소리던가. 잠시 기계를 세우고 행사장에 나온 여공들 말고는 그곳에서 일하는 관리자 어느 누구도 자기보다 나이가 많았다. 그런 그들 앞에 훈시조로 창립 기념사를 읽어 나가며 그는 만약 자신이 나중에라도 회사를 맡게 된다면 이런 짓은 하지 않을 것이라고 생각했다. 있는 것만으로도 충분한데 그러면 남들보다 즐거운 생활을 해야 되지 않겠는가. 미국에 나가 공부를 했어도 처음부터 머리 아픈 일과 씨름하는 것은 딱 질색이었다.

이제 아버지는 섬유 공장이나 기계 공장뿐 아니라 업력 50년 가까이 되는 철강 공장에 나가서까지 창립 기념사를 읽게 할 것이었다. 그에게 경영 수업이라는 건 앵무새 조련 그 이상도 이하도 아니었다.

생각하면 그때 미국에서 들어오지 않고 더 버텨야 하는 건데 그랬다. 그런데 지난겨울 어느 날 아버지가 미국으로 전화를 했다. 이제 애비 나이도 있고 하니 얼른 들어와 경영 수업을 받으라고 했다. 그는 공부할 게 아직 더 많이 남았다고 했다. 그러자 아버지는 당장 들어오지 않으면 더 이상 생활비를 보내지 않을 것이라고 했다.

그때 그는 UCLA와 이름이 비슷하긴 하지만 UCLA는 아닌, 한국에서라면 학교 인가조차 나지 않을 '후진국 상류층 유학생들의 유학 졸업장 전문 공장'과도 같은 비즈니스 칼리지에 적을 두고 있었다. 그중 유학생들의 반이 한국에서 온 아이들이었다. 예전에는 거개가 중동 유학생이었고, 일부가 한국 유학생이었다고 했다. 개중엔 고등학교를 마치고 대학에 못 가 건너오는 아이들도 있었다. 그런 아이들은 1년간 랭귀지 코스를 밟은 다음 대학 졸업장부터 사야 했지만 그는 거기서 경영학 석사 학위를 받고 박사 과정에 들어가 있었다. 돈으로 안 되는 일이 없는 건 이 땅이나 거기나 다를 게 없었다. 대신 일정 연한은 꼭꼭 챙겨야 했다. 그들도 돈 되는 일이면 무엇이든 했다. 정말 설립하려고만 한다면 미국에서 대학 하나를 설립하기가 이 땅에서 유치원을 설립하기보다 쉽다는 것을 안 것도 그 '유학 졸업장 전문 공장'에 적을 두고 나서였다. 설립해도 한국에서처럼 장사가 안 되니까 설립하지 않고 있을 뿐이었다. 그런 학교에 돈 갖다 바칠 그곳 사람은 없었다. 거기선 졸업장이 밥 먹여 주지 않았다. 그러나 수요가 있는 곳에 공급이 있게 마련이었다. 그런 졸업장이 필요한 후진국 유학생들을 위해 몇 군데 그런 칼리지가 문을 열고 있었다.

미국에서 엉터리 유학을 해 엉터리 박사가 많이 들어온다는 것도 아마 그런 대학 같지도 않은 대학(그러나 정식으로는 대학으로 등록되어 있는)에 다니는 이 땅의 유학생들이 많다는 뜻일 것이었다. 학위를 수여하고 인정하는 건 각 대학마다의 재량이었다. 이 땅에서처럼 누가 그걸 문제 삼지도 않았다. 단지 그렇게 받은 그 학위가 그 땅에선 전혀 소용 닿지 않기 때문에 그냥 내버려 둘 뿐이었다.

그러나 그 땅에선 필요 없을지 모르지만 이런저런 후진국 유학생들의 조국에선 그런 학교의 학위도 그 조국의 가장 우수한 학교에서 받은 학위보다 더 인정받고 있는 것 같았다. 나가서 제대로 공부를 했건 안 했건 해외 유학파에 껍벅 죽는 건 한국만도 아닌 듯했다. 대부분 같은 동양권의 나라 유학생들이 그랬다.

그리고 그 학교에 다니던 학생은 아니지만 아르헨티나에서 온 에스파냐계 혈통의 계집애 하나를 만났다. 자주 가던 학교 앞 음식점에서 서빙 아르바이트를 하는 계집애였다. 아직 결혼하기 전, 그곳에 건너간 지 3년쯤 되었을 때 처음 만난 그 계집애는 어느 날 이쪽의 돈 씀씀이에 놀랐는지 아버지의 직업이 뭐냐고 물어 왔다. 그래서 그냥 앞뒤 설명 없이 프레지던트라고 대답하자 그 계집애는 오, 프레지던트, 하며 그를 동양의 한 나라 대통령의 아들로 착각까지 하던 것이었다. 그 계집애는 얼굴이 이뻤다. 그리고 자유분방했다. 그래서 토요일이면 자주 그 계집애를 달고 요트를 타러 해변으로 나갔다. 어떤 때는 일주일이고 이 주일이고 그의 아파트에 와 살다시피 하기도 했다. 코카인에 손을 댔던 건 순전히 그 계집애 때문이었다. 어느 날 섹스를 하기 전 계집애가 코카인을 하자고 했다. 처음엔 망설였으나 확실히 그걸 하고 섹스를 하니까 그냥 할 때보다 더 사람을 미치게 하는 것 같았다. 그러나 자주 했던 것은 아니었다. 만난 지 3개월쯤 지났을 때 계집애는 그와 같은 칼리지에 다니는 어느 아랍 놈의 아파트로 자신의 옷가지를 옮겨갔다. 정말 창녀 같은 계집이었다. 섹스를 할 때에도 겨드랑이에서 노린내가 나던…… 계집애가 떠난 다음에도 코카인은 몇 번 손을 댔다.

그는 거기서 6년간 공부를 했다. 아니, 공부를 핑계 삼아 정말 즐겁게 놀았다. 그 6년 동안 갖다 쓴 돈이 족히 7~8억 원은 될 것이었다. 결혼은 3년 전 그의 나이 스물아홉 살 때 겨울방학 동안 잠시 한국에 들어와서 했다. 돈 많은 집안의 딸은 아니었지만 그래도 명문 여대를 나온, 그보다 다섯 살 어린 여자였다. 중매쟁이가 그쪽 집안보고는 장차 '은진그룹'을 이끌어 나갈 UCLA 장학 유학생이라고 소개했다. 벼락치기로 선을 본 지 일주일 만에 약혼을 했고 다시 일주일 만에 결혼을 했다. 아버지가 그렇게 서둘렀다. 물론 여자도 첫눈에 마음에 들었다. 그리고 함께 미국으로 나왔다. 그때 그는 아버지에게 3년간 더 공부를 해야 한다고 말했다. 아버지는 미국 서부의 명문 UCLA에 유학하는 아들에 대해 어떤 긍지를 가지고 있었다. 한국에서 보내오는 돈은 늘 풍족했다. 그사이 아이도 하나 낳았다. 미국에서의 결혼 생활도 불만이 없었다. 자라온 경제적 환경의 차이에서 오는 갭이 전혀 없었던 건 아니지만 크게 문제될 건 없었다. 보내오면 보내오는 대로 쓰는 생활에 아내도 이내 익숙해졌다. 결혼 후엔 마리화나나 코카인에도 손을 대지 않았다. 그것만은 아내가 하지 말라고 했다. 가끔 겉멋만 잔뜩 든 유학생 계집애들과 그 계집애의 아파트에 가 자기도 했지만 아내에게 무슨 큰 불만

이 있어서 그랬던 건 아니었다. 지금까지 늘 해 온 버릇이 그래
서 그랬던 것뿐이었다.

그런데 미국에서 들어온 다음 모든 것이 뒤틀리기 시작했다.
들어온 지 일주일 만에 아버지는 그에게 부사장 직함을 주고 회
장실 바로 옆에 30평짜리의 사무실과 여직원 하나를 붙여 주었
다.

"이제 니가 맡아야 할 회사다. 부지런히 경영 수업을 하도록
해라."

실권이야 전혀 없지만 그래도 직함이 부사장이면 계열회사의
전무이사로 경영에 참여하고 있는 매형들보다 회사 내의 서열
은 더 높았다. 여섯 개나 되는 계열회사마다 최고경영자는 아버
지였다. 아버지는 어느 정도 경영권은 그 회사들의 전무이사직
을 맡고 있는 매형들에게 하부 이양했어도 따로 회사마다 사장
직함을 두지 않았던 건 아들을 위해서였다고 말했다. 그리고 늘
그 점에 대해 얘기해 매형들도 거기에 대해서는 반발하지 않았
다고 했다.

"남씨 핏줄을 받지 않은 것들한테 회사를 넘길 수도 없는 일
이고…… 그것들한테도 그랬어. 얼른 사장이 되고 싶거든 널 빨
리 회장으로 앉힐 생각을 하라구. 그때 난 명예회장으로 물러나
앉을 거니까……."

그래서 부사장으로 입사해 처음 했던 회사일이라는 것이 그
룹 중간 관리자 연수에 나가 인사말을 읽는 것이었고, 두 번째가
신입 사원 연수에 그것을 읽었던 것이었다.

"이번에 나온 회장님의 자서전을 읽으면 공장 애들도 회사에 대한 생각을 달리할 겁니다. 이 땅의 젊은이들도 큰 감명을 받을 것이고요."

그가 눈을 감고 있는데도 다시 비서실장이 말했다. 그는 아무 대답도 하지 않았다. 그로선 모든 게 관심 없고 재미없는 짓이었다.

지금 그가 안양 공장에서 있는 '은진섬유' 창립 30주년 공식 기념행사를 끝내기 무섭게 이렇게 서둘러 올라오는 것도 그날이 바로 아버지의 자서전 출판기념일이기 때문이었다.

"내 죽으면 이걸 관에 넣어가지고 갈 것이다. 우리 은진그룹의 사사社史와 함께……."

그것이 나오던 날 아버지가 말했다.

옛날 맨주먹으로 철강 회사를 세웠고, 방직 공장을 세웠고, 냉동기 회사를 세워 기계 공장을 인수했던 거인이었다. 그리고 종합무역회사를 설립했고, 건설업에 발을 넓히고 새로이 정보산업에도 뛰어 들었다.

물론 그룹 규모별 순위로 따진다면야 30위 훨씬 바깥에서 왔다 갔다 하지만, 그 거인이 15년 전이나 10년 전처럼만 사회 활동을 할 수 있었다면 분명 어떻게든 줄을 잡아 지난번 개국된 어느 방송국의 임자도 달라졌을지 모른다고 매형도 회사 임원들도 말했다. 황해도의 어느 산골에서 열너덧 살 때 상경하여 일본인 신발 가게의 점원부터 시작해 고학으로, 당시로는 있는 집안의 아들들도 힘에 부쳐 하는 전문 과정까지 공부하며 커 올라온 사람이었다.

"아마 이 땅의 많은 젊은이들이 이제 이 책을 읽을 겁니다. 그러면 우리 '은진그룹'에 대해서도 다시 생각하게 될 것이고 또 회장님의 기업관과 나라 사랑에 대해서도 큰 감명을 받을 것입니다."

"처음부터 내 자신을 위해서가 아니라 이 땅의 젊은이들을 위해 쓴 책이야. 그들이 읽으라고……."

"전 그룹 직원에게도 한 권씩 내려 보내도록 하겠습니다."

"암, 그래야지. 요즘 애들은 너무 고생을 몰라. 진작에 책이 나와 애들이 그걸 봤더라면 섬유고 기계고 지난여름 그런 일도 없었을 텐데……."

노사분규 이야기였다. 지난여름 신문과 텔레비전에서 떠들썩했던…….

"죄송합니다. 회장님."

"아니야, 그래서 하는 얘기가. 젊은것들이 경영자의 고충을 너무 모르기에 하는 얘기지. 교육이 없거든. 그래서 진작에 나왔더라면 하는 거지. 내가 왜 진작에 그걸 생각 못했는지 모르겠고……."

책이 나오던 날에도 비서실장은 아버지 앞에서 전 그룹 사원들이 그 책을 읽는다면 그 아이들의 인생관에도 큰 변화가 일어날 것이라고 했다. 새로운 애사심과 새로운 나라 사랑…… 도시 요즘 젊은것들은 그런 것이 너무 없다고 비서실장은 아버지에게 말했다. 무엇이든 참고 견딜 줄 모른다. 회사의 발전이 곧 나의 발전이라는 지극히 간단한 진리조차 외면하려고만 한다. 수준도 맞지 않는 것들한테 민주화가 돼도 너무 된 탓이다. 여름 일만 해도 그렇지 어디 감히 회사의 장비를 정문 앞에 쌓아 두고 종 놈들이 상전에 대해 반란을 선포하듯 데모를 벌일 수 있는 일이냐 이게. 그러나 이제 회장님의 자서전을 읽는다면 그들도 지금까지 자기들의 생각이 잘못됐다는 것을 깨닫게 될 것이라고 말했다.

아버지가 그 자서전 작업에 들어간 건 그가 막 귀국하던 지난봄의 일이었다. 그때 자서전은 아니지만 어느 대기업 그룹 회장이 쓴 『세계는 넓고 할 일은 많다』는 책이 1백만 부가 팔렸네 얼마가 팔렸네 하던 어느 날 아버지는 자신도 살아온 날들의 기록을 정리해 이 땅의 젊은이들에게 희망과 꿈과 용기와 교훈을 주고 싶다고 말했다. 그래서 물색하던 끝에 그래도 글줄깨나 쓴다는 젊은 소설가 한 사람을 기한부 직원(차장 대우)으로 채용해 『월은月隱자서전 – 나의 생애 나의 나라 사랑』 작업에 들어갔다.

사실 그때 그는 그런 일에 크게 관심은 없지만, 아버지가 그런 제목의 책을 쓰고 싶다고 했을 때 마음속으로 적잖이 놀랐었다. 이제는 아버지의 가슴속에 말고는 다 잊히고 만 옛일들을 보다 확실히 덮으려다 오히려 긁어 상처를 덧내게 되는 게 아닌가 생각했던 것이었다. 아버지가 아니라 자신을 위해서였다. 오랜 기간 동안 유학을 나가 있긴 했지만 이 땅 사람들의 못된 버릇 가운데 하나가 남 잘되는 일을 못 보는 것이며, 작은 꼬투리 하나라도 끝까지 물고 늘어져 결국은 그 사람에게 치명적인 상처를 입힌다는 것을 잘 알고 있던 터였다.

소속은 홍보실이었지만 그 소설가는 월 2백50만 원 정도의 정액 봉급을 받으며 임원실이 있는 다른 층의 한 방에 회사에서 지원하는 자료 보조 요원 한 사람과 함께 '집필실'의 문을 열었다. 자신의 기록에 대해 아버지의 관심은 그렇게 크고 깊었다. 어떤 때는 아버지의 말 한 마디로 홍보실 전체가 이런저런 회사의 옛 자료들을 챙기느라 매달리기도 했지만, 그러나 집필실로 가는 어떤 자료도 일단 비서실과 회장실을 거치지 않은 것이 없었다. 그리고 그 소설가가 쓴 원고 역시 그 역순으로 비서실을 거쳐 회장실로 들어왔다.

그러나 실제 작업에 들어간 다음 얼마 안 있어 그는 그것이 자신의 기우였다는 것을 깨달았다. 집필실에서 일정 분량의 원고가 나올 때마다 아버지는 그에게 그것을 검토해 보라고 했다. 앞으로 자신의 삶까지 상관할지 모르는 일이어서 그는 그것을 어쩌다 자기 방에 올라오는 다른 서류들보다는 비교적 꼼꼼히 읽어 보았다.

기록이란 어떤 형태로든 한번 그걸 남기면 선후의 사실까지 그 기록을 따라 움직여 가는 것, 그러므로 그것은 써야 할 것과 쓰지 말아야 할 걸 정확히 가려 작업해야 하는, 아니 쓰지 말아야 할 것도 써야 할 것으로 만들어 작업해야 하는 것임을 아버지는 누구보다 잘 알고 있었다. 정치적 승자의 기록이 그러하듯 내 돈 들여 만드는 내 자서전 역시 그런 명제로부터 출발하는 것임을.

확실히 그 소설가의 재주는 칭찬할 만했다. 그는 말의 프로였고 글의 프로였다. 계약을 맺고 회사 사정을 익히기 위해 보름 가까이 홍보실 직원들의 안내를 받으며 그룹 전체 계열회사의 현장을 둘러보았던 것 말고는 어느 것 하나 제대로 회사 사정에 대해 아는 바 없이도 창업에서부터 오늘까지 낱낱이 아버지의 생활을 지켜본 사람처럼 그 자서전을 완결시킨 것이었다. 아버지는 그것을 이다음 자신의 관에 넣어 가지고 갈 거라고 말할 만큼 매우 흡족해했다. 그 소설가도 자서전의 원고를 다 쓰고 나서 특별 보로금을 받던 날 이런 말을 했었다.

"솔직히 말씀드리자면 예전에는 기업하는 사람들을 탐욕스러운 사람들로 생각해 무조건 나쁘게만 생각했는데, 회장님 자서전을 쓰는 동안 기업하는 사람들이야말로 정말 애국자이구나 하는 생각을 하게 되었습니다. 단순히 돈 벌 욕심으로 기업을 하는 게 아니라는 것도 알게 되었고요. 정말 존경합니다, 회장님."

아버지는 그 소설가가 젊은 사람으로선 요즘 사람들 같지 않게 매우 정직한 것 같다고 칭찬했다. 그러나 정직한 건 그 소설가가 아니라 그동안 그에게 지급되었던 돈일지도 모른다. 그 소설가가 쓴 아버지의 자서전 중 그룹 모기업인 '은진철강'의 창업 부분은 이렇다.

……내 나이 스물아홉에 맞은 조국 해방이었다. 그때의 감격을 무딘 붓끝으로 다시 옮기기란 실로 벅차다. 그러나 그 벅참보다

더 벅찬 것이 당시 조국 해방을 맞는 나의 심정이었다. 나는 이제 일본 사람이 아닌 내 나라 대한(이 부분을 그 소설가는 '조선'이라고 썼고, 북조선 남조선 하는 말의 연장 같다고 비서실장이 '대한'이라고 고쳐 썼다) 사람이 된 것이다.

나는 일본 천황(소설가는 국왕이라고 썼으나 남의 호칭을 함부로 바꾸는 것이 아니라고 고쳤다)의 항복 소식을 듣고 감격에 겨운 눈물을 흘렸다. 그리고 집 안 깊이 감추어 두었던 태극기를 들고 거리로 나가 만세를 불렀다.

그러나 언제까지 그 감격에만 젖어 있을 수는 없는 일이었다. 나는 1945년 10월 20일, 그러니까 해방된 지 꼭 65일째 되는 날 오늘날 '은진철강'의 모태가 된 '은진제정소製釘所'의 간판을 올리고 기업을 설립했다.

해방된 지 두 달 남짓한 무렵이라 세상은 온통 감격에 들떠 무엇 하나 질서가 잡혀 있지 않았고, 사람들은 그 감격과 흥분을 제대로 삭이지 못한 채 들떠 우왕좌왕하고 있었다.

그러나 나는 누구보다 큰 감격을 느꼈지만 다른 사람들처럼 우왕좌왕할 때가 아니라고 판단했던 것이다. 이 해방된 조국을 위해 미력하나마 내가 할 수 있는 일이 무엇일까 몇 날 며칠 밤을 새워 가며 곰곰이 생각했던 것이다.

해방된 조국을 새롭게 건설해야겠다…… 이거야말로 온 국민이 다 함께 힘을 합쳐 해야 할 일이 아니던가. 이제 만주로 갔던 사람들, 중국으로 갔던 사람들, 일본으로 일자리를 찾아 떠났거나 징용을 갔던 사람들이 돌아올 것이다. 그리고 그동안 일본의 압제 아래 헐벗고 굶주리던 사람들, 우리가 지은 쌀이며 우리가 만든 물건들을 늘 빼앗기면서 살았던 국내 동포들, 그 모두가 힘을 합쳐 찬란한 내 조국을 건설해야 되지 않겠는가.

그렇다면 건설이란 무엇인가. 나는 그것을 오래도록 생각했다. 살아야 할 집도 지어야 할 것이며, 다리도 놓아야 할 것이며, 공장도 지어야 할 것이며 그런 것이 바로 당장 우리가 해야 할 건설이 아니겠는가. 나는 그런 생각을 했었다. 누구처럼 장사를 하면 더 많은 돈을 벌 수도 있겠지만 나는 돈 버는 일보다 해방을 맞은 이 조국을 위해 내가 해야 할 일이 무엇인가를 먼저 생각했던 것이다. 그러나 건설을 위해 필요한 철재든 목재든 무엇 하나 남아 있는 게 없었다. 하다못해 가난에 찌들 대로 찌든 시골구석 부엌 선반에 놓인 놋젓가락 한 개까지도 일제가 전쟁 물자로 공출해 간 뒤가 아니던가.

그래서 나는 그 건설에 필요한 못을 만들기로 했다. 지금이야 못의 쓰임새가 많이 줄어들었지만 아직 시멘트라든가 콘크리트라든가 벽돌, 철근 같은 게 그렇게 많이 만들어지지도 않고 보급되지도 않던 시절이라 산에서 나무를 잘라 집을 짓든 다리를 놓든 새 조국 건설에 당장 가장 필요하고 급한 것이 못이었던 것이다.

그래서 나는 해방된 지 한 달이 조금 지난 어느 날, 이 땅에 들어와 있던 일본 사람들이 반쯤 만들다 버리고 간 제정기製釘機 스무 대를 빚을 얻어 마련한 50만 원을 들여 인수했고, 그것을 기술자를 모아 내 손으로 완성한 다음 '은진제정소'의 문을 연 것이다.

후에도 나는 새로운 기업을 설립하기에 앞서선 꼭 처음 '은진 제정소'를 설립할 때처럼 그것을 하면 얼마만큼 돈이 벌리느냐 하는 생각보다는, 그것이 과연 내 나라 경제를 위하여 얼마만큼 필요한 사업이며, 그 이익이 국가나 사회에 얼마만큼 돌아갈 것인가 하는 것을 먼저 생각한 다음 새로운 기업을 설립하고 또 그 기업을 키워 나갔다.

단언컨대 나는 어떤 경우에라도 그 대의명분이 뚜렷하지 않고 국가와 사회에 이익이 되는 일이 아니라면 설사 그것으로 큰돈을 벌 수 있는 사업이라 하더라도 손을 대지 않았다……

그러나 해방 직전까지 아버지가 영등포 어디쯤에서 포탄을 만들던 군수공장의 일부 부서를 관리하던, 일본 대본영 군수 참모부 소속의 감독관이었다는 사실을 가족 말고 알고 있는 사람은 아무도 없었다. 아버지는 그 얘기를 누구에게도 하지 않는다. 그도 6년 전 미국으로 유학을 떠나기 바로 전에야 그 얘기를 들었다.

"그때 애비는 열세 살에 집안을 일으켜야겠다는 생각으로 혈혈단신 서울에 올라왔었다. 지금 니가 떠나는 유학하고는 형편이 달라. 공부할 때도 그랬지만 일본 대본영 군수 참모부 감독관이 되었을 때도 나는 누구에게도 지지 않았어. 지금 고시 공부 어쩌구 하지만 그때 감독관이 되는 건 그런 정도의 경쟁은 유가 아니야. 좌우지간 조선 전체의 군수공장을 통틀어 대본영 감독관 중에 반도인 출신은 나하고 경상도에서 올라온 또 한 사람하고 그렇게 둘밖에 없었으니까. 그렇지만 나는 반도인의 불리함을 안고도 다른 내지인을 제치고 대본영 참모부로부터 가장 유능한 감독관으로 인정받았어. 생산량도 남들보다 앞섰고, 불량률도 남들 열 개면 나는 한 개 나올까 말까 한 정도였고. 느들은 몰라, 그때 애비가 그런 인정을 받기 위해 얼마나 노력했던가에 대해서. 모르지만 내가 니한테 왜 이런 얘기를 하는고 하니, 미국에 가서도 제대로 공부를 하라는 뜻이야. 그 나라 학생들은 물론 그곳에 너처럼 유학 온 세계 각처의 머리 좋은 학생들을 눌러 이기라는 얘기야. 옛날 애비가 반도인이면서도 일본 내지인을 눌러 이겼던 것처럼……."

그때 아버지는 그 이야기를 자신의 젊은 날에 대해 어떤 긍지와 자랑처럼 얘기했다. 제정소 설립도 비록 일본이 패망한 뒤이긴 했지만 그때 군수공장의 감독관을 했던 연줄로 무슨 이권처럼 제정기를 불하받아 설립했던 것이라고 했다. 그걸 아는 사람은 아무도 없었다.

그러나 어차피 그것도 그에게는 관심 밖의 일이었다. 그 자서전으로 아버지가 노리는 게 무엇이든 나중에라도 자기의 삶에 이러쿵저러쿵 간섭만 안 하면 그뿐이었다.

여름에 있었던 노사분규도 그랬다. 그건 아버지나 매형이 나가 해결해야 할 일이지 자기와는 처음부터 상관이 없는 일이었다. '은진그룹'의 모든 간부들이 회사에서 비상 대기하고 있을 때에도 그는 토요일이면 부산으로 내려갔다. 그곳의 요트장은 그런대로 시설이 괜찮았다. 또 그의 요트 실력은 LA에 있을 때 함께 해변에 나갔던 계집애들마다 알아주던 실력이었다. 이미 회사의 일에 대해선 흥미를 잃은 지 오래였다. 아니 처음부터 흥미가 없었다.

단지 그가 그 노사분규에서 느낀 것이 있다면 자신이 유학을 떠나기 전과 유학을 갔다 온 다음 나라의 상황이 많이 바뀌었다는 정도였다. 그가 유학을 떠났던 건 그해 늦은 겨울에 있은 나라의 총선거가 막 끝나던 다음이었는데, 유세장에 나가 본 건 아니지만 그때 돈으로 4백억 불인가 6백억 불인가 하는 외채가 그 총선의 최대 이슈로 떠올라 있었다. 그러나 6년이 지난 후 귀국했을 땐 외채 얘기는 간 곳 없고 또 다른 '망국병'으로 노사분규가 매스컴과 사람들 입에 오르내리고 있었다. 일반 국민으로부터 정부와 기업이 먹던 욕을 이제는 거의 일방적으로 노동자가 먹고 있던 것이었다. 그것이 한 해외유학파 경영학도의 눈에 비친 6년 사이의 이 땅 경제 상황의 변화라면 변화였다. 옆에서 지켜본 바로 그 노사분규의 해결 방안으로 아버지가 했던 일은 '은진섬유'와 '은진기계'에 경찰을 끌어들이는 일이었다. 그때 아버지는 75세의 노구에 입술까지 바싹 말라 있었다. 그로서는 도저히 아버지를 이해할 수가 없었다. 왜 사서 그 고생을 하는지 몰랐다. 자신은 절대 아버지처럼 살지 않을 것이라고 생각했다. 아버지의 인생은 아버지의 인생이고 내 인생은 내 인생이었다. 누가 대신 책임져 줄 일이 아니었다. 그는 사람은 저마다 타고난 복만큼 사는 것이라고 생각했다. 자기는 있으면 있는 것만큼 즐기며 살 것이었다. 재미도 없는 회사의 일로 머리를 썩이고 싶지 않았다. 돈만 있으면 이 세상에 즐거운 일이 얼마나 많은가. 그 많은 돈을 죽어 관에 넣어 갈 것도 아닌데, 있으면 있는 것만큼 후회 없이 해볼 짓 다 해볼 생각이었다. 확실한 지분만 챙긴다면 이다음에도 회사의 경영에 대해서는 욕심내지 않을 것이었다. 그것이 그가 배운 서구식의 '소유와 경영의 분리' 원칙이었다. 없는 사람이라면 열심히 일해 돈을 벌어야겠지만 있는 사람이라면 굳이 그럴 게 무엇 있겠는가 하는 생각이었다.

이제 더 욕심낼 것도 없었다. 회사에서 갖는 확실한 지분 외에도 유학을 끝내고 돌아왔을 때 아버지는 그에게 서초동의 땅 5필지와 역삼동의 12층짜리 오피스텔을 그의 앞으로 해주었다. 사는 곳도 압구정동의 69평짜리 아파트였다. 자동차도 미국에서 끌고 다니던 것과 똑같은 BMW 850을 사 주었다. 아내 것은 그것보다 한 단계 아래의 것이었다.

거기에 오피스텔의 임대료만은 회사 돈이 아닌, 그가 마음대로 쓸 수 있는 돈이었다. 그는 귀국한 지 얼마 안 돼 누군가의 소개로 석남의 레이크사이드컨트리클럽의 1억 5천만 원짜리 회원권을 구입했고, 한양컨트리클럽의 9천여만 원짜리 회원권을 구입했다. 골프채는 일제 혼마였다. 그리고 여름이 되어선 요트를 구입하고, 그곳 부산 달맞이고개 부근의 호화 빌라 하나를 3억 원에 전세 계약했다.

정말 회사의 일 말고는 모든 것이 즐거울 준비가 되어 있었다. 그러나 너무 많은 시간이 그를 회사에 붙어 있게 했다. 수시로 부르는 아버지의 호출과 이삼 일마다 한 번씩 아버지를 대신해 얼굴을 내밀어야 할 이런저런 모임들…… 부산에 내려가 요트를 타다가도 일요일 밤 하루 더 그곳에서 쉬고 싶어도 다음 주 월요일 그룹 임원 미팅 때문에 저녁엔 어쩔 수 없이 올라와야 했다. 정말 짜증나는 나날들이었다.

아마 새로 안 오락 멤버들이 아니었다면 그는 무슨 수를 써서라도 다시 미국으로 건너갔을 것이었다. 그 멤버들을 만난 건 그보다 먼저 유학을 다녀온 선배를 통해서였다. 그 선배도 5년간의 유학 시절 아마 못 가져다 써도 6~7억 원은 가져다 쓴, 그곳 유학생들 사이에서도 이름나 있던 선배였다. 그때 그 선배와도 여러 번 카지노에 다녔는데, 선배는 귀국해서도 그쪽 바닥에서 일가를 이루고 있는 모양이었다. 그 선배는 무역업을 하는 아버지로부터 그의 다섯 배나 되는 땅을 물려받아 그것을 팔고 사고 하는 것 외엔 하는 일이 없었다. 그 선배에게서 전화가 왔던 건 요트가 조금 시들해지던 9월 초의 일이었다.

그래서 그 선배를 따라 처음 가 본 곳이 강남의 어느 아파트였다. 선배는 멤버들이 있는데 끼이고 싶으면 첫날이니까 많이 가져올 것도 없이 한 5백만 원만 들고 나오라고 했다. 그날 모인 멤버 모두 그보다 나이가 많았다. 40대 중반의 영화사 사장도 있었고, 아버지로부터 회사를 물려받은 30대 후반의 어느 중소기업 사장도 있었고, 그 선배처럼 직업 없는 땅부자도 있었고, 처가 덕에 병원을 연 40대 초반의 의사도 있었고, 전자 부품 공장의 사장도 있었다. 그리고 그 장소를 제공하는 사람은 강남에서도 알아주는 룸살롱의 사장이라고 했다.

선배 말로 그 룸살롱 사장은 거기 말고도 대여섯 군데 그런 비밀 아지트를 가지고 있다고 했다. 아파트 안엔 요리사도 있었고 그 룸살롱 사장이 뜯는 고리와 환전을 돕는 경리직원도 있었다. 그들은 그 선배가 귀국하던 88년부터 강남 일대의 단독주택과 아파트를 빌려 일주일에 한두 번 정도 머리도 식힐 겸 포커를 해왔는데, 룸살롱 사장은 순전히 고리를 뜯은 돈만을 모아 서초동에 6~7억 원 나가는 룸살롱 두 개를 마련한 것이라고 했다. 그날 그는 신고식 겸 가져간 7백만 원을 모두 털렸다.

후에도 그는 일주일에 한두 번씩 선배거나 룸살롱 사장의 연락을 받고 그 오락판에 끼었다. 판은 공부보다 노는 것을 목적으로 미국으로 건너온 유학생들 사이에 주로 하던 '하이 로'였는데, 보통 하루 판돈이 1억 원에서 1억 5천만 원을 왔다 갔다 했다. 그 중 룸살롱 사장이 뜯는 고리는 하루 평균 2천만 원쯤 되는 것 같았다. 많을 땐 4천만 원이 되는 날도 있었다. LA 카지노에서 다진 실력인데도 그는 따는 날보다 잃는 날이 월등히 많았다. 선수는 그 선배와 의사였다.

그가 코카인에 다시 손을 대기 시작한 것도 그 오락판의 의사와 접촉하면서였다. 의사 말로 요즘 문제되는 히로뽕은 신경을 초극 상태로 긴장시켜 그 도를 넘게 해 환각으로 가는 것이지만 헤로인이나 코카인은 반대로 긴장을 이완될 대로 이완되게 해 환각으로 가는 것이기 때문에 앞의 것은 문제가 돼도 뒤의 것은 아주 자주만 아니라면 괜찮다고 했다. 그리고 그 의사는 그런 차이(체질상 환각으로 가는 차이) 때문에 일본이나 한국과 같은 동양에서는 히로뽕을 쓰고 서양에서는 헤로인이나 코카인을 쓰는 거라고 했다.

"동양 사람들은 서양 사람들보다 뭔가 더 독하거든. 그러니까 히로뽕이 더 잘 맞는 거고 서양 사람들은 사람 자체가 워낙 느슨해 놓으니 이완제를 쓰는 거고."

호텔에서 그것으로 오락장 룸살롱 '스타'들과 함께 코킹(빨대를 대고 코로 흡입하는)도 해보았다. 처음 그는 잡지에 실린 자신의 사진까지 가지고 있는 그 아이들이 정말 이 땅의 인기 여배우들인 줄 알았다. 영화는 잘 안 봤지만 실제 그 아이들은 텔레비전에 나오는 애들보다 더 이쁘고 몸도 잘 빠졌다. 그래서 스타와 함께 잠자리를 한 기념으로 팁도 듬뿍 주었다. 아니, 줘도 아깝지 않았다. 어차피 그 돈은 그가 쓰자고 가지고 나온 돈들이었다. 그러다 썩 나중에야 그 '스타'들은 룸살롱 사장의 부탁으로 같은 멤버인 영화사 사장이 만들어 준 것이라는 것을 알았다. 그래도 스타가 아닌 애들보다는 스타인 애들이 좋았다. 코킹 후에 그 애들로부터 받는 서비스 또한 지금까지 경험하지 못하던 것들이었다. 그 아이들은 섹스의 프로들이었다. 그가 원하는 삶은 그런 것이었다. 길지도 않은 인생 가운데 더구나 길지도 않은 청춘 어느 하루 즐겁고 유쾌하지 않은 날이 있어서야 되겠는가. 더 이상의 욕심도 없었다. 써도 써도 줄지 않는 재산을 두고 아웅다웅 살아야 할 이유가 없었다.

어젯밤에도 그는 그 오락판에 나갔다. 그리고 모처럼 만에 막

판 역전승으로 8천만 원을 땄다. '마담 포커'를 들고 '하이'고 '로'고 그대로 '스윙'을 해버린 것이었다. 정말 생각할수록 예술이 따로 없는 명승부였다. '풀 하우스'를 잡은 선배도 '퍼펙트 로'를 잡은 의사도 그냥 물을 먹여 버렸다.

오늘 그는 그 '명승부'의 기념으로 얼마 전 새로 소개받은 스타와 함께 자신이 별장처럼 사용하고 있는 부산 빌라로 내려가 그곳 바다를 보며 섹스 파티를 벌일 생각이었다. 그 룸살롱 사장 말로 그 스타는 얼마 전 다른 곳에 있던 것을 뽑아온 아이라고 했다.

그런데 시작부터 일이 꼬여 버린 것이었다. 어떻게든 그는 사무실에 돌아왔다가라도 다시 빠져나갈 생각이었다.

차는 어느덧 신사동 본사 사옥에 도착했다.

"내리시죠, 부사장님."

기사가 문을 열었다.

전에 구로공단 '태양전자' 전무실 한편에 책상을 놓고 앉아 전화를 받거나 찾아온 손님들의 차 시중을 들던 바로 그 여자아이가 압구정동으로 나온 지 다섯 주일이 지나던 금요일 오후의 일이었다.

그날 밤 그 여자아이는 '여왕벌 클럽' 마담의 연락으로 불려간 술자리에서 만난 어느 대기업 상무를 따라 전에도 한번 들어갔던 적이 있는 것 같은 호텔 같은 방에 들어가 그의 힘겹고도 거친 애무를 받기도 하고 또 그가 원하는 대로 그의 몸을 머리 끝에서 발끝까지 핥듯 애무해 주기도 했다.

그리고 몸 안에 그 사내의 몸을 막 받아들이려 하던 그 시간, 하루 종일 부산으로 날 생각만 하던 '은진그룹'의 나이 어린 부사장은 끝내 부산에 가지 못하고 그녀가 어느 기업의 상무와 함께 든 그 호텔의 다른 방에서 그날 새로 만난 스타와 함께 '코킹'을 하기 위해 종이로 말아 만든 빨대를 막 코에 끼우고 있었다.

그리고 같은 시간 도산대로 옆의 한 공터에서 한 건장한 청년이 그 일대 경찰의 물샐틈없는 치안 비상근무를 비웃기라도 하듯 조금 전 그곳 어디쯤의 불빛도 간판도 없는 한 호스트 바에서 나온 사십대 여자의 목을 뒤에서 그 부근 어느 공사장에서 주운 나일론 줄로 조르고 있었다.

X

1층에서 밖으로 나가는 비상구

그곳엔 비상구가 없다

강남경찰서의 강력계 최정규 형사가 ≪사회문화≫의 이태호 기자에게 다시 전화를 했던 건 강남 부동산업자들 사이에서도 입지전적인 인물로 불리던 '까만 가죽치마'가 도산대로 옆 한 공터에서 나일론 줄에 목이 졸려 피살된 지 나흘 만인 다음 주 화요일 저녁의 일이었다.

그 네 번째의 피살자가 발생하자 신문과 방송은 더한층 시끄러웠다. 뒤늦게라도 그 연쇄 살인사건이 어떤 의도에서 저질러지고 있는가에 대해 조심스럽게 가진 자들의 무절제한 사치와 향락적 타락으로 초점을 맞추고 있는 신문도 있긴 했지만 아직도 대부분의 신문과 방송은 경찰의 허술한 치안 대책에 집중 포화를 퍼붓고 있다.

"대체 경찰이 뭘 하는 건지 모르겠어요. 시민의 한 사람으로서 너무너무 불안한 거 있죠. 빨리 범인이 잡혔으면 좋겠어요. 불안해서 견딜 수가 없어요. 정말 너무너무 불안해요."

—김은주(23) 압구정동 회사원

"경찰이 말이죠. 데모만 막고 이럴 게 아니라 민생 치안에 힘을 써야 하는 거 아니에요? 아니, 대체 어떻게 서울 강남에서 이런 일이 발생할 수 있는 거예요? 시민이 누굴 믿고 살겠어요. 저녁이면 집 밖을 나갈 수가 없어요. 그래서 애들보고도 일찍일찍 들어오라고 해요."

—김인숙(52) 역삼동 주부

"이제 며칠 있으면 크리스마스고 연말 아니에요? 네 번째 사건이 나고 나선 저녁때 손님이 없어요. 정말 범인이 잡혀야지, 도대체 장사를 할 수가 있어야지요. 우리 같은 사람은 장사가 돼야 먹고사는 데 이러다간 가게 문까지 닫게 되는 게 아닌지 몰라요. 며칠 새 매상이 반의반으로 뚝 떨어졌어요. 낮에 조금 손님이 있다가 오후 조금 늦게만 되면 다 나가 버려요. 경찰이 빨리 범인을 잡아야 하는데 뭘 하는지 모르겠어요."

—강은혜(36) 압구정동 카페 주인

"경찰이 책임져야 한다고 봐요. 아니 어떻게 매 주일마다 선량한 시민들이 그런 강도한테 목숨을 잃게 그냥 놔두는 거예요? 친구들도 모이면 그런 얘기를 해요. 다음 주 금요일엔 또 어떤 사람이 목숨을 잃게 될지 모르겠다구 말이죠. 정말 불안해 견딜 수가 없어요."

—박은영(21) 압구정동 학생

"다른 건 다 그만두고라도 어떻게 이 살기 좋은 강남에 그런 일이 있을 수 있는 거예요? 난 범인이 정신병자라고 봐요. 강남에 부자가 많아서 그러는 거라면 자기도 열심히 노력해서 돈을 벌면 되잖아요. 왜 하필이면 범행 장소가 강남이에요? 강남 사람들이 무슨 죄를 졌나요, 그 범인한테? 난 이해가 안 가요. 그 사람은 가족도 없고 이웃도 없는 사람인가요. 어떻게 사람의 탈을 쓰고 그럴 수가 있어요. 치가 떨려요. 정말 너무너무 분해요. 이 인터뷰 하는 것도 겁이 나요. 이 텔레비전을 보고 나를 어떻게 할까 봐…… 그리고 경찰이 선량한 시민을 지켜줘야지요. 어떻게 나 몰라라 할 수가 있는 거예요?"

—박영자(55) 양재동 주부

"이상은 이번 연쇄살인 사건에 대한 강남 주민들의 반응이었습니다. 민생 치안 정말 불안합니다. 그 화려하던 강남 압구정동이 연말을 맞아 오히려 요 며칠 사이 썰렁하고 음습하고 뭔가 불안한, 마치 미국 뉴욕의 뒷골목과도 같은 분위기로 바뀌어져

압구정동엔 비상구가 없다

버렸습니다. 로데오 거리도 썰렁하고 카페 골목도 썰렁하기만 합니다. 예전 같으면 하루 수십억 원대의 매출액을 올리던 백화점도 손님이 없습니다. 누가 이곳 강남 주민을 불안하게 합니까? 범인은 더 이상의 범행을 계획하지 말고 지금이라도 자수를 해 이곳 주민들이 편한 마음으로 연말연시를 맞을 수 있도록 해주어야겠습니다……."

시민의 반응이라는 것도 그렇고 거기에 대한 아나운서의 코멘트도 고작 그런 수준이었다. 범인만 잡히면 모든 게 해결될 거라는 그들의 말과 생각은 범인만 잡히면 다시 그 거리를 환락의 거리로 가꾸어 나가겠다는 어떤 결의처럼 들리기도 했다. 낮에 신문에 실린 각계각층의 반응이라는 것도 그랬고, 사회문제 전문가들의 얘기 역시 범죄를 예방하기 위해 근본적으로 무얼 해야겠다는 말보다 일찍일찍 다니라느니, 저녁엔 집 밖으로 나가지 말라느니 하는 식으로 고작 그 범죄를 피할 방법에 대해서만 '전문적인' 의견을 내놓을 뿐이었다. 그러곤 다시 이구동성으로 경찰의 치안 부재 문제점들을 지적했다.

어쩌면 텔레비전이나 신문에 얼굴을 달고 나와 그런 말을 할 수 있는 그들 대부분도 그곳에 살 것이었다. 가진 자들의 집단적 도덕성에 입을 열기엔 언제 자기 주변에 닥칠지 모를 불안이 더 컸던 것인지도 모른다. 아무도 거기에 대해 지적하는 사람은 없었다.

한 신문의 사회부 기자가 쓴 박스 기사에만 구로동에 사는 회사원 '박일남(27) 씨'의 입을 빌려 "범인은 반드시 잡혀야겠지만, 지금까지 발생한 피살자의 주변을 볼 때 이 사건을 계기로 우리나라의 돈 있는 사람들도 보다 건전한 생활과 보다 건전한 소비, 이웃과 더불어 사는 삶에 대해 생각했으면 좋겠다"고 했다.

그 외엔 모든 신문의 기사가 앞으로도 계속 발생할지 모를 범인의 새로운 범행을 막기보다는 오히려 자극하는 쪽으로 나가고 있었다. "경제적 열등감", "가난에 대한 복수", "성장 환경의 문제점" 등 십중팔구 범인을 자극하면 자극했지 범죄 예방에 전혀 도움 안 될 용어를 쓴 신문도 있었다.

최 형사가 사무실로 전화했을 때 《사회문화》 편집실은 이번 연쇄살인 사건의 일차적인 사회적 원인이 무엇인가에 대해 기자들끼리 서로 의견을 교환하고 있었다. 전화는 여기자가 받았고, 그 여기자가 이태호 기자에게 넘겨주었다. 최 형사는 자신이 도저히 그곳 사무실 앞까지 갈 수 없는 여건이니 강남경찰서에서 가까운 한 빌딩 2층의 다방으로 나오라고 했다. 이태호 기자는 그러겠다고 대답했다.

"힘드시죠, 요즘……."

다방에서 만나 이태호 기자가 먼저 최 형사에게 인사를 했다.

"일부러 나오시라고 해서 미안합니다. 멀리 자리를 뜰 수 없어서요. 어떻게 쉽게 찾았습니까?"

그렇게 말하는 최 형사의 얼굴이 며칠 전보다 더 꺼칠해 보였다.

"워낙 큰 건물이라 건물은 쉽게 찾았는데 건물 안에 들어와 다방 찾기가 힘들었습니다."

"저도 말씀드리고 나서 보니 그렇더군요. 일이 층이 먹자빌딩
이다 보니……."

"어떻게 사건은 가닥이 잡혀 갑니까?"

"전혀요. 그 여자가 몸에 지니고 있던 시가 1억 원 넘는 패물
들도 그대로 있고…… 증거가 나오지 않아요. 환장하게……."

"보도에서 봤습니다. 그쪽 바닥에선 소문난 여자더구만요."

"범행 대상으로 일부러 그런 여자를 고른 거겠지요."

"전에 만났을 땐 그런 말씀 안 하셨잖습니까?"

"이 기자님이 알려줘서 말이죠. 놀랐어요. 이번 사건 나고 나
서……."

"그러셨겠죠? 누군들 안 놀라겠습니까? 더구나 직업이 형사신
데……."

"아니, 그런 게 아니라 전에 얘기하던 이 기자님 추리 말입니
다."

"최 형사님보다는 좀 더 객관적으로 볼 수 있어서 그랬던 거겠
지요. 그때 우리 사무실에서도 저와 같은 생각을 했던 기자들도
있었고요."

"이 기자님한테 미안하다고 말씀드리려고 나오시라고 했어요.
제가 나가야 되는데 사과하는 입장이면서도 그럴 형편이 안 돼
서……."

"아닙니다. 무슨 말씀을……."

"사실 어제 하루 종일 그동안 이 기자님 행적에 대해 조사했

어요. 이번 사건 나고 나서 퍼뜩 드는 생각이 이 기자님이 범인보다 범행에 대해 더 잘 알고 있는 것 같아서 말이죠. 피살자의 에스컬레이트도 그렇고…….”

“그럼 그동안 제가 아내 몰래 바람이라도 피웠더라면 큰일 날 뻔했겠군요.”

“미안해요. 답답하면 뒤로 그런 짓도 하는 게 우리 직업입니다. 이해하세요. 이 기자님이…….”

“이해는요, 저라도 그랬을 텐데…….”

“답답하니 자꾸 묻게 되네요. 이번 주에도 또 사건이 날까요?”

“형사님 생각은요?”

“불안해요. 어제 텔레비전에 나온 ‘시민의 한 사람으로서……’ 대로라면 사건을 맡고 있는 형사의 한 사람으로서 말이죠…….”

“범인이 계속 안 잡히는 상태에서라면 문제는 뿌리 없는 것이긴 합니다만 이 나라 상류층의 노블레스 오블리주 아니겠습니까?”

“무슨 말입니까? 저는 짧아서…….”

“굳이 번역을 하자면 ‘귀족의 의무’가 되겠는데, 그렇게 귀족이라는 말로 번역하기 싫어서 그냥 외국어로 했습니다. 외국에는 그렇답니다. 영국만 해도 한 술집 안에서도 계단 높이의 차이를 둬서 스스로 상류층이라고 생각하면 한 계단 위쪽에 올라가서 마시고 평범하다 생각하면 아래에서 마시고요. 물론 술값도 차이가 있고요. 그런데 위에서 마시는 사람이나 아래에서 마시는 사람이나 그걸 전혀 이상하게 생각하지 않는다는 것입니다. 위에서 마시는 사람은 위에서 마시는 대로 술값만 비싸게 지불하는 것이 아니라 평소 그들 생활에서 누리는 것만큼 스스로들끼리 도덕적 제어를 해 나가니까 말이죠. 아래에서 마시는 사람들도 그걸 인정하고요. 그런데 우리나라에선 그런 계단 구분을 무엇으로 대신하는지 아십니까?"

"술집이 서로 다르겠지요."

"그거야 물론이고, 한 술집 안에서라면 말입니다."

"모르겠어요. 뭘로 구분하는데요?"

"칸막이죠. 그만큼 떳떳하지 못하다는 얘기도 되겠고, 모범을 보일 자신이 없다는 얘기도 되겠고, 그간 이룬 부의 축적이 공정한 룰에 의한 것이 아니라는 얘기도 되겠고요. 그러면서 인정받기는 기를 쓰고 원하죠. 가진 것 없는 사람들에 대해 너희들과는 바탕이 다른 귀족이라는 것을 말입니다."

"그럼 그가 잡히지 않는 한 앞으로도 사건은 계속 일어나겠군요."

"어느 누구도 그런 범죄가 발생할 수밖에 없는 사회적 문제에 대해서는 지적하지 않고 있어요. 오히려 범행을 자극할 뿐이지……."

"저도 그런 생각을 했어요. 범인을 잡지 못하고 있는 책임 회피를 하기 위해서 하는 얘기가 아니라 그나마 구로동 사람 이야기를 쓴 기자가 고맙기도 했고요."

"핵심을 두고 빙빙 돌기만 하는 거죠. 알면서도 지금까지 저질러 온 자신들의 부패와 타락을 인정하고 싶지 않은 거예요."

"이러다 동조 범죄까지 발생한다면 정말 큰일인데……."

"그런 일이야 없겠죠. 어느 정도 심리적으로는 동조한다 해도…… 이건 제 생각인데 뉴스고 특집이고 틈만 나면 하는 그 인터뷰에 그런 말을 할 수 있는 사회적 지위와 경제적 부를 이룬 단 한 사람이라도 우리에겐 잘못이 없나 스스로의 생활을 다시 생각하고 있다는 말 한마디만 한다 해도 범인의 생각이 달라질지 몰라요. 범행이야 끔찍하긴 하지만 처음부터 그가 목적했던 게 그런 거였을지 모르니까……."

"하기야 여자 몸에 지닌 1억 원이 넘는 보석도 그냥 놔뒀으니까…… 단순히 돈에 포원이 져 그러는 거라면 나중이야 그것 때문에 붙잡히든 말든 그것부터 챙길 텐데…… 좌우지간 미안해요. 다음에 사건 해결되면 한 번 더 이 기자님 찾아볼게요. 그땐 소주도 한잔하고요. 그런데 나이가 어떻게 됩니까?"

"서른넷입니다."

"동갑이군요. 우리는……."

"그만 일어나시죠. 바쁘실 텐데……."

"그러죠. 전 또 서에 들어가 봐야 해요."

두 사람은 이 층 다방을 나와 계단을 통해 아래층으로 내려왔다. 그런데 아까 다방으로 갈 때 올라갔던 계단이 아니었다. 형사도 그랬고 기자도 그랬다. 계단을 내려선 아래층도 현관 쪽이 아니었다.

"어, 이거 나가는 문이 어디 있지……?"

"그러게 말입니다. 저도 처음 오니 알 수 있어야지요."

"계단이 있는데 정문 쪽이 아니면 비상구라도 있어야지. 정문이 어느 쪽인지 알 수도 없고……."

"다시 올라갔다가 다시 내려올까요?"

"그래야겠는데요. 처음부터 다시…… 무슨 건물이 비상구도 없이……."

그 시간 낡은 바바리코트를 입은 한 건장한 청년이 전에 구로공단 '태양전자' 전무실 한편에 책상을 놓고 앉아 전화를 받거나 찾아오는 손님들의 차 시중을 들던 그 여자아이가 보증금 5백만 원에 월세 50만 원을 주고 얻은 반포동 17평짜리 아파트의 현관문 옆에 붙은 벨을 누르고 있었다. 무슨 일이 있어도 오늘은 동생을 춘천으로 데려가려고 경춘선 열차를 타고 올라온 그 여자아이의 오빠였다. 그러나 그간의 일은 묻지 않을 생각이었다. 어떻게 회사를 그만두고도 아파트를 갖게 되었으며, 아파트를 갖기 위해 그간 무엇을 했는지에 대해서도 또 먼저 다니던 회사의 전무한테서 연락이 왔었다는 이야기와 누군가 지금 동생이 있는 곳을 알려준 사람이 있었다는 것에 대해서도…….

청년은 계속 벨을 눌렀다.

그러나 문은 열리지 않고 있었다.

그가 누군지 그 청년도 궁금했다. 한 자 한 자 끊어서 말하듯 또박또박 주소를 알려 주곤 아무 말 없이 전화를 끊던…….

XI

비상구에 관한 두 개의 사전 지식

비상구非常口 명사. 건물이나 탈것 따위에서, 보통 때는 닫아 두고 돌발 사고가 일어났을 경우에만 사용하는 출입구.

① 흰 바탕에 푸른 글씨   ② 푸른 바탕에 흰 글씨

비상구 ① : 건물 안에서 그 문을 열면 바로 외부로 나갈 수 있는 출입구. 마지막 비상구를 표시. 대개 건물 외부와 연결되는 1층 비상구에 표시.

비상구 ② : 건물 안에서 비상구 ①로 연결되는 출입구. 대개 2층 이상의 비상구와 지하 비상구에 표시.

    압구정동엔 비상구가 없다

그러나 그곳엔 비상구가 없다.

그럼 어디에 있지?

그 비상구는……

작가로부터

나의 테러는 아직 끝나지 않았습니다

아직 끝나지 않은 이 "지상(紙上) 테러" 연장선에 서 있는 자들에게

불행한 이웃, 혹은 벗들……

나는 이 글을 이 책에 부칠 한 부분으로 쓰는 것이 아니라 앞자리에 놓인 『압구정동엔 비상구가 없다(원제 : 그곳엔 비상구가 없다)』의 연장으로 쓰고 있습니다. 형식이야 『압구정동엔 비상구가 없다』의 후기後記적 성격이 되겠지만, 내용은 앞서의 작품과 큰 구분을 두고 싶지 않다는 것이 바로 이 지면에 대한 나의 생각이자 강한 희망이기도 합니다. 아니, 핵심을 겉도는 이런 수사적 표현을 피해 심중에 있는 말을 여과 없이 내뱉는다면, 이 지면에까지 앞서 『압구정동엔 비상구가 없다』의 '테러'를 연장시키고 싶다는 것이 지금 나의 솔직한 심정입니다.

물론 작품에 대한 이런저런 몇 가지 작가의 말이야 당연히 따라야겠지요. 하여 피차간의 의례적인 인사는 생략하고 바로 '압구정동'에 대한 용어 정의부터 들어가도록 하겠습니다. 나에겐 두 번째의 장편소설이 될 『압구정동엔 비상구가 없다』는 당신들이 살고 있는 '압구정동'에 대한 이야기입니다. 그러나 작품 속에서 나

는 그 '압구정동'을 서울 어느 한 동네의 공간적 지명을 넘어 이 땅 자본계급의 상징적 대명사로 쓰고 있습니다. 그러니까 그것은 실제 행정 구역으로서 서울 강남의 압구정동일 수 있고, 8학군으로 상징되는 그 인근의 다른 여러 동네를 포함할 수도 있고, 넓게는 강북의 신문로이거나 평창동, 한남동, 더 멀리는 부산의 달맞이고개일 수도 있습니다. 그리고 시간상으로는 70년대의 도둑촌일 수도 있고, 최근 형성된 양재동, 방배동, 청담동의 호화빌라촌일 수도 있습니다. 같은 동네에서도 어떤 가구는 은혜(?)처럼 포함되기도 하고 또 어떤 가구는 그 은혜로부터 소외되기도 합니다. 여기서 은혜라고 함은 당신들의 시각으로 그렇다는 것입니다. 같은 단어를 두고 당신들은 그것을 '축복'으로 해석하고 나는 그것을 '똥통'과 별 구분 없는 동의어로 사용하고 있습니다.

그러나 한 가지 분명한 것은 『압구정동엔 비상구가 없다』 속의 '압구정동'은 당신들이 누구에게 대해서나 기를 쓰고 인정받길 강변하는 '이 땅 자본계급의 귀족적 상징'이 아닌, '이 땅 졸부들의 끝없는 욕망과 타락의 전시장, 아니 똥통같이 왜곡된 한국 자본주의가 미덕처럼 내세우는 환락의 별칭적 대명사'라는 점입니다. 동시에 그것은 당신들의 욕망과 타락의 가장 민감한 '성감대'이기도 합니다.

물론 '압구정동'의, 그런 욕망을 매개로 한 부패와 타락을 더없는 집단적 긍지로 가꾸어 나가는 당신들은 전혀 그것을 인정하고 싶지 않겠지만, 『압구정동엔 비상구가 없다』를 또 하나의 정신적 자식으로 내놓는 나의 진단과 해석은 그렇습니다. 어느 후배 평론가의 표현대로 작가인 내가 들여다본 '압구정동'은 우리 시대의 '문화사적·풍속사적 상징'이기도 합니다. 그리고 그것은 어떠한 윤리와 도덕도 자기 방식으로 빨아들이는 자본 집단의 거대한 블랙홀이기도 합니다. 물론 나의 『압구정동엔 비상구가 없다』 역시 그 거대한 블랙홀에 빨려 들어가 당초 내가 의도했던 비판적 경고와 대결은 앉을 자리 없이 사라지고 오히려 당신들의 탐욕적 명성과 부패적 권위의 확대에 역으로 복무하게 될지도 모릅니다. 누구보다 '압구정동'의 실체를 잘 알면서도 거기에 대한 원고를 쓸 자신이 없다며 잡지사의 원고 청탁을 거절하며 "없는 사람들이 실첸들 알면 뭘 해요. 그렇다고 거기에 몰로토프 칵테일(화염병)을 던질 것도 아니고……" 하던 작중 한 르포 작가의 염려처럼 말입니다.

앞서 여러분이 '압구정동'에 대한 나의 해석을 인정하고 싶어 하지 않듯 나 역시 그것을 인정하고 싶지 않지만, '압구정동'으로 지칭되는 당신들의 물신주의적 탐욕과 타락, 그리고 그것을 자양으로 하는 외형적 풍요와 환락은 적어도 그 이상이면 이상이지 그 이하는 아닙니다. 앞서 말한 후배 평론가 역시 작가인 내가 서 있는 자리가 무척이나 위태위태하게 보이는 것은 '압구정동'이라는 주제 자체가 어떠한 비판적 형상화도 그 체제 내에 흡수할 만큼 불가사리 같은 구심력을 지니고 있기 때문이 아닐까, 라고 걱정했습니다. 처음부터 내가 가장 경계했던 점이 그것이며 염려했던 점이 바로 그것입니다. 하여 나는 나의 이 작품이 당초 의도와는 달리 당신들의 탐욕적 명성과 부패적 권위의 확대에 역으로 복무하게 될지 모를 스스로의 함정과도 같은 아이러니에 빠져들지 않기 위한 최소한의 경계 장치로 당신들의 넘쳐흐르긴 하되 어느 한 부분 환멸과 연결되지 않을 구석 없는 '압구정동'식 삶의 여러 형태를 단순 폭로가 아닌 그 욕망의 밑바닥을 진단하고, 그 욕망이 빚어내는 부패와 타락에 대한 대결 방식을 가장 극단적 경고로서 혐오적(사전적 의미에 관계없이 나는 이 말을 증오 훨씬 이상의 의미로 쓰고 있습니다) 테러를 제시하기로 했던 것입니다.

그리고 나는 자신들에 대한 어떠한 비판과 경고도 아무 일 없다는 식으로 체제 안으로 흡수해 버리는 당신들의 그 거대한 '불가사리 같은 구심력'이 대체 무엇일까를 생각해 보았습니다. 그것은 당신들이 소돔성처럼 가꾸고 있는 '압구정동'이 우리 시대의 거의 모든 사람들이 꿈꾸거나 배출하고 있는 욕망과 타락의 거의 끝자리에 위치한 가장 민감한 '성감대'인 동시에 도덕적 절제 등 또 다른 한 일면에 대해선 지독히도 어두운 '불감지대'로서의 이중성을 '압구정동'이 영원히 '압구정동'이게 하는 두 정신의 축으로 하고 있기 때문이 아닌가 여겨집니다. '압구정동'의 그런 그릇된 두 정신과의 대결은 비판적 경고를 통한 소설적 대응보다는 작중 르포 작가의 말대로 차라리 몰로토프 칵테일을 통한 물리적 대결이 현실적으로 더 효과 있고 설득력 있을지 모릅니다. 깊을 대로 깊은 정신적 불감증일수록 의외로 작은 물리력 앞에서도 쉽게 두 손을 들고 굴복하고 마는 예를 80년대에도 90년대에도 우리는 무수히 보아 왔습니다.

『압구정동엔 비상구가 없다』에서 나는 네 명의 '압구정동' 사람을 작가인 나도 그가 어디에 살며 무엇을 하는 사람인지도 모르는 한 얼굴 없는 테러리스트로 하여금 차례대로 테러하게 하였습니다. 그리고 또 한 사람의 '압구정동' 사람을 자연스럽게 다음 주 금요일 밤의 테러 대상으로 지목하여 올려놓았습니다.

그 점, 여러분들에겐 많은 불만이 있을 줄 압니다. 아니, 불만이 아니라 뭐 이런 게 다 있어, 하는 식으로 대단히 불쾌했을지도 모를 일입니다. 그리고 그런 반성 없는 불쾌감의 표현이『압구정동엔 비상구가 없다』를 통한 나의 비판적 경고와 대결을 '압구정동'식으로 당신들의 체제 내로 빨아들이는 1단계의 마음 자세라는 것도 잘 알고 있습니다.

작중 한 인물의 입을 빌린 '압구정동'식 표현이라면 신문에 단한 줄이 나더라도 당신이 어디에 사는 누구라는 것을 딱 지목하여 밝히는 '부동산 상습투기자 명단'이 두려운 거지 이런 따위의 글이야 백 권이 아니라 천 권 나온다 해도 두려울 게 뭐가 있겠냐는 거지요. 그런 시기와 질투─우리들의 환멸적 혐오와 경고를 당신들은 그렇게 받아들입니다─는 '테러'가 아니라 막말로 '총살' 협박이라고 해도 눈 하나 깜짝 안 하겠는 태도로 말입니다.

만약 당신이 뒤늦게 '압구정동'에 편입한, 그러니까 몇 해 전만해도 '압구정동'의 물신주의적 탐욕과 그 탐욕을 바탕으로 한 부패와 타락을 누구보다 혐오하듯 공격하던 바로 우리 이웃이었던 그 사람이라면 이제는 그 물신교의 가장 신앙 두터운 신자로서 한 소설가 나부랭이의 괜한 심통과도 같은 '시기와 질투'를 비웃고 있겠지요. 세상 일이 다 저 하기 나름이다. 예전에 내가 그랬듯 없는 것들은 그렇게라도 있는 사람을 닦아세워야 직성이 풀리는 법이다. 그건 누구보다 내가 잘 알고 있다. 도대체 없이 사는 인종들은 가진 사람들의 노력을 인정하려 들지 않는다. 아니, 무슨 일에 대해서건 무조건 나쁜 쪽으로만 해석하려 든다. 가난이 무슨 벼슬이고 권리라도 되는 줄 아는 모양인데 많이 가진 사람들의 노력을 인정하고 존경하지 않는 한 가난한 사람은 영원히 가난하게 살 것이다. 부자는 저절로 만들어지지 않는 것임을 나는 이제는 기억하고 싶지도 않은 너희들 동네에서 배웠고 여기 '압구정동'에 와서 그것을 확인했다. 하고 말입니다.

당신들의 그런 그릇된 논리는 당신들의 욕망과 마찬가지로 자본의 논리에 격려 받아 고무되고 집단화되고 특권 의식화됩니다. 그리고 그런 특권 의식을 바탕으로 한 부의 과잉은 물신주의의 교리와도 같은 욕망을 매개로 필연적으로 부패와 타락을 낳습니다.

그러나 그런 '압구정동'의 욕망이 당신들에게만 있는가 하면 그렇지는 않습니다. 단지 그 욕망을 스스로 충족할 수 있느냐 못하느냐의 차이일 뿐 그것은 부를 장악하고(이미 소유의 차원을 넘어서) 있는 당신들뿐 아니라 평균치 훨씬 이하조차 소유하지 못한 자들의 가슴속에도 끊임없이 꿈틀거리고 있습니다. 그리고 그 꿈틀거림이 우리 모두의 영혼을 부패와 타락으로 감염시키고 있습니다. 『압구정동엔 비상구가 없다』에 나오는 태양전자 비서실의 여자아이, 성전환증 환자 강혜리, 일찍이 장한 어머니상까지 받은 압구정동의 노파, 누구보다 깨끗해야 할 그들의 영혼은 자신도 모르는 사이 '압구정동'식으로 오염되어 버렸습니다. 그중 나는 회복

불가능한 지경에까지 이른 강혜리와 노파, 그 두 사람을 테러하였습니다. 아니, 삶의 어느 한구석 슬프고 안타깝지 않은 구석이 없는 그 불쌍한 영혼들을 살해하는 것으로부터 '압구정동'에 대한 테러의 출발점으로 삼았습니다. 그들은 '압구정동'으로 지칭되는 당신들의 끝간 데 모를 부패와 타락이 생산해 낸, 그러면서도 당신들조차 혐오해 마지않을 이 땅 자본주의의 악취와도 같은 나락으로 떨어진 인생들입니다. 당신들의 욕망이 자본의 논리에 지배받고 부추겨집니다.

그럼에도 그 작품 내에 일관되게 흐르는 혐오적 테러의 시작을 그들로부터 출발하지 않을 수 없었던 것은—이것은 플롯뿐 아니라 작품의 주제에도 깊은 연관을 갖습니다—자칫 그 범위에 오해가 있을지 모를 나의 이 '지상 테러'의 대상을 보다 명확히 하자는 뜻에서였습니다. 거듭 밝히거니와 나의 이 '지상 테러'의 대상은 '자본'이 아니라 '자본의 부패와 타락'입니다. 언뜻 보기에 그것은 테러(비판)의 대상 범위를 큰 범위에서 작은 범위로 매우 좁힌 듯 보일지 모르지만, 오히려 그것으로 나는 그 끝없는 부패와 타락이 생산해 낸 왜곡된 자본주의의 쓰레기로부터 그런 쓰레기를 생산하는 자본의 실질적 주체까지 테러의 대상을 확대하고 에스컬레이트하고자 했던 것입니다.

나의 이 '지상 테러'는 자본의 부패와 타락에 대한 경고(응징이라면 얼마나 좋겠습니까마는)이며, 그릇된 논리에 부추김 받은 왜곡된 욕망에 대한 경고입니다. 그리고 그것은 당신들 '압구정동' 사람들에 대한 경고만이 아니라 그런 왜곡된 꿈틀거림을 억제할 수

압구정동엔 비상구가 없다

없는 욕망으로 가슴에 안고 있는 우리 모두에 대한 경고이며, 또한 이 땅의 왜곡된 자본주의 체제에 대한 경고인 동시에 그런 욕망으로부터 결코 자유로울 수 없는 작가 자신에 대한 자해적(이 경우 반성적이란 말은 얼마나 비겁하겠습니까) 경고이기도 합니다.

체제의 쓰레기로부터 그 쓰레기를 생산해 내는 자본의 실질적 주체까지—나의 이러한 테러 대상의 에스컬레이트에 대해 당신들로선 불만(혹은 불쾌)이 많을 줄 압니다. 그러나 거기에 대한 불만은 작가 자신인 나 역시도 적지 않습니다. 당신들이 느끼는 불만 훨씬 이상일지 모릅니다. 물론 서로 다른 방향에서 느끼는 불만이긴 하겠지만, 작가로서 내가 『압구정동엔 비상구가 없다』에 대해 갖는 불만은 당신들의 불만과는 반대로 오히려 그 테러 대상의 에스컬레이트가 미진하지 않았나 하는 점입니다.

당초 내가 『압구정동엔 비상구가 없다』에서 계획하고 지목했던 테러의 대상은 작품에 나타난 다섯이 아니라 적어도 그보다는 둘이 많은 일곱이었습니다.

우리에겐 그리 알려지지 않은 미국의 경제학자 버남은 일찍이 60년대에 '경영자 지배 사회'를 강한 희망처럼 주창하고 또 예견했습니다. 자본주의의 가장 바람직한(?) 끝자리가 거기라는 것인데, 그가 꿈꾼 경영자 지배 사회는 정경유착의 단계(그러나 버남은 이 단계를 설정하지는 않았을 것입니다)를 훨씬 뛰어넘어 말 그대로 경영자 지배, 자본의 국가 경제 지배뿐 아니라 권력 창출까지 가능한 단계일 것입니다.

그러나 나는 자본의 그런 거의 끝간 데까지 이른 두 형태의 욕망에 대한 테러를 미진한 대로 잠시 뒤로 미루어 두기로 했습니다. 『압구정동엔 비상구가 없다』속의 얼굴 없는 테러리스트가 아직 건재한(?) 이상 그들 역시 그 테러로부터 아주 자유스러운 것은 아니지만, 그 두 실체에 대한 접근은 보다 많은 공부와 보다 많은 자료, 보다 많은 관찰과 보다 많은 지면이 필요할 것 같습니다. 이어 나는 기회 닿는 대로 '비상구 없는 압구정동'의 두 번째 이야기를 써 나갈 것입니다. 그리고 작가의 이런 노력과 상관 없이『압구정동엔 비상구가 없다』속의 얼굴 없는 테러리스트 역시 나름대로 그들에 내한 집근을 시도하고 있을 것입니다. 그 욕망의 바다가 아무리 깊다 해도 우리 가슴속 그 바다보다 깊은 자리에 '윤리'라는 이름의 테러리스트가 아직 잠들지 않고 깨어 있는 한은 말입니다.

푸른 모래의 시간

이상한 일이었다. 요 근래 알 수 없는 일이 세 번째 똑같은 모습으로 반복해 일어나고 있었다. 작업실에 걸어 둔 빅제 기북이가 왼쪽으로 조금 기울어져 있는 것을 처음 발견했을 때만 해도 그는 거기에 대해 조금도 이상하게 생각하지 않았다. 그의 작업실엔 거북이 말고도 거북의 등판만큼 크고 길쭉한 벽시계가 그 벽과 모서리를 맞댄 벽에 걸려 있었다. 좌우의 균형이 맞지 않아 이따금 그가 손을 댔던 것도 거북이 아니라 벽시계였다.

　그러나 시계 역시 균형이 맞지 않는다고 바늘이 느리게 가거나 멈춰 서는 것은 아니었다. 그가 틈틈이 시계에 손을 댔던 것은 아래에 매달려 있는 진자 때문이었다. 그것은 바늘처럼 전지의 수명이 다했을 때도 멈춰 서고 균형이 맞지 않을 때도 언제인지 모르게 멈춰 서서 그의 손길을 기다리곤 했다.

　지난해 작업실의 구조를 바꾸었을 때 그의 형이 선물로 가져온 시계였다. 몸통에 달려 있는 액세서리가 모두 그때의 것이고, 구입할 때 형이 받았다는 보증서가 진짜라면 그것은 1846년 이탈리아의 어느 시계공이 만든 그야말로 예술품 같은 진자시계였다. 시계 위로 오랜 세월이 지나갔음을 느끼게 하는 겉틀의 목공 솜씨도 여간 아니었지만, 주석 합금을 불로 녹여 만든 숫자판도 절로 감탄을 자아내게 했다. 하늘의 시간을 여는 천사의 모습을 양쪽에 돋움으로 새기고, 그 천사들이 펼친 시간의 궁륭 위에 다시 끌과 망치로 하나하나 숫자를 파나간 솜씨 역시 그 자체로 하나의 부조작품 같은 느낌을 주었다.

형이 시계를 가져왔을 때 그는 그것이 진짜 그 시대의 물건이라고는 생각하지 않았다. 그러나 시대와 국적을 달리하는 모조품이라 하더라도 요즘엔 흔히 볼 수 없는 태엽을 감아 가는 진자시계가 아닐까 기대했다. 숫자판 아랫부분에 태엽을 감는 구멍이 그대로 뚫려 있었고, 몸통 오른쪽에 놋쇠로 만든 태엽감기가 카우보이의 권총처럼 비스듬히 걸려 있었다. 그는 그것이 어릴 때 집에 있던 시계의 태엽감기와 매우 비슷하다고 생각했다.

그러나 외관만 그랬지 시계 뒤의 몸통을 열어 보면 단 한순간의 허망함처럼 거기엔 바늘과 바로 연결된 전동장치 하나만 달랑 숫자판 뒤에 매달려 있었다. 진자도 애초의 물건에 쇠를 덧대 전동장치의 홈에 걸도록 만들어 놓았다. 모양은 다르지만 형도 예전에 집에 있던 시계를 생각해 사 온 것이라고 했다. 그들이 기억하는 시계는 그의 할아버지가 난리 중에 집 앞을 지나는 피난민에게 쌀 두 말을 주고 산 물건이었다. 그의 집에 온 것으로만 따져도 형보다 아홉 살이 많았고, 그보다는 열네 살이나 더 나이 먹은 물건이었다. 형은 자주 집을 비우던 아버지 대신 일찍 태엽을 감기도 했지만, 그는 그 모습을 옆에서 바라보기만 했다.

그가 서툴게라도 태엽을 감을 수 있을 만큼 자랐을 때 그 시계는 막 쏟아져 나오기 시작한 전자시계에 밀려 어디로 사라졌는지도 모르게 그의 집에서 사라져 버렸다.

그가 타 준 커피를 마시며 형은 요즘 다 좋은 거지? 하고 그의 어깨를 가볍게 두드렸다. 그도 가만히 고개를 끄덕였다. 그래, 정우도 잘 지낸다. 전화나 자주 해줘라. 그는 형수에게도 고맙다고 말했다. 형은 시계를 걸면 좋을 자리까지 손으로 짚어 주고 돌아갔다.

옆에 있는 거북이와의 사이도 좋았다. 그 말은 사진을 찍는 그가 전혀 다른 성격의 사물끼리거나 배경과의 어울림에 대해 혼잣말처럼 쓰는 표현이었다. 그래서 그는 작은 연못을 가득 덮고 있는 가시연잎과 그 위를 가마솥처럼 달구며 시간의 바퀴를 굴려가는 햇빛의 사이를 따지고, 강둑에 하얗게 부서지는 억새와 그 곁을 거의 움직임이 없는 바람처럼 느리게 지나가는 만장 행렬의 사이를 따졌다. 이따금 좌우의 균형이 흐트러져 다시 수평을 잡아 줄 때 말고는 시계도 잘 가고, 진자도 잘 움직였다. 아이도 형 집에서 제 사촌과 잘 지내며 자랐다.

그런 중에 벽에 걸린 거북이가 어느 날 몸을 움직인 것이 조금 특별한 일이긴 해도 그것이 이번이 처음인 일도 아니었다. 형이 시계를 가져오기 전엔 거북이만 한쪽 벽에 걸어 놓았다. 그때에도 거북이가 그 앞에서 한번 크게 몸을 움직였다.

그 무렵 사보 편집대행사에 근무하며 사진을 빌려 쓰는 일로 가끔 작업실을 방문하던 여자가 있었다. 오가며 한 번도 길게 이야기를 나눈 적이 없었는데 어느 날 여자가 그에게 그곳이 아주 깊은 바다 같다고 말했다. 거북이가 걸려 있는 벽면을 코발트색으로 처리해 놓아 더욱 그러기도 했겠지만, 꼭 그것만 두고 하는 말 같지 않아 그는 짐짓 여자에게 거북이가 헤엄치는 바다를 말하는 것이냐고 물었다. 아뇨. 그런 거라면 제가 더 말할 게 없겠지요. 여자가 대답했다. 선반마다 사진이 푸른 모래처럼 쌓여 있는 시간의 바다요. 그것은 좀 뜻밖의 말이었다. 다른 사람들은 코발트색 벽을 바다로 여겼고, 여자는 그것을 푸른 모래라고 말했다. 그래서 그도 오랜만에 말을 늘여 일을 하다 보면 사진이 곧 시간이며, 때론 그것을 증명하는 일이기도 하고 견뎌 내는 일이기도 한 것 같더라고 말했다. 그러자 여자가 물끄러미 그의 얼굴을 바라보다가 꼭 이렇게 물었다. 그런데 저 푸른 모래 위의 거북이는 지금 어디로 나아가고 있나요?

그때까지 많은 사람이 방문했어도 그렇게 말하거나 물었던 사람은 없었다. 다들 그가 알지 못할 거북이의 나이에 대해서 물었고, 그걸 어디에서 구해 작업실에 걸어 두게 된 것인지에 대해서 물었다. 그도 가만히 여자의 얼굴을 바라보다가 거북이 쪽으로 시선을 돌렸다. 그때 딱 한번 거북이가 그의 눈앞에서 마치 천정을 향해 푸른 모래를 헤치고 앞으로 나아가기라도 하듯 꿈틀 몸을 움직였다. 그는 그것을 방금 전 여자와 나눈 말들에서 온 착시라고 생각했다.

이후 여자는 다시 그의 작업실에 오지 않았다. 아니, 왔어도 한두 번 더 오고 그다음엔 여자의 후임이 왔던 것 같다. 그러나 그렇다 하더라도 그것 역시 시계가 걸리기보다 먼저인 지난해 봄의 일이었다. 여자도, 그때 그 일도 까마득히 잊고 있었는데 거북이가 다시 그때처럼 몸을 움직인 것이었다.

그가 그 거북이를 만난 것은 6년 전 경주에서였다. 경주는 그가 열여덟 살 때 집을 나와 처음 사진 일을 배운 곳이기도 했다. 그러나 그때, 그 시절의 기억으로 경주에 갔던 것은 아니었다. 아내의 세 번째 기일이 이틀 앞으로 다가왔을 때 그는 문득 어떤 수술적인 힘에 끌리듯 경주에 가고 싶어졌다. 열여덟 살 때 좁은 세상이 답답해 몰래 집을 나와 숨어들듯 찾아갔던 경주가 아니라, 아주 오래전 사람들의 슬픔을 다스려 주던 절이 있고, 그 절로 가는 몇 개의 아는 길이 있는 그런 오래된 마을 경주를 찾아가보고 싶었다.

아내의 죽음은 그에게 삶의 기저에 대해서도 그랬지만, 이제까지 알아도 그만 몰라도 그만인 세상사의 사소한 일들에 대해서도 참으로 많은 것들을 새로 알게 해주었다. 아내가 죽던 날, 그는 충남 금산에서 충북 영동 쪽으로 나가는 698번 지방도 위에 있었다. 어쩌면 이미 충남에서 충북의 도계를 넘어선 598번 지방도였는지도 모른다. 거리와 관계없이 기점과 종점지의 구분만으로 하나의 번호를 갖는 국도와는 달리 지방도는 같은 길이라 하더라도 도계를 넘어서는 순간 그 도로의 앞자리 숫자가 그 지방마다의 고유번호로 바뀌었다. 같은 길도 도계를 넘어 충북쪽이면 598번 도로가 되고, 충남 쪽이면 698번 도로가 되었다.

　　　　　　　　　　　　　　　　　푸른 모래의 시간

아내가 죽었을 때, 그때 나는 어느 길 위에 있었는지 지도를 짚어보다 그가 새로 알게 된 것들이었다.

그러기 전 시간차를 둔 우연의 일치처럼 그에게 국도의 번호 구분법에 대해서 말해 준 사람도 바로 그의 아내였다. 그때 어디를 다녀오던 길이었는지 막히는 차 안에서 아내는 교통지도를 펴 놓고 이리저리 살펴보다가 홀수 번호의 국도는 모두 남쪽에서 북쪽으로 올라가는 길이고, 짝수 번호는 서쪽에서 동쪽으로 가는 길이라고 했다. 목포에서 서울과 개성을 지나 신의주까지 가는 길이 1번국도라는 것은 그도 예전부터 알고 있었지만, 목포에서 동쪽으로 부산의 낙동강 하구둑까지 나가는 길이 2번국도라는 것은 그때 아내의 말을 듣고 알았다.

"3번국도는?"

"경상남도 남해에서 문경과 의정부를 거쳐 평안북도 초산까지 올라가는 길이야."

"초산이 어딘데?"

"나도 가보지 않아 몰라. 그렇지만 이 지도 말고 학교 지도를 펴 놓고 보면 강남산맥 너머 압록강가에 그런 데가 있어."

"그럼 4번국도는?"

"그건 충청남도 장항에서 당신이 좋아하는 경주를 지나 감포 바다까지 나가는 길이고."

"희한하군. 자기가 운전하는 길도 잘 모르는 사람이 그건 어떻게 아는데?"

무릎 위에 지도를 펴 놓긴 했지만, 금방 지도를 보고 안 것 같지 않아 다시 그가 물었다.

"누가 가르쳐 줬어."

"누가?"

"나 학구적이라고 학교 다닐 때 선배가."

그 말을 하며 아내는 막히는 길 위에서도 짜증 하나 없이 환하게 웃었다. 그날 남쪽에서 서울로 돌아오는 이 나라의 1번고속도로는 참으로 많이 막혔다. 아내는 그에게 우리나라의 많고 많은 길 가운데 당신이 가장 좋아하는 길은 어느 길이냐고 물었다. 그가 장난처럼 막히지 않는 길이라고 하자 아내는 현실적으로 말고 상징적으로 말이야, 하고 다시 물었다. 그는 부산에서 그의 고향 영덕과 양양, 금강산을 지나 함경북도 어디까지인지 모르게 이어진 7번국도라고 대답했다.

"왜?"

"그 길로 가면 이쪽은 산이고 저쪽은 바다여서 그냥 그 사이를 지나가기만 해도 누가 가슴에 과산화수소를 발라 주는 것 같거든."

"어, 당신도 그렇게 표현할 줄 알아?"

"그게 왜?"

"그렇게 말하니까 길보다 그 말이 더 과산화수소 같잖아."

그러나 그날 아내의 웃음이야말로 정말 운동회날 과산화수소 같았다.

그리고 딱 한 계절 더 나아간 어느 금요일 오후였다. 그날 그는 698번 지방도 위에서 언젠가 그 길을 가며 무심코 보았던 방앗간 하나를 찾고 있었다. 그때만 해도 자기 작업실과는 거리가 먼 드라마 외주업체에서 조연출 생활을 하던 시절이었다. 회사에서 새로 찍기로 한 드라마에 70년대 분위기가 나는 시골 방앗간이 여러 장면 나온다고 했다. 감독은 자기가 보고 판단할 수 있게 몇 군데 방앗간의 그림을 담아오라고 했다. 그중엔 감독이 알려 준 곳도 있고, 그가 예전에 봐 두었던 곳도 있었다. 길을 지나며 틀림없이 그 옆에 살림집 하나 곁들일 만한 방앗간을 보았던 것 같은데, 허름한 슬레이트 지붕의 농협 창고를 방앗간으로 착각했던 것인지 다시 찾아갔을 때 그것이 보이지 않는 것이었다. 속도를 줄이고 영동에서 금산 쪽으로 나갔다가 다시 조금은 난감하고도 황당한 기분으로 금산에서 영동 쪽으로 되짚어 오던 길에 가슴 앞에 걸고 있는 핸드폰의 진동이 울렸다. 그가 얼른 플립을 열고 기척을 하자 저쪽에서 굵고도 사무적인 남자의 목소리가 한여름에도 등골이 서늘해지는 기분으로 아내의 이름을 대며 보호자를 찾았다.

"예, 제가 신미은의 보호자입니다."

상대는 거듭 보호자라면 신미은씨와 어떤 관계냐고 물었다. 그는 길가에 자동차를 세우고 남편이라고 대답했다.

"이런 참…… 그러면 놀라지 말고 들으십시오. 여기는 병원이고, 저는 경찰입니다. 오늘 낮에 자유로에서 자동차 사고가 있었습니다."

"……."

"그 사고로 신미은 씨가 사망했습니다."

순간 놀라기도 했겠지만, 그의 정신은 오히려 이것이 바로 명료함이지 싶을 만큼 맑아지며 차분해졌다.

"아내가 사고를 낸 겁니까?"

그럴 리 없겠다 싶으면서도 확인차 그가 물었다.

"아닙니다. 사고를 낸 운전자는 따로 있는데 그 사람도 사망했습니다."

"지금 있는 곳이 어디라고 했습니까?"

그는 다시 또박또박 말을 끊어 물었다.

"일산 ㅂ병원입니나. 병원 응급실에 오시면 거기에서 안내를 해줄 겁니다."

"일산이요?"

"예."

일련의 명료함 속에 그 말이 왜 낯설게 들렸던 것인지 모르겠다. 그곳이 어딘지 모르지 않지만 그의 집은 서울에서도 그 반대쪽인 길동이었다. 있지도 않은 자동차를 끌고 나간 것도 아닐 테고, 운전도 잘할 줄 모르고 게다가 길까지 어두운 아내가 왜 그곳까지 가서 그런 사고를 당했다는 것인지 그로서는 도무지 이해할 수가 없었다.

휴가 절정기라 상하행선 모두 꽉꽉 막혀 있는 길을 뚫고 올라와 병원에 도착했을 때 아내는 이미 응급실에서 영안실로 옮겨져 있었다. 그가 확인한 것은 아내의 얼굴이 아니라 눈을 감았는지 떴는지도 모르게 흉측하게 부서져 있는 한 여성 교통사고 사망자의 얼굴이었다. 사고가 난 곳이 일산과 파주 중간쯤 지점

푸른 모래의 시간

으로 서울에서 파주로 나가는 길이 아니라 파주에서 서울로 들어오는 길이었다는 것도 그는 병원에 와서야 들었다.

그는 어디에서 사고가 났든 아내가 타고 있는 자동차를 길 반대편에서 다른 자동차가 정면으로 달려와 부딪쳐 양쪽 자동차에 탄 사람 모두 사망한 것으로 생각했다. 그런데 그가 모르는 어떤 남자의 자동차에 아내가 동승했으며, 급커브 길에서 가드레일을 받고 튕겨져 나가며 두 사람 다 그 자리에서 절명한 것이라고 했다. 그는 먼 곳에서 연락받고 늦게 도착했지만, 병원에 일찍 나온 남자 쪽 유족들은 사고 수습도 이미 낮에 다 끝내고 남자의 시신을 저녁 때 서울 어느 대학병원의 장례식장으로 옮겨 갔다고 했다.

그러자 그의 머릿속에 빠르게 정리되는 것이 있었다. 사고가 났을 때 경찰도 처음엔 두 사람을 부부로 알았을 것이다. 그러다 신원을 확인하는 과정에 남이라는 것을 알았을 테고, 그런 거야 이런 사고에 종종 있는 일이라 놀랄 게 없다 해도 다른 남자의 자동차에 동승해 사고가 난 여자의 실제 보호자를 찾아 사고 내용을 전달하는 일은 어느 경우에라도 곤혹스러워 여러 번 자신에게 남편이 맞느냐 아니냐를 물었을 것이다. 또 자신의 연락을 받고 병원에 나온 장모가 쇼크를 받아 처남이 다시 모시고 들어갔다는 것도, 그래서 그쪽 집안에서는 더 이상 누가 나와 볼 수도 없으며, 아주 외면만도 할 수 없어 이런 자리에 가장 만만한 처형과 처형의 남편이 최소한의 조문 대표처럼 병원에 와 있는 정황까지도 그대로 그의 눈에 들어왔다. 아이도 우선은 그곳에 가 있다고 했다. 그는 형과 형수 모르게 현관 밖으로 처형을 불러내 그 남자를 처형도 잘 아느냐고 물어보았다. 처형은 가만히 고개를 끄덕이며 이따가, 라고 말했다.

그가 사고 경위를 확인하기 위해 경찰서 교통과에 다녀온 다음 밤이 깊어 형수는 아이가 있는 집으로 돌아가고, 아내의 빈소는 그와 형, 처형과 동서, 네 사람이 지켰다. 아내의 빈소에서 보내는 밤이라는 게 참 적막하기도 하면서 머릿속에 밀려오는 생각까지 낮과 다르고 저녁과 달랐다. 아까 병원에 도착해 남자 쪽에서 빈소를 서울로 옮겨 갔다는 말을 들었을 땐 이쪽에서 무슨 행패라도 부릴까 봐 피해 갔나 싶었는데, 밤이 깊자 그건 또 얼마나 다행스러운 일인가 싶어졌다. 부부가 아닌 남자와 여자가 같은 차를 타고 가다가 사고가 나고, 그래서 같은 병원 장례식장에 나란히 빈소를 차리고, 많은 사람들이든 적은 사람들이든 문상 다녀가는 사람들이 그 일로 수군거리고, 또 어쩔 수 없이 이쪽 빈소의 사람들이 저쪽 빈소의 동태를 살피고, 그러다 보면 더러 통로거나 현관 같은 곳에서 어색하게 부딪치기도 할 텐데 그것은 또 얼마나 난감한 일이랴 싶었다. 자정이 넘자 이번엔 처형이 그를 밖으로 불러냈다.

"미은이가 참 바보 같았죠. 그 사람 앞에선 늘."

처형의 말에 따르면 미은이 대학에 입학했을 때 그 남자는 군까지 마친 석사 과정의 대학원생이었다. 보통 캠퍼스 커플이라고 하기엔 나이 차이도 적지 않았지만 두 사람 사이는 학과뿐 아니라 단과대학 내에서도 소문이 났을 정도였다. 어쨌거나 남

푸른 모래의 시간

자가 박사 과정을 마치고 또 미은이 학교를 졸업할 때쯤 모두 언제 결혼하더라도 두 사람이 결혼할 줄 알았다. 그런데 그 시기에 두 사람은 헤어졌고, 어느 날 남자는 다른 사람과 식을 올리고 곧바로 미국으로 가버렸다. 그곳 어느 대학에서 연구원 생활을 하며 계속 공부한다는 얘기를 들었는데, 지난겨울 다시 국내 어느 대학의 교수로 들어온 것이라고 했다.

"오늘 와서 보니 그렇네요. 이런 말 하기는 그렇지만, 그 사람도 미은이가 착하기만 해서 그랬을 거예요. 와서 다시 부른 것도 그렇고. 미안해요."

"뭐가요?"

"우리 미은이……."

"……."

"어쩌면 지금 말은 못하고 혼자 많이 미안해하고 있을지 몰라요."

그는 처형의 그 말처럼 아내를 잘 표현한 말도 없을 거라고 생각했다. 그의 마음 안에도 아내는 그랬다. 미안하면 아내는 말을 하지 않고 가만히 웃기부터 했다. 아이는 이제 두 돌이 막 지났다. 그것 역시 아내가 일찍 자리를 떠나며 말은 하지 못하고 마음으로만 미안해하고 있을 일 중의 하나였다. 그렇게 많은 미안함을 뒤로하고 아내는 다른 남자의 자동차를 타고 자신과 아이의 곁을 떠났다.

열여덟 살 때의 기억으로 경주에 갔던 것은 아니지만 그곳에 가서 그가 가장 먼저 한 것은 황오동의 옛 사진관을 찾아가 보는 일이었다. 그전에도 몇 번 경주에 간 적이 있지만 늘 다른 일에 쫓겨 예전 어린 나이에 그 도시에 와 처음 일을 배웠던 그 사진관엔 다시 가 보게 되지 않았다. 아직 '포토'거나 '스튜디오'라는 말을 쓰기 전, 다른 사진관들은 모두 현대사진관, 샛별사진관, 서울사진관, 하는 식의 이름을 쓰던 무렵 '서라벌사장'이라는 그보다 더 예스러운 이름을 쓰던 사진관이었다.

고등학교 졸업을 두 달 앞둔 어느 겨울 아침, 그는 갑자기 세상이 좁고 답답하게 느껴져 남쪽으로 가는 버스에 올랐다. 그런 따분함 속의 출발이라면 당연히 서울이나 부산 같은 대도시로 갔어야 했다. 애초 표를 끊은 것도 부산까지였다. 중간에 경주에 몸을 내린 것이 그 도시의 어떤 끌림 때문이었는지는 모르지만, 다들 어느 도시로 가든 쉽게 일자리를 찾아 들어가는 여관이나 중화요리집이 아니라 터미널에 내린 다음 하루 종일 이 거리 저 거리를 터벅터벅 걷다가 어느 사진관의 문을 두드린 것은 특별히 그 일에 자신이 있어서라기보다 그전에 영덕에서 보아 둔 무엇이 있기 때문이었다.

영덕 영진사진관엔 학교를 다녀야 할 나이에 학교를 다니지 않고 사진관에서 일하는 그와 비슷한 또래의 사내아이가 있었다. 읍내의 다른 사진관과는 달리 영진사진관은 그 아이가 이 학교 저 학교로 작은 수첩 같은 사진첩을 들고 다니며 학교 선생들의 눈을 피해 사진 촬영권을 팔았다. 그냥 사진관에 가서 찍으면 이미 정해진 값에 반명함판 사진 여섯 장만 뽑아 주고 말지만, 학교로 찾아온 그에게 먼저 반값을 주고 촬영권을 산 다음 나중에 사진관에 가서 나머지 반값을 더 내면, 반명함판 사진 여섯 장 외에 증명사진 몇 장과 물레방아나 낙엽 그림 속에 자기 얼굴과 「못 잊어」와 같은 짧은 시 한 소절을 넣어 주는, 그 아이의 선전대로라면 먼 곳에 있는 친구에게 보내는 펜팔 편지 속에 넣어도 딱 좋고, 또 그냥 앨범에 끼워 두어도 학창 시절 두고두고 추억에 남을 카드 사진 몇 장을 더 뽑아 주었다. 특히 그 카드 사진은 여학생들에게 대단한 인기 상품이었다. 증명사진이거나 반명함판 사진 때문이 아니라 바로 그 사진 때문에 사진관을 찾는 여학생들도 많았다.

그는 촬영권 얘기를 하지 않고도 서라벌사장에 바로 일자리를 구했다. 봄이 되기까지는 실내와 실외 사진 촬영에서부터 현상과 인화에 대한 기초 지식을 배우고, 새 학기가 시작되자 이 주일에 한 번꼴로 경주 시내의 각 중고등학교를 돌아다니며 서라벌사장의 특별 촬영권을 팔았다. 여학교에 가면 광고 중에 저절로 얼굴이 붉어질 때도 많았다. 어떤 날은 불국사역 바로 앞의 경주여상고에 갔다가 다시 시내를 통과해 북천변의 경주여고까지 두 군데 여학교에 나가 촬영권을 팔고 오기도 했다. 사진을 쓸 일은 아무래도 인문계 학교보다 주산 급수 시험같이 틈틈이 기능 자격시험을 봐야 하는 실업계 학교가 많은 것 같았다. 또 남학생들보다는 여학생들이 더 자주 그때그때 자기 얼굴을 사진으로 남겨 두고 싶어 했다.

"전엔 하지 않던 일이라 별다르긴 하다만 어차피 돈 받고 찍어 줄 사진 촬영권 파는 거야 무슨 대수겠냐. 옛날에 너처럼 여기 와서 동네 애들한테 공짜로 마를 구워 팔며 남의 나라 공주를 후려 간 사나도 있었는데."

그가 수첩 같은 사진첩을 들고 여학교에 가 촬영권을 팔고 오면 서라벌사장 주인은 이따금 그런 농담을 했다. 하기야 그곳은 도처에 그런 이야기들이 깃들어져 있는 곳이었다. 그도 그 말을 들은 다음부터 황오동에서 북천변에 있는 경주여고로 갈 때마다 여왕이 죽은 다음 왕위에 오르기로 되어 있었으나 그곳 북천이 범람하는 바람에 왕위에 오르지 못한, 어떤 불운한 사내를 떠올렸다.

그는 서라벌사장에서 일 년 동안 일을 배웠다. 정확하게는 다음 해 가을까지, 꼭 10개월 동안이었다. 처음엔 그냥 일자리를 구하러 들어온 것이었지만, 하루하루 일을 배우다 보니 취미도 적성도 맞는 것 같았다. 가끔 주인 대신 만만한 자리의 출장 촬영을 나갔다 오면 특별히 그러자고 신경을 쓰고 그렇게 찍었던 것도 아닌데 사진 구도를 독특하게 잘 잡는다는 칭찬도 여러 번 들었다. 서라벌사장 주인은 너는 이대로 여기서 착실하게만 일하면 이다음 누구처럼 마를 구워서가 아니라 사진으로 경주 여자 하나를 후리겠다고 말했다.

그러던 어느 깊은 가을날 형이 경주로 그를 찾아왔다. 전날 어느 학교의 3학년생들이 단체로 몰려와 찍은 학력고사 원서용 사진을 오전에 인화해 놓았다가 오후에 종이 작두로 반듯반듯하게 잘라 번호 순서대로 작은 봉투에 넣고 있을 때 형이 불쑥 사진관 안으로 들어왔다.

"여기 있었구나. 와서도 한참 찾았다."

"어, 어떻게 알았는데?"

그는 작두질을 하다가 너무 놀라 오히려 태연하게 그렇게 물었다.

"영덕, 여기서 멀지 않아. 널 본 사람도 많고. 주인은 어디로 간 모양이지."

"응, 밖에."

"큰소리 내지 말고 이제 집으로 갈 준비해라. 일 년이면 너 바람도 충분히 쐬었으니까."

그 한마디로 형은 모든 얘기를 끝냈다. 전에도 형은 그에게 늘 집을 나가 있는 아버지보다 더 아버지 같은 사람이었다. 형은 군에서 제대해 집으로 온 지 열흘이 되었다고 했다. 그는 한 시간쯤 후 외출에서 돌아온 주인에게 이제 그만 집에 가야겠다고, 안녕히 계시라고 인사하고 형을 따라 사진관을 나왔다.

"은수야. 어머니 아프게 하지 마라. 어머니는 우리가 아니어도 이미 마음이 많이 아픈 사람이야."

아버지 이야긴 줄로만 알았는데, 그날 밤 불을 끄고 누운 방에서 형은 자신과 그 사이에 태어나 일찍 저세상으로 간 또 한 사람의 형제에 대해서 얘기했다.

"너하고 나하고 다섯 살 차이야. 그러면 보통 그사이에 누군가 하나 더 있어야 하는 게 맞겠지. 내가 일곱 살 때고, 너는 막 태어난 다음 한 살 더 먹어 두 살이고, 이름이 해수였던 그 아이는 다섯 살이었어. 늘 그랬던 것은 아니지만, 내 기억 속에 그 아이는 혼자 앉아 있을 때보다 어머니가 안고 있을 때가 더 많을 정도로 몸도 약하고 얼굴도 하얗고 그랬어. 그런데도 참 잘 웃었어. 그런데 기침을 참 심하게 하며 앓다가 어느 날 밤, 그 아이가 죽었어. 나는 이제까지 어머니가 우는 것을 그날 밤에 딱 한 번 봤어. 지금도 내 마음 안에 그날 밤처럼 슬픈 밤이 없고. 우리가 아프게 해야 할 거 그 아이가 다 아프게 하고 간 거야."

그런 형제의 존재를 아주 모르고 있었던 것은 아니지만, 그동안 아버지도 어머니도 형도 거기에 대해서는 한 번도 입을 연 적이 없었다. 그것은 그냥 한 집안의 금기적 단어였던 것이고, 그 금기적 단어로 형은 어린 날 영덕 장판에까지 소문이 날 만큼 일찍 철이 들었을 것이다.

"내 얘기는 사진을 하더라도 제대로 공부를 하고 나서 하라는 얘기야."

다음 날 그는 형을 따라 엊그제 경주에서 자신이 찍어 주었던 학력고사 원서용 사진을 영진사진관에 나가 찍었다. 영진사진관의 그 친구는 그에게 그동안 어디에 가 있어서 보이지 않았느냐고 물었다.

황오동에 있던 옛 사진관 자리로 왔을 때 서라벌사장이 있던 자리는 흔적도 없이 사라지고. 거기에 새로 지은 건물에 꽤 규모 큰 24시간 편의점이 들어서 있었다. 사진관만 없어진 게 아니라 사진관이 어디 갔느냐고 물을 데조차 없어진 것이라 조금은 쓸쓸한 기분이 들었다. 그날 그는 불국사 앞 숙박 단지에서 잠을

잤다. 아직도 불국사 경내엔 예전에 자신이 처음 경주로 왔을 때처럼 그곳에서 관광객들을 상대로 사진을 찍어 주는 사진사들 몇이 예전에 먼저 찍은 사진들을 패널처럼 펼쳐 놓고 사람들을 불렀다.

거기 숙박지에 자동차를 두고 석굴암까지 걸어 올라간 것은 다음 날 오후의 일이었다. 그냥 무더운 여름 한낮, 삶의 반칙처럼 먼저 자기 자리를 두고 떠난 사람을 생각하며, 혹은 그런 생각조차 하지 않고 땀을 뻘뻘 흘리며 그냥 그곳까지 올라가 보고 싶었다. 그러면 그렇게 땀을 흘린 것만큼이라도 어딘지 모르게 마음이 나아질 것 같았다. 그는 귀가 멍멍해지도록 울어대는 매미 소리를 들으며 한 시간가량 토함산 순환도로를 따라 올라갔다. 매미들은 마치 소리로 사람의 생각을 파먹는 나찰의 정령들 같았다.

그러다 그 매미 소리의 방해 속에서도 옛일의 고리 하나를 잡듯 그는 법화경이라는 것은 대체 어떤 내용의 경전이며 또 어느 정도 두께의 경전인지, 그 안에는 또 몇 글자나 들어 있는지, 이번에야말로 서울에 돌아가면 그것부터 꼭 알아봐야겠다는 생각을 다시 떠올렸다. 전에도 길 위에서 몇 번 같은 생각을 한 적이 있는데 막상 집에 가면 또 까마득하게 잊고 말았다. 아내를 생각하면서 길을 걸으면 늘 그렇게 예전의 어떤 일들이 정리되지 않은 채로 그의 머릿속에 떠다녔다. 아내가 죽기 얼마 전 내소사에 갔을 때였다. 절 입구 안내판에서 그 절에 보관되어 내려오고 있는 법화경절본 사본이 그 절의 대웅보전과 또 경내에 있는 고려

311

동종과 함께 보물로 지정되어 있다는 안내 글을 읽고 아내가 법화경, 하고 고개를 갸웃거리더니 이렇게 말했다.

"아, 그게 그 얘기였구나. 전에 학교 다닐 때 누가 그거 얘기해주었는데."

"무슨 얘기?"

"설명 들은 대로 말하면 절본이라는 건 길이가 긴 문서를 펼쳐 보기도 편하고 보관하기도 편하게 병풍처럼 이쪽저쪽으로 접은 걸 말하거든. 그러니까 법화경을 길게 베껴 쓴 걸 차곡차곡 접은 것 말이야."

"그게 뭐?"

"조선시대 태종 때 이씨 성을 가진 부인이 있었는데, 남편이 죽자 부인이 남편의 명복을 빌기 위해 일자일배했다는 거야. 글자 한 자 쓰고 절 한 번 하고, 또 글자 한 자 쓰고 절 한 번 하고, 그렇게 법화경 일곱 권을 다 쓰고 나자 죽은 남편이 나타나 부인의 머리카락을 어루만졌대."

거기까지 얘기하곤 아내가 입을 다물어 그게 전부야? 하고 그가 물었고, 아내도 그런 얘기치고는 끝이 좀 그렇지? 하는 얼굴로 응, 하고는 고개를 끄덕였다.

"뭐가 그래. 다시 살아난 것도 아니고."

"다시 살아나는 건 천녀유혼 같은 전설 속의 얘기들이고, 이건 그 절본 사본 뒤에 적혀 있는 얘기거든. 이걸 일자일배로 다 사경하고 나니까 실제 이런 일이 있었다, 하고 말이야."

"그래도 그렇지. 그냥 머리 한 번 어루만지는 걸로 끝나면 허무하잖아."

"그러니까 이다음에라도 당신, 나 두고 죽지 마. 죽고 나면 죽은 사람도 산 사람도 다 그렇게 허무해지는 거니까, 우리는."

아내도 그때는 자신의 운명에 대해선 지나가는 바람의 그림자만큼도 생각하지 않았을 것이다. 그는 일주문을 지나 소나무 숲길을 돌았다. 비 오듯 흐르는 땀 속에 그는 어쩌면 아내에게 그 얘기를 해준 사람도 바로 그 사람이었을지 모르겠다고 생각했다. 그러려고 하지 않아도 언제나 아내에 대한 생각의 끝은 이미 이 세상에 없는, 세상 바깥의 또 한 축으로 연결되었다. 그러고 나면 저절로 자신이 싫어지고, 가슴속에 깃듯 나쁜 기운처럼 깊고 긴 한숨이 흘러나왔다.

그는 몸속의 그런 나쁜 기운과 생각들을 떨쳐 버리듯 석굴암의 본존불을 유리문 바깥에서 열두 번의 절로 친견했다. 그리고 오던 길을 돌아 나오다가 요사채 옆 기와불사 접수처에서 두 장의 기와 뒤에 각기 한 사람의 이름을 적었다. 먼저 적은 것은 형과 그 사이에 태어나 다섯 살 때 저세상으로 갔다는, 그로서는 그런 형이 있었다는 것만 알지 얼굴도 모르는 또 다른 형의 이름이었고, 뒤에 적은 것은 아내의 이름이었다. 아내의 이름을 적은 건 삼 년이나 지난 다음 뒤늦은 천도의 뜻을 포함해서였지만, 얼굴도 모르는 형의 이름을 적은 것은 예전에 경주에서 영덕으로 오던 날 밤과는 다르게 이제 그 형에게도 감사의 뜻을 전해야 할 게 있었기 때문이었다.

이제까지 형은 딱 두 번, 자신과 그 사이에 태어나 일찍 저세

313

상으로 간 또 한 사람의 형제에 대해서 말했다. 한 번은 경주에서 형에게 끌려 함께 영덕으로 돌아오던 날 밤이었고, 또 한 번은 아내의 시신을 화장하여 뿌리고 돌아온 날 밤이었다. 그날 형은 술잔을 사이에 놓고 조용조용 말을 이었다.

"너는 두 살이었으니 당연히 기억이 없겠지. 그렇지만 나는 이제까지 살아오면서 어떤 죽음 앞에서도 그 아이를 먼저 생각해. 아까 계수씨를 화장할 때에도, 그리고 강가에서 네가 계수씨를 떠나보낼 때에도 나는 내내 그 아이를 생각했어. 그 아이가 떠난 건 어느 봄날 밤이었는데, 바람도 그렇게 많이 불지 않았는데 다음 날 마당가 우물 위에 살구꽃이 가득 떨어져 있더라. 그런 봄날 새벽에, 동네 사람들 아무도 모르게 아버지가 그 아이를 지게에 지고 산으로 갔어. 나는 방에서 눈을 감은 채, 문밖에서 할아버지가 마루로 나와 이렇게 인사하는 소리를 들었어. 해수야, 잘 가 있어라. 할아비가 널 보러 곧 가마. 어머니는 할머니가 마루로 나가지 못하게 방 안에 꼭 붙잡고 있어서 소리도 내지 못하고 안으로만 웅웅 울고 있었고. 눈을 꼭 감고 있었는데도 살구꽃 떨어지는 것 말고는 방 안과 마루와 마당의 정경이 다 보이는 것 같았어. 아버지가 할아버지에게 뭐라고 했는지 아니? 데려다주고 올게요. 어둠 속에 그렇게 말했어."

"데려다주고……."

"그래. 동네 뒷산 어딘가에 아버지가 그 아이를 묻었을 거야. 아버지는 새벽에 나갔다가 아침이 되어 빈 지게에 삽과 괭이만 얹어서 돌아왔어. 나는 이후에 아버지에게 한 번도 해수를 어디에 묻었느냐고 묻지 못했어. 그건 묻은 게 아니라 데려다준 거니까 함부로 물어서는 안 되는 말 같았어. 물어도 아버지가 알려주지 않았겠지만 말이야."

"……."

"어릴 때 들은 말이라는 게 참 그렇게 무서워. 그래서 지금도 나는 그 아이를 아버지가 어디에 데려다줬다는 생각을 할 때가 많아. 아닌 줄 뻔히 알지만 어릴 때 아버지가 집을 나가 오래도록 들어오지 않으면 해수를 데리러 갔나, 그렇게 생각할 때도 많았고. 어릴 때 어머니도 아버지가 이제 돌아올 때가 되었는데도 돌아오지 않아 나한테 이렇게 물어. 느 아버지는 어디 가서 이렇게 오지 않나. 그래서 한번은 내가 무심코 이렇게 대답했어. 해수 데리러요. 그런데, 그다음엔 어머니도 아버지가 집을 나가면 그렇게 생각하고 아버지를 안 찾으시는 거야. 그런 아버지와 어머니도 몇 해 전에 해수 곁으로 가시고, 이제 해수를 아는 사람은 너하고 나밖에 없어."

"나도 잘 몰라요. 형이 말하니까 알지."

"그래도 우리는 서로 영혼으로 아는 거야. 아까 강가에서도 나는 해수를 봤어. 내가 태어나 가장 처음 경험한 죽음이 해수여서인지, 나는 나와 가까운 사람 누가 죽었다고 그러면 어떤 그림처럼 떠오르는 풍경이 있어. 계절에 관계없이 우리 동네 뒷산의 어느 풀밭 같은 데를 해수가 꽃바구니 가득 살구꽃을 따 들고 한 주먹씩 뿌리며 제일 앞에서 걸어가. 그러면 꽃이 날리는 그 길을 할아버지와 할머니가 걸어가고, 아버지와 어머니가 걸어가. 그리고 많은 사람들이 또 그 뒤를 따라 걸어가고, 금방 죽었다는 말을 들은 사람이 제일 뒤에 해수가 뿌리는 꽃 속으로 걸어가는 모습이 보여. 아까 강가에서 계수씨 모습도 그렇게 보았어. 그래서 해수에게 그랬다. 해수야. 네 동생 은수 처라. 가야 할 자리까지 네가 잘 데려가 줘. 어릴 때 해수를 데려다주며 아버지가 할아버지께 한 말을 내가 아버지보다 더 나이를 먹은 다음 해수에게 한 거야. 그러니 이제 걱정하지 마라. 해수가 계수씨를 잘 데리고 갔을 테니까."

"고마워요. 형이 그 사람 그렇게 가는 모습까지 봐줘서. 그런데 나는 그제부터 내내 그 사람이 죽어서도 다른 사람 뒤를 따라가는 생각만 했어요."

"아니, 해수 뒤를 따라갔어. 그러니 이제 잊어, 그건. 그러라고 지금 내가 너에게 얘기하는 거야."

그러나 참 잊어지지 않는 일이 그것이었다. 처음에 그는 자신이 가는 길 도처에 그 사람이 있다고 생각했다. 그런데 길의 도처가 아니라 자신의 생각 도처에 그 사람이 있는 것이었다. 지난 삼 년 동안 알게 모르게 그의 신상에도 많은 변화가 있었다. 여러 사람과 어울려 해야지만 일이 되는 영상 제작 회사에서 나와 혼자 다니고 혼자 일을 하는 개인 작업실을 연 것도 아내의 죽음이 남긴 뒷자리일 것이다. 아이도 아내의 장례 후 바로 형과 형수가 데려갔다. 그냥 신상 변화 정도가 아니라 아내의 죽음으로 삶의 기저가 다 바뀐 것이었다. 아이의 일이야 그렇게 할 수밖에 없다 하더라도, 다른 것들도 왠지 그렇게 송두리째 바뀌는 무엇이 있어야만 앞으로의 시간들이 견뎌질 것 같았다.

거북이를 만난 것은 일주문 아래 석굴암 주차장에서였다. 차를 가지고 석굴암으로 올라간 것도 아닌데 내려오는 길에 그는 무엇엔가 이끌리듯 주차장 안으로 들어섰다. 한여름 땡볕이 내리쬐는 주차장 한켠에서 어떤 사내가 봉고차 뒤에 몸을 가리고 박제 거북이를 팔고 있었다. 전체 가져온 것은 일고여덟 마리쯤 되는 것 같은데 그중 두 마리만 포장을 벗겨 자동차 바깥에 선을 보이고, 나머지는 누런 쌀포대 같은 것에 한 마리씩 넣어 봉고차 안쪽에 쌓아 두고 있는 듯했다.

사람들은 힐끔힐끔 거북이를 바라보기만 할 뿐 그냥 지나갔다. 사내는 줄 쇠자로 거북의 크기를 확인시키듯 등판을 가로세로로 재 보였다. 등판의 가로 길이가 45센티미터였고, 바짝 쳐든 모습으로 고정시킨 머리 끝부분에서 꼬리를 감싸고 있는 등판 끝부분까지의 길이가 60센티미터 정도였다. 그나마 사람들이 관심을 보이는 것은 이 거북은 어디에서 잡은 것이며, 값은 또 얼마인지, 그리고 이 정도 자랐으면 몇 살쯤 된 것인지, 하는 것이었다.

그러나 거북을 파는 사내가 알고 있는 것은 오직 그것의 가격뿐인 듯했다. 사내는 인질의 몸값을 흥정하듯 사람들에게 거북을 데려가려면 80만 원을 달라고 했다. 누군가 거북을 찬찬히 바라보더니 그것이 녹색바다거북 가운데에서도 가장 흔한 갈색 종류로 아마도 필리핀이나 인도네시아 등지에서 잡아 박제 처리를 한 다음 몰래 국내로 들어온 물건 같다고 말했다.

"당신 거북에 대해 잘 아오?"

"조금은 알지요. 지금은 한창 자라던 중간에 잡힌 거고, 다 자라면 몸길이가 1미터 정도 됩니다. 알은 한 번에 100개에서 200개 정도 낳고, 헤엄을 아주 잘 쳐서 한 번 이동할 때 1천 킬로미터씩 세계 곳곳의 바다를 돌아다녀요. 또 바다거북으로서는 유일하게 육지거북처럼 일광욕도 하는 그런 거북이죠."

거북 사내가 시비조로 물었고, 잘 아는 사내가 시비를 피하며 대답했다. 그러나 그는 그 말을 들은 다음에도 참으로 엉뚱하게 자동차 바깥에서 햇볕을 받으며 등과 머리를 반짝이고 있는 그 거북들이 잠시 전 자기가 걸어 올라왔던 길을 힘들게 엉금엉금 기어 그곳 주차장까지 온 것 같은 생각이 드는 것이었다. 그것의 유통이 불법이라는 걸, 그래서 거북을 파는 사내도 자동차 뒤에 몸을 가리듯 떳떳하지 못한 모습으로 그걸 팔고 있다는 걸 잘 알면서도 그는 그 거북을 자신의 친구처럼 서울로 데려가 작업실에 놓아두고 싶었다. 언덕길을 내려오며 저쪽에서 거북이를 파는 것을 볼 때부터 그는 땡볕 아래 놓인 그 거북이가 왠지 자신의 모습 같다고 생각했다. 단지 그것뿐이었다. 그는 거북을 파는 사내에게 이따가 저녁 때 자신의 숙소로 오라고 말했다. 그러자 사내는 꼭 현금만 아니라 카드도 가능하다고 말했다. 그가 카드를 내밀자 사내는 카드 위에 세금계산서를 얹고 라이터로 쓱쓱 문지른 다음 그에게 사인을 하라고 했다. 세금계산서는 경주의 어느 관광기념품점의 것이었다.

그는 사람들의 눈에 띄지 않게 거북이를 담은 포대를 등에 둘

푸른 모래의 시간

러메고 다시 폭양 속에 땀을 뻘뻘 흘리며 토함산의 순환도로를 따라 걸어 내려왔다. 그러면서 혼잣소리로 이렇게 중얼거렸다. 지금 내가 나를 메고 간다. 그러자 정말 자신이 거북이를 메고 가고, 또 거북이가 자신을 메고 가는 듯한 생각이 들었다.

형도 나중에 작업실에 와서 거북이를 보고 알 듯 모를 듯한 말로 그래, 좋은 친구를 데려다 놓았네, 이런 친구가 옆에 있으면 한결 낫지, 라고 말했다. 그는 형에게 그 친구는 바닷속에서는 우아하게 수영을 하며, 바다를 나와서는 한여름 땡볕의 주차장에서도 일광욕을 하고 또 소금기 가득 눈물을 흘리며 걸어가는 길 위에서도 일광욕을 하는 유일한 종류의 바다거북이라고 말했다.

6년이면 꽤 긴 시간을 함께 지켜보며 걸어온 셈이었다. 어떤 뜻의 몸짓이었는지 그 앞에서 한번 크게 몸을 움직인 적도 있었다. 아마 그때 거북이가 몸을 움직이지 않았다면 그는 여자에게 그 거북이가 어디로 나아가고 있는지, 아니 나아가고 싶어 하는지를 말했을지도 모른다. 정말 그때 그 거북이는 푸른 모래를 헤치고 어디로 나아가고 싶었던 것일까. 자신의 일이어도 시간이 흐르면 그런 것도 쉬이 잊어버리고 만다. 아니, 쉬이 잊어지지 않는 일이 있듯 쉬이 잊어지는 일도 있다.

다시 거북이가 몸을 움직이는 것 역시 그렇다. 어느 날 왼쪽으로 조금 기울어져 있는 것을 보았을 때만 해도 그는 다른 무엇을 하다가 자신이 거북의 몸을 건드렸을 것이라고 생각했다. 그래서 시계의 좌우 균형을 잡아주듯 거북의 균형을 바로 잡아 주

319

었다. 그런데 며칠 후, 그보다 더 많이 몸이 돌아가 있었다. 알 수 없는 일이었다. 거북이가 다시 푸른 모래를 헤치며 앞으로 나아가고 있는 것이었다. 그것은 거북이가 다시 자신에게 어떤 신호를 보낸다는 뜻이기도 했다.

그러고 보니 경주에 가 본 지도 참 오래되었다. 서라벌사장 주인도 이젠 할아버지가 되었을 것이다. 만날 수 있다면 그것도 아름다운 일일 것이다. 그는 그런 경주에 가서 아내에 대한 생각의 끝이 이미 이 세상에 없는, 세상 바깥의 또 한 축으로만 연결되지 않는다면, 아니 그런다 하더라도 그게 이제는 예전처럼 못 견디게 마음에 부대끼지만 않는다면 석굴암을 오르며 법화경을 다시 떠올리는 일 역시 그렇게 못 견딜 일만은 아닐 거라고 생각했다. 어쩌면 다시 갔을 땐 그곳 언덕길에 푸른 모래가 곱게 부서져 있을지도 모를 일이었다.

누구에게나 그렇게 그의 인생 속에 푸른 모래를 헤치고 앞으로 나아가야 할 시간이 있는 법이다. 그는 거북과 함께 그 시간을 더 지켜보기로 한다.

엊그제 아내의 9주기가 지났다.

2005년 《현대문학》

푸른 모래의 시간